肉体伤害

BODILY HARM

上海译文出版社　　〔加〕玛格丽特·阿特伍德 ── 著　刘玉红 ── 译

献给詹尼弗·拉金，1941—1979
献给格莱美、詹姆斯和约翰

一个男人在场，这表示他能对你做什么或为你做什么。相反，一个女人在场……这说明人们能对她做什么和不能对她做什么。

约翰·伯杰《观察的方式》

目录

第一部

就这样，我到了这里，雷妮说。

杰克昨天走了。五点左右，我去商场购物后，拎着购物篮，背着手提包回家。既然杰克不在了，也就没多少东西好拿的，这倒不是件坏事，我的左肩肌肉一直酸痛，也没有坚持锻炼。街边的绿树变了色，秋叶落在人行道上，有黄的，有棕色的。我想，好了，事情还不算太糟，我好歹还活着。

我的邻居是个中国老人，不知道叫什么名字，他正在清扫前院。我屋子的前院铺上了石板，为的是方便停车。这就是说，这条街的房价是在上涨而非下降。过不了几年，我得搬走，不过很久以来我已经不再想这件事了。我的邻居拔掉死去的植物，把泥土耙成一块高出地面的长方形。春天，他要种上我叫不上名字的东西。我记得自己曾想过，要是我打算在这里住下去，现在就该知道它们叫什么。

我的确看到了那辆警察的巡逻车。它和其他车一样，停在停车收费器旁边，警灯没亮，离我住的地方隔了好几家，所以我没太注意它。往南，你见到的警车会更多，再往北，就不会有这种情况。

第一部

前门敞开，这不算异常情况，天气暖和嘛。住在楼下的那个老女人不是房东，却颇像房东。她养猫，喜欢半开大门，让猫从小门进出。杰克管这门叫"猫洞"，他曾经这么叫。

我住在顶楼，门也开着，里面有人，男人，我听见他们在说话，在笑。我想不出来是谁在笑，不是杰克，不管是谁，发笑的人似乎并不在乎有人知道他们在那里。我总是把钥匙放在房门前的脚垫下，钥匙没动过，不过门框裂开，锁被撬离了位。我走进客厅，杰克堆在那里的一箱箱书还没收拾，一切原封不动。厨房里露出人的腿和脚、闪亮的靴子，挤在一起的腿。

两个警察坐在饭桌旁，我一下恐慌起来。上学迟到、被男孩子拦在楼梯上、做错事被当场发现，就是这种恐慌。我唯一想到的是他们在找酒喝，不过，抽屉没拉开，茶罐和咖啡壶都在它们该在的地方。我想起了，杰克把那些贮藏品全带走了。为什么不呢？那都是他的。不过，反正这些人肯定不再担心这个了，现在人人如此，连警察也一样，喝酒差不多算是合法的了。

年纪稍轻的那个站起来，年纪大一些的那个没动，仍坐着，抬头冲我微笑，好像我是来应聘的。

您是威尔福德小姐？他问。没等我回答，又说，您太走运了。他大脑袋，头发短得像个小流氓，不过头皮还没有泛出青光，他大概五十多岁。

为什么？我说，出了什么事？

您的邻居不错，稍年轻的那个说。他看上去像高中的体操老师或浸礼会的教友，大概二十二岁，严肃认真。楼下的那个，是她打的电话。

是火灾吗？我说。不像是起火，没有味儿。

年纪稍大的那个笑了，另一个没笑。不是，他说，她听到楼上有脚步声，知道不是您，她先前看见您出去了，没听到有人上楼。那人用铁锹棒撬开了您的厨房的窗子。

我把购物篮放到桌上，去看了看窗子。窗子打开约有两英尺，白漆有刮损。

用一把带柄的小刀就能打开，他说，您应该安装保险锁。那人听到我们过来，又从这窗子出去了。

他拿走什么了吗？我问。

这得由您来告诉我们，年纪稍大的那个说。

年纪稍轻的警察面露不安。我们觉得他不是个盗贼，他说，他沏了一杯奥瓦汀茶。我想他是在等您。桌上有个杯子，里面是半杯浅棕色的东西。我觉得恶心：一个陌生人待在我的厨房里，打开我的冰箱和橱柜，也许还一边哼着歌，就像他住在这里一样，就像他是个老熟人。

为什么？我说。

年纪稍大的那个站起来。他占据了厨房的不少空间。看一看吧，他说，为自己是个负责人而沾沾自喜。他还专门留下了一份赠品。他走过我身边，走进客厅，又进到卧室。幸好那天早上我铺了床；近来我疏于理家。

第一部

　　被褥上有一段绳子，卷得整整齐齐。这绳子很不起眼，一点都不可怕，灰白色，中等厚度，可能是晾衣绳。

　　我只能想到这是我们以前玩过的破案游戏，或类似的游戏。你得猜三件事：格林先生，在暖房里，拿着扳手；普朗小姐，在厨房里，拿着刀。我就是想不起信封上的名字应该是谋杀者的还是被害者的。威尔福德小姐，在卧室里，拿着绳子。

　　他在等您，年纪稍轻的那个在我身后说。

　　一边喝着奥瓦汀茶，大个子补充道。他盯着我的脸，低头冲我笑，几乎是满心高兴，就像大人刚刚对一个膝盖擦伤的调皮孩子说，我跟你说过的。

　　所以说您运气不错，年轻稍轻的那个说。他走过我身边，拿起绳子，小心翼翼地，好像它带有病菌。现在我看清了，他比我想的要老，眼睛周围布满焦虑的皱纹。

　　大个子漫不经心地打开衣柜，似乎他很有权力这样做。杰克的两件外套还挂在那里。

　　您一个人生活，对吗？大个子说。

　　我说是的。

　　这些是您的照片？大个子说，咧嘴笑了。

　　不，我说，这是我一个朋友的。这些照片是杰克的，他本该带走的。

　　真是好朋友啊，大个子说。

　　他肯定观察您有好一会儿了，年轻人说，他肯定知道您什

6

么时候回家，想到有可能是谁吗？

没有，我说。我想坐下，想问他们要不要来点啤酒。

一个疯子，大个子说。您要是知道外面乱成什么样子，您是绝不会出去的。您洗澡时拉上浴室的帘子吗？

浴室里没有帘子，我说，那里没有窗子。

您晚上换衣服时拉上帘子吗？

是的，我说。

他会回来的，年轻人说，这种人总会回来的。

大个子还不肯停嘴。来这里的男人多吗？不同的人？

他想让我承担责任，就一点点，轻率、挑逗什么的。接下来，他就要开始给我上课，关于门锁，关于单身生活，关于安全的课。

我拉上帘子了，我说。这里没有男人，我关灯，我自己脱衣服，黑着灯的。

大个子朝我做作地笑了笑。他了解单身女性。突然，我生气了，解开衬衫，把左胳膊从袖子里抽出来，把裹伤口的绷带从肩上拉下来。

您到底在干什么呀？大个子说。

我想让你们相信我，我说。

*　　*　　*

飞机中途要在巴巴多斯岛停留两个小时，他们是这么跟她说的。雷妮在新建的机场找到盥洗室，那里播放着单调的背景音乐。她把厚厚的外套换成棉衬衫，对着镜子端详自己的脸，想找到变化的迹象。其实，她看上去很不错，很正常。蓝色的衬衫洗得褪了色，脸色并没显得苍白，她化的是淡妆，不会显得与众不同，不像是过了气的嬉皮士或普利茅斯教友会会员，或别的什么的。这就是她追求的效果：中立。她的工作需要这样，她曾这么对杰克说。隐形的。

　　碰碰运气吧，杰克说。他多次努力要改变她，其中一次他这么说。那是什么时候了？带莱茵石细条纹的紫绸衣，这样会大有效果的。

　　其他人才有效果，她说，我只把效果写下来。

　　这是逃避，杰克说，既然你都把它写下来了，那就去炫耀炫耀它吧。

　　你才爱炫耀呢，雷妮说。

　　你又拒绝我了，杰克和蔼地说。他牙齿很棒，只是犬齿太长。

　　你是没法拒绝的，雷妮说，所以我爱你。

　　盥洗室里有吹风机，用来吹干手，据说可以防病。吹风机是加拿大制造，有法文和英文的使用说明。雷妮洗了手，放到吹风机下面吹干。只要是防病的，她都喜欢。

　　她想想出门还忘了什么事，取消了什么活动，还有什么活动是取不取消都没关系的。至于公寓，她上了一把闪闪发光的新锁，只要拉上门就好。她只想出门。生活越来越轻松，碗碟在洗碗池里堆上两个星期、三个星期，也不过是小小的一堆，她不会再觉得有什么内疚。这种日子有可能一成不变。

雷妮运气不错，她可以躲开这些打击，处理现实生活中的这些小匮乏，大多数人则办不到。她不会被缚住手脚，这是一种优势。她多才多艺，这不错，这样有助于与人交往。这次交往的对象是基思。基思刚从《多伦多生活》杂志来到《面具》杂志工作，是她的联系人。联系人和朋友不完全一样。她住院的时候就相信，自己的大多数朋友不过是联系人而已。

我想去一个很远的、暖和的地方，她说。

那就去"庭院咖啡馆"吧，他说。

少来，是真的，雷妮说，我的生活现在走进了死胡同，我需要日光浴。

去不平静的加勒比海怎么样？他说，人人都想去哦。

不想和政治沾边，她说，让我去享受阳光的乐趣吧，有各种各样的葡萄酒和网球场，我会交个好差的，我知道你喜欢什么。

你说的是我最不想让你去的，基思说，你好歹才从墨西哥回来啊。

那是去年了，她说，得了，我们是老朋友了，我需要出去一段时间。

基思叹了口气，同意了，同意得有点儿太快。通常，他要再拖一拖。他肯定是听说了她做的手术，也许甚至知道杰克走了。他眼里隐约有一种渴望，似乎想给她什么东西，比如施舍。雷妮讨厌施舍。

这可不是百分之百的免费赠品，她说，我可不是什么都不做的。

选一个岛屿吧，他说，只要是我们没报道过的就行。这个怎么样？我有个朋友去过那里，好像是因为搞错了才去那里的。他说，那里别具一格。

雷妮从没听说过那个地方。听起来不错，她说。通常她会做些准备工作，不过这次很匆忙，她只能盲目行动了。

雷妮又整了整旅行包，把裤袜塞到外面的口袋里，里面放着钟。她去餐馆，那里的饭菜都装在柳条篮里。她点了一杯金汤力，没有眺望远处的大海，那里蓝得出奇。

餐馆没有满座，有几个女人是单独来的，更多的则是聚成一群群的，还有两家人。没有单独来的男人。男人要是一个人，一般去酒吧。杰克走后，她才知道，如果她总是用独身女人特有的、微微叛逆的目光环顾四周，表示自己一个人来是自愿的，那么，另一些独处的人就有可能来找她。所以，她只看着自己的手和杯子里的小冰块。尽管有空调，冰块还是很快融化了。

第一部

　　她走向登机口，人们告诉她，飞机晚点。她拖着旅行包和
照相包，挨家逛小商店：手工制作的黑色小玩偶，香烟和嵌贝
壳的镜子，用鲨鱼牙齿制成的项链，干胀干胀的刺鲀，一个小
型钢鼓乐队站在一块漂流木上，演奏五样乐器的是蟾蜍。她端
详一番，发现蟾蜍是真的，做成标本后填了料，上了漆。要是
在很久以前，她会买下这怪物，送给某人，开个玩笑。

　　　　　　　　　＊　　＊　　＊

　　雷妮的家乡是多伦多的格里斯伍德。他们把格里斯伍德说
成她的家庭背景。虽然它不太像是一个人的大背景，不像一个
人的故里——维多利亚时期的红房子如诗如画，远处山坡上满
是秋天的林木——也不像是小背景，不过，你虽然看不见它，
但它就在那儿，全是粗砂古岩，埋在地下的树根、昆虫和骨头，
你一点都不喜欢去的地方。雷妮常说，那些近来一直嚷嚷着要
寻根的人从未仔细看过根是什么样的。她以前也宁愿是那棵树
的另外一个部分。

　　以前，雷妮常拿格里斯伍德开玩笑，逗朋友开心，比如，
要换一个灯泡，得叫上多少个格里斯伍德的人来？整个城镇的
人都得叫上。一个换灯泡，十个管闲事，剩下的抨击你总想要
更多的光亮，罪莫大焉。或者，要换一个灯泡，得叫上多少个
格里斯伍德的人来？一个也不用。如果灯坏了，那是上帝的意

愿，你能抱怨吗？

从大地方来的人，尤其是杰克，觉得格里斯伍德颇具古风，别有情趣。雷妮不同意。大多数时候她都尽量不去想格里斯伍德。她希望格里斯伍德只是一个证明她身份的东西。

不过，要摆脱格里斯伍德可没那么容易。比如雷妮看到床上的那段绳子，就知道格里斯伍德的人会怎么说。像你这样的女人就会碰上这种事，你还能指望什么，你活该。在格里斯伍德，人人都各得其所。在格里斯伍德，人人都活该遭大殃。

*　　*　　*

手术前的那个晚上，杰克带雷妮出去吃晚饭，让她振作起来。她不想去，不过她知道，自己近来令人厌烦。很久以前，她还是二十出头时，就发过誓，绝不令人厌烦。要说到做到，不过这比她想的要难。

雷妮对厌烦颇有研究，还为《潘多拉》杂志的《人际关系》栏目写过一篇文章。在文章里，她宣称，厌烦涉及两个人，而不仅仅是一个人：讨人厌烦的人和感到厌烦的人。令人下颌发僵的厌烦是不折不扣的厌烦，只需稍稍转移注意力就可避免。她向女士建议，厌烦时研究他的领带。如果你脱不了身，就假装收集耳垂，把他的耳垂也收进去。看他的喉结是怎样一上一下地动。保持微笑。这些建议的前提是，男人是厌烦的强大来源，女人则是被动的承受者。当然，这不公平，不过除了女人，谁会去读《潘多拉》的《人际关系》这个栏目呢？她要是为《克鲁索》或《面具》这样以男性为读者对象的杂志写稿，提出的则是自救之道，即"如何读懂她的心思"。如果她过分关注您的耳垂或盯着您的喉结一上一下，那就改变话题。

杰克带她去芬顿餐馆，这要在以前，可是太贵了。他们坐在屋里的一棵树下。开始，他拉着她的手，不过她觉得他这样做，是因为他认为自己应该这样做，过了一会儿，他就放开了。他点了一瓶葡萄酒，催她多喝，尽管她不想喝那么多。也许他觉得，一旦她喝醉了，就不那么令人厌烦了，不过，情况并非如此。

她不想谈手术，可又不知道谈什么。也许，手术会顺利的，或者，也许他们打开她的身体后，发现疾病扩散，到处穿孔，器官溃烂。很可能她醒来后，少了一个乳房。她知道，自己应该去想如何有尊严地死去，不过，她不想有尊严地死去，她根本不想死。

杰克聊起他们认识的人，都是些无聊的闲话，加上恶意的歪曲，从前她喜欢这样，现在她努力去喜欢，不料，她却开始研究起杰克的手指：他用左手握住酒杯的高脚，看似轻巧，指关节却明明发了白。他有个习惯，从不扔掉空的容器。那天早上，她把斯拉迪思牌牛奶盒从架子上拿下来，盒子空空的。如果他老是把空的花生酱罐、蜂蜜罐和可可粉罐留在架子上，她怎么知道什么时候该去买新的呢？她忍住没提这件事。她感到，杰克的目光一直从她脸上溜开，瞟她衬衫最上面的那颗扣子，似乎在那里到达了底线，一个禁区，目光又回到她脸上。他着迷了，她想。

　　他们相互搂着往家走，仿佛两人还在相爱。杰克洗澡，雷妮在卧室里，站在敞开的衣柜门前，不知道该穿哪件睡衣，两件都是杰克送的，黑的那有透明的肩带，红缎的那件两侧开岔。他喜欢给她买这种东西，品位真低。吊袜带，"快乐寡妇装"，到臀部但不到腰部的红内裤，上面缀着亮晶晶的小金片，带铁圈的胸罩，把乳房勒得紧紧的，顶得鼓鼓的，像个妓女。这是真正的你，他说，语含讽刺，又满怀希望。谁知道呢？接下来就是黑皮带和鞭子了。

　　她想让他轻松些，想配合他守住那个幻想：她什么事也没有，或者，什么事也不会发生。镜子里的那个身体和从前一样。她不敢相信，一周后，一天后，它的某些部分可能消失。她想，他们会怎么处理那些部分。

　　最后，她什么也没穿，在床上等杰克洗完澡。他身上会发出沐浴液的味道，湿湿的，滑滑的。从前，她喜欢他就这样湿湿地进到她身体里，不过，今晚她只是在等待一段时间的过去，似乎是在牙医的诊所里，等着别人在自己身上做什么。一道程序。

第一部

　　起先，他干不了。太突然了。她告诉他，她得到通知，手术已经安排好，就在同一天进行。她能理解他的吃惊和厌恶，看出他努力掩盖这种心情，因为她有同感。她想告诉他，如果做爱太费劲，他不必做。不过，他是不会把她想得这样好的，他会觉得她是在挑剔自己。

　　他的手几次拂过她的乳房，生病的左乳房，哭了起来。她非常害怕自己也会哭起来。她抱着他，揉着他的后脑勺。

　　过后，他和她做爱，吃力地，花了很长时间。她听到他把牙齿咬得嘎嘎响，像是在发火。他忍耐着，等待她的高潮。他认为自己在照顾她，他是在照顾她。想到要别人照顾，她就受不了。她浑身无力，松垮，似乎已经被麻醉了。他仿佛感到了这一点，便紧绷皮肤和肌肉，扭动，弯曲，啃咬，咬得并不轻，猛力插进去，努力冲破失去活力的皮肉筑起的屏障。最后，她假装高潮来到。她曾经发过誓：绝不做假。

*　　*　　*

　　登机预告发出，这时，天已放黑。他们站在登机口，大约有十来个人，瞪着停机坪。登机口不算个登机口，不过是在水泥墙上开了个洞，横挂一条链子。两个航空公司的工作人员，一个浅棕肤色的姑娘，看样子十六岁左右，一个男孩，戴着耳机，两人都不知道乘客从哪个登机口进去，于是整队人从墙上的一个洞散开，移到另一个洞，如此来回几次。一个戴彩色眼镜的主动帮雷妮拿相机包，她婉拒了。她不想有人在飞机上坐在她身边，特别是一个穿猎装的男人。就算旅行装还看得过去，她也不喜欢。他是所有人中唯一的白人男子。

洞口终于被打开了，雷妮跟随其他人走向飞机。飞机小小的，像是手工制作的，看着有些吓人。雷妮告诉自己，搭这样的小飞机，出了事也比搭大型喷气式客机好。杰克开过飞机的玩笑，他说，它真的飞不起来，想想这么重的铁块儿能飞起来，真是可笑。它能在天上飞，这是乘客荒唐的信念，所有的飞机失事都是人失去信念的结果。

她想，对这一架，他也会叨上两句的，谁都看得出来它离不了地。圣安托万这地方并不富裕，人们买的飞机很可能是从其他地方来的四手货，然后用创可贴和带子粘起来，直到它不可救药地散开。就像餐馆之间的油交易。雷妮对餐馆里的油交易了如指掌：大餐馆把用过的油卖给二等餐馆，如此下去，那油一直卖到做便宜薯条的汉堡摊档上。雷妮对这种油交易有自己的叫法，那就是"见油识人"，这是编辑给栏目起的名字，不是她的。她想管这叫"肥油城"。

她爬上颤抖的铁梯，穿过黑色的热气，飞机也是热的，热上加热。相机包的带子勒进她的肩膀和左乳上的肌肉，伤口又裂开了。每当此时，她总是害怕往下看，害怕会看到鲜血、液体渗透、身体里的东西跑出来。这不是一个很大的伤疤，别人比她更糟。她是幸运的，那她为什么不觉得自己幸运呢？

我不想做那个手术，她说。她同时相信两样东西：一是她什么事也没有，一是她反正完了，所以，为什么要浪费时间呢？她害怕有人，或者说任何人，把刀插到她身体里，把她的什么东西切掉，不管他们把那东西叫做什么。她不喜欢一次被埋葬一个器官，这太像他们经常看到的那些女人，她们的尸身被这一块那一块地丢到沟壑里，或装在绿色的蔬菜袋子里到处乱扔，死了但没受到性侵犯。她第一次看到这个词是在一份多伦多的报纸上，那时她八岁，以为性侵犯者就是身上长"黑痣[1]"的人。搞这种事的人是不体面的，她奶奶说。不过，奶奶对任何人都用这个词，她还是弄不懂。雷妮有时出于开玩笑，还会用这个词，而其他人则会用下流这个词。

丹尼尔——当时还是洛马博士——看着她，似乎对她感到失望：其他女人无疑说了同样的事情。这令她尴尬，刚刚她还满以为自己与众不同。

你不必，他说，或者说，哦，你不必做任何事。没人逼你，这是你自己的决定。他停了一下，让她记起他为她提供的另外一种选择是死亡。非此即彼。这是多项选择，只是不这么说罢了。

---

1 英语中"mole"指"黑痣"，而"molester"则指"骚扰、调戏妇女的人"。——译者注

第一部

*　　*　　*

　　那天上午，雷妮和妇科医生约好进行一年一次的例行检查，当时，她正在写一篇关于管状串珠链的文章。她写道，在当地的"五分和十分店"，你花上几毛钱就能买到这东西，想买多长就买多长。那些花生模样的小挂钩精巧得很，有了它们，项链想做多长就能做多长，身上的任何部位都可以戴：手腕，脖子，腰，如果你想把自己打扮成女奴，甚至可以戴在脚踝上。她写道，这是女王街最时尚的东西，"新潮"就是穿戴真珠宝的赝品，这甚至超过新潮：超新潮。

　　其实，那不是什么女王街的最新时尚，根本就不是什么时尚，那是雷妮在她一个朋友约卡丝塔身上看到的一个装饰品。约卡丝塔在彼特街上开一家二手店，叫"无包装"店，专卖丑得要命的衣服，顾客是五十多岁的人，胖女人，穿虎纹衣服的自行车竞赛选手，胸脯突出、身上裹着层层金片和薄纱的社交积极分子。

　　约卡丝塔身高五英尺九英寸，拥有过时模特儿的颧骨。她喜欢穿假猎豹皮短大衣，爱去"无包装"店逛的女人一般比约卡丝塔要年轻一半，特爱穿黑皮衣，她们要么把头发染成绿色或亮红色，要么剃光，一条易洛魁人[1]特有的刘海从脑门中间穿

1　北美印第安人。

过。她们尊敬约卡丝塔，她融合了有创造性的赝品，展示了不错的着装效果。她管自己在橱窗里的摆设叫"垃圾朋克"：一条制成标本的蜥蜴和一只水貂在一张小孩的摇摇椅里交配，电动的；一张再生纸的卡片斜倚在一个假牙之冢旁："我如何得救？"有一次，她还在一棵吊满大衣的树上挂上吹了气的避孕套，喷上红色指甲油和一条标语：**民族之爱难民周**。

当然，这很粗俗，约卡丝塔说。不过世界就是这样，你知道我的意思吗？我嘛，我放松得很。稍稍深呼吸，一个音节的祈祷，早餐吃康麸。如果我引领未来的潮流，我又有什么办法呢？

约卡丝塔的真名不叫约卡丝塔：她叫乔安妮，三十八岁时改了名。据她说，因为乔安妮这种名字真叫人没办法，它太好了。她没有将头发染成绿色，也不在耳朵上别安全别针，不过管自己叫约卡丝塔也是一样的。品位高雅害死人，约卡丝塔说。

雷妮是在为《多伦多生活》写一篇关于女王街复兴的文章时结识约卡丝塔的。文章讲的全是关于五金店和纺织品批发店如何摇身变成法国餐馆和专卖流行衣服的小商店。她没必要去相信专卖流行衣服的小商店比纺织品批发店好多少，但她脑子够清醒，知道不能把这种负面的价值判断印成铅字。起先，她看约卡丝塔的穿着，还以为她是个同性恋，后来才断定，这不过是约卡丝塔的怪异超过了自己所能想象的程度。她有些敬佩这种气质，但也觉得这是危险的，出于她的格里斯伍德的背景，

第一部

她还有点儿瞧不起它。

约卡丝塔戴管状串珠链，因为她吝啬，而这东西便宜，她甚至连链子都不去买，而是把邻近餐馆的洗碗槽拆掉："我只要用钳子拉起插栓，就成了。"有时，雷妮喜欢写一些关于虚幻潮流的文章，看看文章发表后，能不能引发真正的潮流。文章发表后两星期，她看到至少有十个女人把浴缸插销串起来，挂在脖子上。这种成功给她一种奇怪的快乐，既有高兴，也有酸楚：为了赶时髦，人们什么都敢做。

通常，她关于虚假时尚的文章写得以假乱真，有时甚至以假胜真，因为这种文章她写得更用心，连编辑都信以为真，哪怕有时不是这样，他们也会感兴趣，认为雷妮说的哪怕目前还没有流行，以后也会流行起来的。她不是捉弄人，就是显得神神秘秘，大家都说：她也许能预见未来。

雷妮对这些人中的一个（一个男人，他一直提议两人不久找个时间去喝一杯）说，如果我能预见未来，你觉得我会在这种事情上浪费时间吗？女人口红的颜色，裙子的长短，鞋跟的高低，把什么样的廉价塑料或镀金片粘到身上？我看透了现在的世风，就是这样。浮华外观，毫无意义。

雷妮第一次离开格里斯伍德后不久，就成了一个研究外观装饰的专家，（因为她得到一个大学的奖学金：她常说，一个年轻的单身女性离开格里斯伍德的另外一种办法就是直接堕落。）外观决定人们是否拿你当真，决定格里斯伍德的规范是什么，

20

常常还决定真实世界里的愚蠢是什么。比如，格里斯伍德人很早就虔信聚酯编织品的装饰效果。

起初，她为了模仿而观察，后来，她为了拒绝模仿而观察，之后，她只是观察。大学里的马克思主义教授和坚定的女权主义者在聚会上狠狠批评她写作题材轻浮，而她会引用奥斯卡·王尔德的话来反驳，说明只有肤浅的人们才会忽视外观作用。接着，她会聪明地建议她们在穿着上做些改变，这将大大改变她们的外观。她们常常自负到不感兴趣：没人愿意表现出自己没品位。

雷妮认识的大多数人认为她走在时尚的前面，而她认为自己是离开时尚，走到一边。她更喜欢这样。很多次，她发现演员、名流在杂志上和公众面前，特别是在舞台上摆出典型的姿势：牙齿露出，绽开讨好公众的笑容，双臂在身侧大幅度挥动，双手张开，表示身上没藏武器，脑袋后扬，喉咙迎向刀锋，一种奉献，一种暴露。她不嫉妒他们，实际上，她觉得他们的那种迫不及待、那种充满绝望令人尴尬，因为事情本来如此，甚至在他们成功时亦如此。在这张面具后面，他们什么事都做得出。为了引人注意，他们如果没有别的办法，也会不顾一切，脱掉衣服，也会倒竖蜻蜓。她宁可做那个写别人的人，也不愿做那个被写的人。

雷妮完成关于管状串珠链那篇文章的初稿，花了些时间考虑题目，最终她把"链条帮"换成"连锁反应"。这样文章的意思好懂些，不过，她让杂志社去做决定。她能力有限，从不涉及华而不实的时尚。

十一点半，杰克出乎意料地回来了。"午饭来顿'快餐'。"他说。这没什么，她喜欢他令她吃惊。那时，他还能别出心裁，有时不走大门，而是爬上防火梯，从窗子进家。他会从报纸上剪下语法不通、淫秽猥亵的只言片语给她，让她想成是疯子弄的。他会藏到衣柜里，跳出来假装要偷袭她。除了第一次被吓着之外，她一点都不吃惊。

于是，他们来了一顿"快餐"，之后，雷妮做了烤奶酪三明治，他们在床上吃了，一些碎屑和融化的奶酪掉到床垫上，三明治没她想的那么好吃。之后杰克回办公室，雷妮洗了个澡，家乡带来的习惯还在，她觉得做爱后没洗澡就去看妇科医生，简直不可思议。

准备要孩子吗？医生问。这是他一贯的开场玩笑。他戴上医用手套，打了个响指。你离最后期限不远了。这话他说了六年。半小时后，一切都没那么好笑了。

她回家时仍在想自己过去是个什么样子，也许她可以就此写一篇东西，《癌症，来了》《主妇》或《乡间女主人》也许会登出来的。《最后期限》这个题目怎么样？

这是一个事实，它发生在你身上，现在你无法相信它。她打算这样开篇。你从前把自己想成是一个人，可突然，你不过是一个统计数字。人之将死，品位也会变得低下，这是毫无疑问的，不过，在某种意义上，它会在她认识的人中成为一种时尚，也许在这一点上她也走在时尚前面呢。

*　　*　　*

航班供应纸杯装的热姜汁和三明治，用塑料薄膜包着。三明治是白面包片，中间夹着微微发臭的黄油和一薄片烤牛肉。雷妮把莴苣拿出来：她去过墨西哥，知道阿米巴痢疾。

座椅硬邦邦的，椅面是凌乱的栗色长毛绒，就像从前的公交车一样。有两个空姐，一个梳着向上的直发，和贝蒂·格雷伯[1]的发型一样，另一个梳着排辫和拉斯特塔法里教[2]的串辫，穿深粉缎纹外套，扎白色小围裙。她们穿着高跟拖鞋，在狭窄的过道里摇摇晃晃地走来走去，红紫色的鞋子前端开口，系着几根带子：杰克会管这叫"操我鞋"。飞机摇晃时，她们抓住离得最近的椅背，不过，她们似乎适应了。

飞机上虽然只有一半乘客，雷妮身边还是坐着一个男人，不是那个穿猎装的男人，他坐在很靠前，在读报纸。这个年纪更大，棕发。尽管天热，他仍穿着黑色西装，系领带，小别针闪闪发光。她发现他只吃了一口三明治。服务员收走剩下的三

1　美国二十世纪四十年代的歌舞片皇后。
2　上世纪三十年代起自牙买加的一个黑人基督教宗教运动，该运动信徒相信埃塞俄比亚皇帝海尔·塞拉西一世是上帝在现代的转世。

明治，这时，他和雷妮搭起讪来，提高嗓门，努力压过引擎的轰鸣。

"您是加拿大人。"他说，与其说提问，不如说陈述。他大约六十岁，瘦脸，高个子，高鼻子，有点像阿拉伯人，下颌突出，牙齿有点地包天。

"您是怎么知道的？"雷妮说。

"到我们那里的大多数是加拿大人，"他说，"可爱的加拿大人。"

雷妮弄不清这话是不是暗含嘲讽。"我们不是人人都那么可爱吧。"她说。

"我在安大略受训，我的朋友，"他说，"我以前是个兽医，专治绵羊的病，所以，我熟悉可爱的加拿大人。"他微笑，说话言简意赅。"加拿大人以心地善良而著称。我们遭受飓风时，可爱的加拿大人捐了一千听火腿，枫叶牌的上等货，给难民的。"他笑了，仿佛这是个笑话，可雷妮没听懂。"难民肯定没见到这些火腿，"他耐心地解释道，"他们很可能一辈子都没吃过火腿。哎，他们错过机会了。"他又笑了。"怪哉，这些火腿在独立日的宴会上露了面。庆祝我们摆脱英国而独立。火腿是专为领导人准备的。我的朋友，我们许多人非常开心，为可爱的加拿大人鼓了一轮掌。"

对这番话，雷妮不知如何回答，她觉得他好像在拿她开心，不过，她不知道这是为什么。"飓风很厉害吗？"她说，"有没有

第一部

人死呢？”

　　他根本不理会这个问题。“您去圣安托万干什么？”他问，似乎去圣安托万是件古怪的事情。

　　“我要写一篇有关它的文章，”她说，“关于旅游的。”

　　“啊，”他说，“去引诱可爱的加拿大人。”

　　雷妮开始对他感到恼火。她看了看前面椅背后口袋，希望那里有什么东西——航空杂志，行业里的人管这叫呕吐袋杂志——好让她假装读一读，可那里什么也没有，只有写着紧急情况处理步骤的卡片。那次坐 707 去巴巴多斯，她在机场买了一本惊悚小说，看完后她留在飞机上了。她犯了个错误：现在一本书都没有。

　　“您一定要去看我们的植物园，”他说，“英国人造出很棒的植物园，世界各地都有。您知道，种的是药材。我们那座是最古老的，修缮得不错，工人才走一个月。既然我们自由了，我们也得自己去拔草。那里还有一座小博物馆，您一定要去看。加勒比印第安人还是什么人制作的破罐子，他们的陶艺不是很完善。在我们国家里还有几个加勒比印第安人，我们还没有完全现代化。”

　　他伸手到上衣口袋里掏出一个阿司匹林的药瓶，把两颗药片抖到手掌上，把瓶子递给雷妮，仿佛递给她一支烟。雷妮头不疼，不过觉得自己还是应该拿一片，这样比较礼貌。

　　“还有一个堡垒，”他说，“英国人这方面也是专家。堡垒工

25

业。在英国人的统治下，人们叫它乔治堡垒，不过我们的政府把所有的名字都改了。"他朝空姐做个手势，要一杯水。

"我们只有姜汁啤酒。"空姐说。

"那只能这样了，"他说，牙关紧咬，像牛头犬一样，笑了。"在我的国家，这是非常有用的说法。"

姜汁啤酒来了，他服下阿司匹林，然后把泡沫塑料杯递给雷妮。"谢谢，"雷妮说，"我过一会儿吃。"她手里拿着阿司匹林，不知道自己这样说话是不是有失礼貌，不过即便如此，他似乎并不在意。

"我有很多数据，可能对您有用，"他说，"比如失业的数据，或许您对植物园更感兴趣？我很乐意陪您去，我对植物感兴趣。"

雷妮决定不向他打听哪里有餐馆和网球场。她感谢他，说等到那里后，她会更清楚自己要找的是什么。

"看来我们快到了。"他说。

飞机下降，雷妮朝窗外望去，希望能看到什么，可太暗了，她只瞥到一个轮廓，一条地平线，参差交错，比天空还黑。飞机接着来了个四十五度的下降，过了一会儿，飞机触地，减速，她往前撞，安全带拉扯住她。太猛了。

"我们这里的跑道太短，"他说道，"我在向目前的政府表达不满之前，曾想为此做点什么。当时我是旅游部长。"他又露出那个不对称的笑容。"不过总理认为其他事情更重要。"

飞机滑行，停住，过道挤满了人，"很高兴认识您。"两人站起来，她说。

他伸手与她握手，雷妮把阿司匹林换到另一只手里。"我的朋友，希望您过得愉快。如果您需要帮助，尽管给我打电话，人人都知道在哪里找到我。我叫明诺，明诺博士，和那种小鱼名字一样。我的敌人拿这个开玩笑！他们说，小水坑里的小鱼。这个词从法语来，原词是 Minôt，现在以讹传讹，他们丢掉了很多东西，这是其中之一。这族语言全是盗版者。"

"真的？"雷妮说，"真是难以置信。"

"难以置信？"明诺博士说。

"有意思。"雷妮说。

明诺博士笑了。"他们曾经也是普通人，"他说，"其中一些人非常令人尊敬，他们和英国人通婚什么的。您有丈夫吗？"

"您说什么？"雷妮说。这个问题令她吃惊：她认识的人没有谁再问她这个问题。

"一个男人，"他说，"在这里我们对礼仪不那么讲究。"

雷妮思忖，这是不是对性交往的一个试探。她迟疑。"对我不是这样。"她说。

"也许他过后会来和您会合？"明诺博士说。他焦急地低头看她，雷妮知道，这不是欲行不轨，而是出于关心。她对他微笑，提了提相机包。

"我没事。"她说，心里却没什么把握。

第一部

＊　　＊　　＊

雷妮在麻醉剂里漂浮，起初，她没有任何感觉。她睁开眼睛，看到灯是绿的，又闭上眼。她不想往下看，不想看自己失去了多少器官。她闭上眼睛，意识到自己已经醒了，却希望不要醒过来。她从前不愿承认，但知道自己希望在手术中死去，她听说过有人在手术中休克或对麻醉药过敏。这样死去并不是不可能的。

左臂麻木，她想动，却动不了，相反，动的是右手，这时，她才明白有人握着她的右手。她转过头，吃力地睁开眼睛，看到远处有个男人的影子，一个黑暗中的脑袋，她像是把望远镜拿反了，呆滞，清晰。丹尼尔。

没事了，他说，是恶性的，不过我想我们把它弄掉了。

他在告诉她，他救了她的命，至少是目前，现在他正把她拖回到这生命里来，他救回来的那个生命里。用手。恶性的，雷妮想。

现在又怎么样呢，她说。嘴巴干涩，肿胀。她看了看他的胳膊，它在白色的床单上，在她的胳膊旁边，肘关节以下没有袖子，粗毛如黑色火焰一路拂过皮肤。他的指尖握着她的手腕，她没看到手，只看见奇怪的一段，像是一棵树或长触角的东西，可以分开的触角。手动了：他拍了拍她。

现在你睡吧，他说，我会回来的。

第一部

雷妮又瞧了瞧，他的手和胳膊连在一起，那是他身体的一部分。他没有那么遥远。她爱上了他，因为她在自己的生命获得拯救后第一个看到的就是他，这是她唯一能想到的原因。后来，她不再觉得晕眩，可以坐起来，试图不去理会那些插到她身体里的吸管，不去理会疼痛。这时，她希望杰克送的是盆栽秋海棠或玩具兔子，某种大可以放在床边的东西，可他已经送她玫瑰。太迟了。

她想，我给他留下的印象一定像是只小鸭子，像只小鸡。她知道什么叫印象。有一次，她特别缺钱，于是为《猫头鹰杂志》写了一篇专访，采访对象是个男人。他相信鹅安全、忠实，应该代替狗来看家。他说，小鹅从蛋里孵出来时，您最好能在现场。这样，它们会跟随您到天涯海角。雷妮附和地笑了笑，那人似乎认为，如果有一群崇拜自己的鹅跟着自己到天涯海角，那肯定既浪漫，又令人羡慕。不过，她还是把他的原话记了下来。

现在，她就像只呆鹅，傻里傻气，整件事让她窝火。爱上丹尼尔不对劲，他丝毫没有雷妮看得见的独特风格。在手术前的检查中，她都懒得去看他，现在甚至搞不清他长什么样。一般你是不看医生的，医生是工作人员。你母亲曾希望你能嫁这样的人，他们五十多岁，已过盛年。这不仅不合时宜，而且是荒唐的，却是可预见的。爱上自己的医生是中年已婚妇女干的事，这个年纪的女人在肥皂剧、在护士小说里，在"性与手术刀"的伟大故事里出现，这种故事经常以《手术室》做题目，护士丰胸隆乳，医生看上去就像封面上的基里基尔医生[1]。《多伦多生活》爱拿这种事情做文章，把一般的流言蜚语打扮成顽强的探索和揭露。雷妮不容许自己陷入这样的陈腐中。

可她就在这里，等着丹尼尔的出现（天知道突然从哪儿冒出来，她从不知道他何时会来，也不知道自己什么时候正洗海绵浴，什么时候倚着一身赘肉的护士，挣扎着去上厕所时他就来了），像一个瘾君子，渴望被人爱抚地拍打，渴望扶轮社[2]的欢呼声和第一人称复数带来的归属感（如"我们相处得很好"），因为这样而无可奈何地生气。见鬼。她长相不错，他就差强人意了：身体各部分的比例不对劲，身子太长，肩膀太低，头发太短，胳膊太长，笨手笨脚。护士递给她一团克里内克丝面巾纸，她生气地抽了抽鼻子。

护士说，痛快哭上一场对你有好处。不过，你是走运的。他们说，其他地方没肿瘤。有些人到处都是肿瘤，切出后，它又会在其他地方冒出来。这让雷妮想起此起彼落的祝酒者。

丹尼尔给她带来一本小册子，叫《乳房切除术：基本问题解答》。基本。这些东西是谁写的？对基或本这样的词，像她这样的人是不会用心去琢磨的。对性活动有什么限制吗？小册子建议她去问医生。她想要不要这样做。

1　美国著名影片中的主角。
2　美国全国性和国际性的服务性俱乐部。

不过，她没问。相反，她问他，你切掉了我多少东西？因为她爱他，而他没注意到，她的语调很不正常，可他好像并不在意。

大约四分之一，他温和地说。

听你说像是切馅饼，雷妮说。

丹尼尔微笑，耐心地等她说完。

你没有切掉全部，雷妮说，我想我可以松口气了。

除非涉及的面积很大，否则我们不会那样做的，丹尼尔说。

涉及的面积很大，雷妮说。我绝不会那样。

护士说，他喜欢刨根问底。他们很多人都是这样，老一套，如此而已。他想知道，在他们和所有人的生活中，问题是怎样解决的。这是他个人的兴趣。他说，这与他们的态度很有关系，你知道吗？

杰克拿来香槟和馅饼糊，吻了吻她的嘴，在她身边坐下，努力不去看她裹着纱布的胸脯和导管。他把糊糊涂在薄脆的饼干上，饼干也是他带来的。他喂她吃。他想要她谢他。

你能来，真是个意外的惊喜，她说。这里的饭菜真是差劲，绿色果冻沙拉，除了豌豆，还是豌豆。见到他，她是高兴，可心不在焉。杰克在这里，她不想丹尼尔这时跟在实习生后面进来。

杰克坐立不安。他身体健康，而健康的人碰到疾病就不自在，这她还记得。她肯定自己身上有怪味，腐败的气味透过纱布微微渗出来，就像过期的奶酪。她想他快点走，他也想走。

她对自己说，我们会回归正常的，不过她已经不记得正常是什么样子了。她让护士调整好床，让她睡下。

那小伙子真帅，护士说。杰克是个帅小伙，身材看起来很顺眼，跳起舞来很棒，不过不屑去跳舞。

* * *

雷妮走下飞机的舷梯，热气有如厚厚的棕色天鹅绒拂过她的脸，终点站是一座低矮的棚屋，带一座塔楼，在跑道微弱的灯光下，它是灰色的。雷妮朝它走去，才发现它是黄色的。门廊里面有一块黄铜铭牌，上面写着感谢加拿大政府捐资建造了这座机场。看到加拿大政府竟会得到感谢，她感觉怪怪的。

移民局的官员穿着深绿色制服，像军装。他旁边有两个真正的军人，靠着墙，穿的是崭新的短袖蓝衬衫。雷妮觉得他们是军人，因为他们挎着皮套，皮套里好像有真枪。两人都年纪轻轻，青春的身体瘦瘦的，其中一个轻轻挥动吓人的棍子，敲着裤腿，另一个把一个小收音机贴到耳边。

雷妮意识到她左手还攥着阿司匹林，不知道该拿它怎么办，不能就这么扔掉。她打开手提包，把它和其他的阿司匹林放在一起。那个拿着吓人的棍子的士兵缓步朝她走来。

雷妮感到一股凉气从上往下窜，她就要给挑中了：也许他觉得她携带了某种违禁药品。

"是阿司匹林。"她说。不过他只想向她兜售一张圣安托万警察慈善舞会的门票，舞会是半正式的，由运动基金会举办。看来他们只是警察，不是士兵。这人说的话雷妮一点都听不懂，她是看到票后才明白的。

"我没准备这样的钱。"她说。

"你有什么，我们就要什么。"他说道，朝她咧嘴笑了。这次她明白了，给了他两美元，又加了一美元，也许这是进场费。他谢了她，一路朝另一个走回去，他们一起笑了。这一队人里，他们只骚扰了她。

在雷妮前面有一个小个子女人，不到五英尺高，穿一件假毛超短大衣，戴一顶黑毛骑师帽，俏皮地歪在一边。她转过身，抬头看雷妮。

"那个坏蛋，"她说，"别和他沾边。"她递给雷妮一大袋膨胀的奶酪糕饼。她黑色的脸上满是皱纹，一双眼睛从骑师帽下朝外张望，她肯定至少有七十岁，不过难说。这眼睛明亮、坦率、狡黠，那是机警的孩子才有的眼睛。

"这是我孙子。"她说，解开大衣，露出一件橙色 T 恤。和平之王，衣服上面用大大的红字写着。

雷妮以前从没近距离接触过宗教狂。她上大学时，听说经济专业的一个学生一天夜里跑过宿舍，声称自己生下了圣母马利亚，不过那是因为考前紧张所致。

雷妮尽量自然地笑了笑。如果这个女人认为她是圣安妮或什么别的圣人，最好别让她失望，至少在移民队伍里不要这样。雷妮拿了一点奶酪糕饼。

"这是我孙子，真的。"女人说。她知道对方并不相信自己。

接着轮到她了，雷妮听见她用尖厉、滑稽的声音对移民局官员说："你要是找我的茬，我孙子会烧穿你的屁股。"这似乎收到了预期的效果，那人立刻在她的护照上盖了章，她通过了。

轮到雷妮时，那官员觉得他应该特别严厉些。他翻看她的护照，对着签证皱眉头。他戴着厚厚的远近两用眼镜，把眼镜往鼻子下推了推，把护照举得远一点，似乎它有怪味。

"雷娜塔·威尔福德？是你吗？"

"是的。"雷妮说。

"看上去不像你。"

"照片照得不好。"雷妮说。她知道自己瘦了。

"伙计，让她进来吧。"一个警察叫道，不过，移民局官员不理他。他朝她皱皱眉头，又朝照片皱皱眉头。"你来访的目的是什么？"

"什么？"雷妮说。那人说话口音重，她听得很费力。她四下顾盼，想找明诺博士，可他不见踪影。

"我是作家，"雷妮说，"是个记者，为杂志写稿，在写关于

34

旅游的文章。"

那人朝那两个警察瞟了一眼。"你打算写这里的什么?"他问。

雷妮笑了笑。"哦,一般的东西,"她说,"你知道的,餐馆、观光这一类的。"

那人哼了哼。"观缸(光),"他说,"这里可没什么好看的。"他在护照上盖了章,挥手让她过去。

"好好写。"她过去时,他对她说。雷妮以为他在开玩笑,希思罗、多伦多或纽约机场的这类官员就爱开这种玩笑,他们会说,"好好写,亲爱的。"或宝贝,或甜心。他们会笑一笑。不过,等她转身回以该给的一笑时,却发现他正透过现代英国式的窗户,直愣愣地瞪着前方的停机坪,飞机早已没入黑暗中,在一排排白灯和蓝灯之间滑行,准备再次起飞。

雷妮兑换了一些钱。一个穿制服的女人疲惫地翻查她的手提包和口袋,她等着,说没有什么要申报的。女人用粉笔在她的每个包上做了个记号,雷妮走过一个门口,来到大厅。她看到的第一样东西是一块大牌子,上面写到,超强雄鸡,给你刺激。图上有一只公鸡,原来是朗姆酒的广告。

门外有一群人,是出租车司机。有人碰了碰雷妮的胳膊,她便跟他走了。通常她会跟他谈,了解海滩、餐馆、商店的情况,可天太热,她一屁股坐到软糖一样的座位上,这是五十年代的东西，早过时了。司机在狭窄的街道上七弯八拐，每转一个弯都按喇叭。车子还靠左面行驶，过了一会儿，雷妮才记起这实际上是英国的习惯。

车子蜿蜒驶上一个山坡，经过的房屋她勉强看得清。浓密的矮树丛罩住道路，车灯照在树丛上，艳丽的红花粉花摇曳多姿，宛如高中舞会上用克里内克丝面巾纸做成的纸花。车子进入亮灯的城区，街角上，商店前，人们三五成群，但不走路，而是站着或坐在台阶或椅子上，就像是待在自家屋里一样随便，敞开的门里飘出音乐声。

有些男人戴着针织的羊毛帽子，像茶壶的保温套，天这么热，雷妮不明白他们怎么受得了。车子驶过，他们转过头来看，有些人挥手、叫喊，不是冲着雷妮，而是冲着司机。她开始感到自己的肤色太白。她提醒自己，他们的黑人和我们的黑人不一样。她提醒自己，她所说的我们的黑人是指美国那些对白人怀有敌意的人，其实，我们的黑人应该指眼前这些人，他们看上去很友好。

不过，雷妮发现，他们无所事事，这令人不安，她在家时也会这样，这太像青少年在购物中心，太像一群乌合之众。她发现，自己真的不再是在家里。她离开家，出门了，她就想这样。这和在家的感觉不同，还不仅仅因为没人认识她，而她也谁都不认识。在某种意义上，她是隐形的。在某种意义上，她是安全的。

第一部

　　＊　　　＊　　　＊

　　杰克搬出去后，生活自然会出现一片空白，得有什么东西填补进来，也许，手里拿着绳子的男人与其说破门而入，还不如说是被吸进来的，被万有引力吸进来的。雷妮想，这是看待这一问题的一种方法。

　　一旦她把这个男人编成一个好听的故事，她会在吃午饭时讲出来，边吃草莓馅饼边讲。她不知道有谁会阻止她讲这个故事。有人阻止的话，也许是因为这个故事没有结尾，结尾是开放式的；也许它过于客观，她没有描绘出那个人的脸。她走在街上，以一种新的目光看经过她身边的男人：可能是他们中的任何一个人，也可能是任何人。虽然她什么也没做，别人也没对她做什么，可她已经感到身陷其中。出于一种她说不清的原因，她强烈地感到有人一直在看着她，她的脸变得模糊、扭曲、毁坏。吃午饭时不能谈这种事情。不管怎样，她不想别人把她看成一个仇视男人的人。如果你讲这种故事，人家就会这样想。

　　警察一走，她就把门锁上，窗子也上了保险栓，不过，哪怕是一个人待在屋里，窗帘都拉下，她也仍然无法摆脱被监视的感觉。她总觉得，一旦出了门，就会有人待在她的屋子里，不会弄乱她的任何东西，而是查看她的餐柜、冰箱、研究她。自她出去后，屋子里就有了另外的气味。她开始从外面观察自己，就像有人在用双筒望远镜观察她这个移动的目标，她甚至能听见无声的解说：现在她在打开豆芽罐头，现在她在煎蛋，现在她在吃蛋，现在她洗盘子，现在她坐在客厅里，一切正常。现在她站起来，走进卧室，脱掉鞋子，关灯。下面好戏上场。

她开始做噩梦，醒来一身汗。有一次，她觉得有人睡在她身边，她能摸到一只胳膊，一条腿。

雷妮相信自己是在犯傻，可能有神经病。她不想变成怕男人的女人。她告诉自己，这是因为你怕死，不切实际的胆怯就会有这种想法。就算你已经被救了，你仍然认为自己离死不远。你应该心怀感激，应该平静谦卑，可你却臆想出某个不值一提的、不再骚扰你的精神病患者。昨晚你听见窗子上的刮擦声根本不是从外面传来的。

这很好，不过那人的确存在，他是一个意外事故，就发生在她身上，几乎与她面对面。他是一个大使，所来自的地方她已经不再想去了解。那段绳子是一个明证，警察把它带走了，那也是一个信息。那是某人畸形的爱。即便绳子已经不在，每次她走进卧室，都能看见它盘在床上。

绳子本身无爱无恨，还有用，你可以用它做各种各样的事情。她搞不清他是打算勒死她，还是只想把她绑起来。他不想喝醉，冰箱里还有啤酒和半瓶红酒，他绝对看过了，但只挑奥瓦汀茶。他想知道自己在做什么。等他把她弄伤了，他可能会停下来，道歉，解开她，回家去见老婆和孩子。雷妮肯定他有老婆和孩子。或者，他大概知道自己在做什么，也许正是这个令他兴奋。某某先生拿着绳子，在卧室里。

绳子延伸到黑暗里，如果你扯绳子，会扯出什么东西来？那一头会是什么，那一头？一只手，然后是一只胳膊，一个肩膀，最后是一张脸。绳子的那一头是某个人。人人都有一张脸，没有无脸的陌生人。

*　　　*　　　*

晚饭时雷妮去迟了，不得不在前台等着，等他们给她在餐厅里摆上桌子。拐角过去是什么她看不见，一盘银餐具掉在地上，一阵低低的争吵声。十五分钟后，一个女招待进来，面色严峻地对雷妮说，可以进去了，好像她不是要去吃饭，而是去受审。

雷妮朝餐厅走去，一个女人走出来，肤色有如清茶。她把金发编成辫子，盘在头上，穿一件无袖绛红衣服，上面是橘红的花朵。雷妮顿觉眼前一片泛白。

女人朝她微笑，露出一口闪亮的牙齿，一双圆圆的蓝眼睛看着她，那眼睛像瓷娃娃。"喂。"她说。她平静而友好的凝视令雷妮想起假日宾馆餐厅里女招待那完美的问候。雷妮等着她说："玩个痛快。"可那微笑停留得久了一点，雷妮想来想去：自己是不是认识这个女人。最后她松了口气，不认识，于是她回以微笑。

白色桌布浆得硬挺，酒杯里插着亚麻餐布，折成扇形。每张桌子上都有一个花瓶，插着芙蓉，小小的打印卡片倚着花瓶，确切地说，这不是菜单，因为饭菜是没有选择的。送饭菜的三个女招待穿着浅蓝色长裙，系白色围裙，戴传统的室内头巾式女帽。她们一言不发，一脸刻板，也许她们是吃饭吃到一半被叫来干活的。

雷妮习惯在吃饭时用写作打发时间，尽管她觉得日落饭店没什么值得写的，还是动起笔来：

> 装饰毫无特色，活脱脱一个土里土气的英国乡下旅馆，大花墙纸，几幅狩猎和射击的画像，天花板的电扇增添了一抹愉悦。最先上的是当地的面包，黄油是否新鲜，有待商榷，接下来是（她看了看菜单）南瓜汤，油腻，大多数北美人习惯清淡。我的同伴……

可她没有同伴。这类出游总得要有一个同伴，哪怕是编出来的。如果向读者建议一个人去餐馆，独自坐在那里，除了吃饭还是吃饭，他们会觉得那过于沉闷，他们要热闹，找浪漫，还要你列出酒类一览表。

不过，烤牛肉一上来，雷妮就写不下去了。牛肉坚韧得很，烧成土黄色，淋上肉汤，肉汤难辨其味，上面装饰着一块土豆，土豆煮得太老，微微发绿。你如果不是饥饿难耐，是不想碰这种东西的。

这让她想起几个月前为《潘多拉》的《五彩多伦多》栏目写了一篇关于快餐出路的文章，笔法做作。她还为他们写过一篇文章，即如何在自助洗衣店里顺利而安全地挑选男人，并且列出不错的自助洗衣店的地址。注意看他们的袜子。如果他们问你借肥皂，就不要再去想袜子。这篇食物专论的题目是《锯屑美味》，副标题（不是她起的）是这样的，"您最好带上一千美元，因为面包和红酒无处可寻。"

她提到了市中心所有的麦当劳和肯德基，每样东西都尽职尽责地咬上一口。我的同伴吃了鸡蛋小松糕，他觉得有那么一点儿过于松软。我的小圆面包差强人意。

雷妮挑拣碟里的外国蔬菜吃，一边四下顾盼。除了她，只有一个男人在用餐。他坐在屋子的另一边，在看报。他面前的东西像是搅拌过的酸橙浓汁。如果这是在自助洗衣店，她会挑上他吗？他翻过一页报纸，朝她笑了笑。这似笑非笑有点心照不宣，雷妮低下头。她喜欢东张西望，可不喜欢有人发现自己这么做。

对望，这是一种暗示。他折起报纸，站起来，朝她走来，她并不吃惊。

"像我们这样面对面坐在屋子的两头，有点儿傻，"他说，"我看这地方除了咱俩，没人了。介意我与您同坐吗？"

雷妮说不介意。她没打算挑选这个男人，其实，她从没在自助洗衣店挑上男人，只是进行初试，然后解释说，她在做研究。必要的话，她总可以这么说。同时，讲礼貌总是好的。

他走到厨房门口，又要了一杯咖啡。一个女招待送来咖啡，还为雷妮端来一碟绿色的东西，然后，她没有回厨房，却坐到这个男人原来的位子上，吃完他的甜点，边吃边狠狠地盯着他。男人背对她，没看到。

"我要是您的话，就不吃这个。"他说。

雷妮笑了，更仔细地看了看他。在做手术前，她常和约卡丝塔在街上和餐馆里玩一个游戏：挑一个男人，任何男人，找出其与众不同的特征。眉毛？鼻子？身体？如果这个人是你的，你要怎样改造他？理个寸头，穿紧身潜水衣？这是个粗俗的游戏，雷妮知道这一点。不知出于什么原因，约卡丝塔出于某种原因，不这么看。她会说，嗨，你这是在帮助他们。

雷妮想，这人大概不愿被改造。首先，他太老了，过了打磨刷粉的年龄。雷妮断定，他至少有四十岁。棕黄色的皮肤韧巴巴的，眼睛周围有抹不掉的白色皱纹。他留着小胡子，后嬉皮士时代的头发，前面是耳垂底造型，后面紧挨衣领，有点参差不齐，像是用厨房里的剪子自己弄的。他穿短裤和黄 T 恤，衣服上什么字也没有。这雷妮喜欢。有字的 T 恤刚出现时，她喜欢上面印有名言，不过现在觉得这样显得幼稚。

雷妮作了自我介绍，说自己是个记者。人们容易把她想成是个秘书，她习惯首先澄清这一点。那人说，他叫保罗，来自美国衣阿华州。"原来是。"他说，暗示自己是外来客。他说，他不住在旅馆，只是在这里用餐，这类地方好一些。

"如果旅馆好一些，那什么差一些呢？"雷妮说，两人笑了。

雷妮问他家在哪里。问这种问题是可以的，因为雷妮已经断定，这样不会显出挑选的意味，可以把它归为人类交流的尝试。他只想找个人聊聊，他在打发时间。这挺好，她自己何尝不是如此。如果她眼前的生活中不需要什么东西，那就是约卡丝塔所说的那些人中的一个。不过，她还是想把脑袋扎到桌布下，看看他的膝盖是什么样子的。

"家？"保罗说，"您是说，心在哪里？"

"这是个私人问题吗？"雷妮问。她开始吃甜点，味道像加了糖的粉笔。

保罗咧嘴笑了。"大多数时候，我住在船上，"他说，"在圣阿加莎那边，那里的码头比这里的好。我来这里只是待几天，做生意。"

雷妮觉得，她应该问做什么生意，但她没问，觉得他会烦的。她以前碰到过住在船上的人，他们张口闭口都是船。一提到船，她脑袋就发晕。"什么样的船？"她问。

"速度很快的那种。实际上，我有四条这样的船。"他凝视着她，说。她应该对此感到惊奇。

"看来您富得流油啊。"她说。

这次他笑了。"我把它们租出去了，"他说，"现在都不在这里。从某种意义上说，留着这些船就像长了痔疮一样。我不喜欢游客，他们总是抱怨吃得不好，而且经常晕船呕吐。"

雷妮是个游客，不过没计较这个。"您是怎么弄到四条船的？"她问。

"在这里，您到处都可以弄到，便宜，"他说，"从死人手里，或从讨人嫌的、退休的股票经纪人手里，他们要么心脏病发作，要么觉得有些人太难缠。还有一点儿船主的隐私。"

雷妮不想让他因为她的无知而感到自满，不过，他只朝她微笑，眼睛周围晒黑的皮肤叠起层层皱纹。他希望她问这隐私是什么，她宽容地如了他的愿。

"人们偷自己的船，"他说，"借此搜刮保险金，然后把船卖掉。"

"不过您绝不会做这种事情吧。"雷妮说。她现在注意力更集中了，没有金耳环，没有木腿，胳膊底下没有吊钩，没有鹦鹉，不过，有别的东西。她看他的手，方指甲，实在，木匠的手，放在桌上，规规矩矩。

"是的，"他说，"我从没干过这种事情。"

他浅浅一笑，眼睛是浅蓝色的。她看出了一点东西，那是刻意摆出的中立态度。他在做她平常做的事情：他在克制自己。现在，她真的对他感兴趣了。

"您有工作吗？"她问。

"在这里，如果你有四条船，你就不太需要工作了，"他说，

"我靠租船已经挣够了。我原来有工作，是美国农业部的一个专家，他们派我来当顾问，职责是告诉这里的人，这里除了香蕉，还能种什么。我推荐种红芸豆，却发现人们希望这里的人只种香蕉，不过他们又不想把我派到别的地方，所以，我成了半退休。"

"在这之前，您去过哪里？"雷妮问道。

"到处都去，"他说，"去过很多地方。战前我在越南当公差，之后去了柬埔寨。"说这话时，他仍在微笑，不过直视她，有点挑衅的意味，似乎知道她会有反应，害怕，或至少厌恶。

"您在那里做什么呢？"雷妮放下汤匙，和颜悦色地问道。

"当顾问，"他说，"我总是当顾问，但和要求别人按你说的做不一样。"

"什么顾问呢？"雷妮问。现在她觉得两人像在进行电台采访。

对方停顿一下，笑了笑，皱纹顿起。"种稻谷。"他盯着她，说。

他想从她身上得到什么，但她不知道是什么。不是佩服，不是宽恕，也许他根本不想从她身上得到什么，这也无妨，反正她也没有一大堆新闻稿要写。"这肯定有意思吧。"她说。她还没有无缘无故地写人物专评。她不笨，她知道怎么添油加醋，知道总有不确定的因素。若是在十年前，她会觉得自己有资格感到义愤填膺，可这和她毫无关系。人们无法控制某些事情，却深陷其中而无法自拔，现在她明白这个道理了。

他放松下来，仰靠椅背。不管这考试是什么，她通过了。"有时间我跟您说。"他说道。他已经想到将来了，可她做不到。

*   *   *

雷妮在日落饭店的房间墙壁上装饰有小花图案，花朵有粉有蓝，天花板十五英尺高，有几块浅黄色水渍。单人床窄小，铺着白色的松绒线床单，床尾挂着一幅绿瓜图，瓜被切开，露出里面的籽。床上挂着打成结的蚊帐，没有床单那么白。床头柜上有一本《圣经》，碟子里有一盘蚊香，还有一盒火柴，三星牌的，瑞典造，还有一盏灯，灯罩是绉纹纸，灯是一条美人鱼，胳膊举过头顶，举着灯泡。她没有袒胸露脯，而是穿一件土耳其式样的短上衣，前襟敞开，衣边擦过乳头。床头柜的抽屉里有个盒子，里面还有两盘蚊香。盒子上标着鱼牌蚊香，血液保护有限公司制。

浅绿色衣柜上有个保温杯、一个玻璃杯和一张手写卡片，警告客人不要喝自来水。雷妮打开抽屉，中间的抽屉有一床灰绿色毯子，最底下的抽屉有安全别针。雷妮立刻有一种感觉，她的余生有可能在这样的房间里度过。不是她自己的房间。

她点燃蚊香，拧开美人鱼灯，把旅行闹钟放在《圣经》上，拿出棉质睡衣，打开拉链包，里面放着牙刷和其他洗漱用具和自用的消毒用具。她不再认为这些东西是理所当然的。"防止腐坏"不再只是一句空洞的口号。她拉上窄窄的窗子上的软百叶帘，关上顶灯，脱衣服。衣柜上的镜子小，她不会走到哪儿都被照到。

她洗了个澡，水怎么也暖不起来。她从小小的浴室出来，窗子旁的墙上爬着一只绿色的壁虎。

她掀起松绒线床单和被褥，仔细察看床上和枕下，看有没有虫子。她解开蚊帐，塞好，爬进白色的帐篷里，熄灯，挪到床中央，不让身体的任何一部分碰到蚊帐。她看到椭圆形窗子在黑暗中发灰，还看到蚊香闪亮的尾端。空气暖湿，比洗澡前更暖，更湿润，床上微微散发出霉味。

窗外有声音，蟋蟀的尖叫，还有一个单音在不断重复，像有人在敲钟或水杯，也许是什么虫子或青蛙，除此之外，便是反复的切分音节奏的音乐。熄灯几分钟后，一辆车回火，要不就是放爆竹，一个女人高声大笑，此后，音乐继续。

尽管天热，雷妮还是抱着双臂睡觉，左手放在右乳上，右手放在左乳的褶皱上，褶皱滑向腋窝。现在她睡觉总是这个姿势。

她左手抚摸着乳房的皮肤，好的那个乳房，她希望这个真的是好的，每晚都如此。从表面上感觉不到什么，不过，她不再相信表面。她刷牙，用牙线洁牙，防止蛀齿，用保温瓶里的水漱口，那水闻起来像融化的冰块，像冰箱的里面，像卡车里的抹布。尽管刷过牙，她还是觉得嘴里有飞机上三明治的味道，

第一部

夹杂着腐臭的黄油和烤牛肉，腐败的肉。

她时醒时睡，听到了音乐，偶尔有车子经过，听上去像是发动机出了问题。她身子发沉，咽喉哽塞，她肯定自己在打鼾，虽然这不算什么。终于，她沉入湿润的梦乡中。

她猛醒过来，仿佛有块湿布如罗网一般压住眼睛和嘴巴，脸贴着蚊帐。透过蚊帐，她看到数字闹钟的指针，那个小点如小小的心脏一样在搏动。现在是早上六点。她正梦见有人从窗子爬进来。

她想起自己身在何处，希望自己的尖叫声没打扰到其他客人。太热了，她在出汗。尽管有蚊帐，挨着蚊帐的身体还是被咬出了几个包，左肩的肌肉又疼起来。

附近有只公鸡在啼叫，还有一只狗，几只狗，在吠叫。屋里越来越亮。从墙的另一边传来声音，直达耳畔。过了一会儿她才听出来是一张床有规则地咯吱作响，有些陌生，又如此熟悉，还有一个女人的声音，语无伦次，毫无顾忌。她没听清，觉得这是在痛苦的呻吟。从前，这种声音的侵犯只会让她恼火一下，如果有男人和她在一起，还会让她开心，甚至令她激动。而现在，她只感到痛苦、哀伤、失落，一个从过去传来的声音，与她分离，在她身边，在另一个房间里绵延。快点完事吧，这个念头穿过墙壁。

哦，求求你们。

第二部

雷妮说，我想到了一些事情，其中之一就是站在外婆的卧室里。光线从窗外射进来，那是冬季的日光，微弱、发黄，一切都干干净净。我很冷。我知道自己做错了事，不过忘了做错了什么。我在哭，抱着外婆的两条腿，我没觉得它是人腿，只觉得她从脖子到裙底是结实的一块，我像在抱住一根救命稻草，是安全的，如果我放手，就会掉下去。我想得到原谅，可她把我的手指一根一根地掰开，她在笑。她从不发脾气，她为此感到自豪。

我知道自己要被关在地窖里，我害怕，我知道那下面是个什么样子，只亮着一盏灯，水泥地板总是凉凉的，还有蜘蛛网，木梯旁的挂钩挂着冬天的大衣，还有炉子。整个家里只有这地方不干净。我被关在地窖里时，总是坐在最高的那级梯子上。有时地窖里有动静，有东西在活动，这些小东西会跑到你身上，窜过你的脚。我哭，因为我害怕，控制不住自己。哪怕我不过只是弄出了声响，或是发出了哭声，什么也没做错，也还会被关在那里。

你笑，世界会和你一同笑。外婆说，你哭，只能独自哭泣。有很长一段时间，我讨厌湿手套发出的气味。

第二部

　　我是在老人圈子里长大的：外公，外婆，还有舅公，舅婆，他们做完礼拜后就来到家里坐。我以为妈妈也是老的，她不老，不过成天跟老人在一起，她也变老了。在街上，她走路慢慢的，好让他们跟上她，她和他们一样，提高嗓门讲话，她很在乎细节，穿衣服也像他们，黑衣，高领，缀着无伤大雅的小图案、碎花或枝状花纹。

　　小时候，我学会了三件事：保持安静，有些话不能说，有些东西只能看不能碰。我一想起这房子，就想到家什和安静。这种安静几乎是有形的，我觉得是灰色的，像烟雾一样悬浮在空中。我学会倾听没有说出的话，因为没说出的话比说出的话更重要。我外婆精通如何保持安静。在她看来，直通通地提问是不礼貌的。

　　屋里的家什是另一种形式的安静。钟，花瓶，茶几，橱柜，小雕像，调味瓶架，果汁杯，瓷盘。它们重要，因为它们曾属于另一个人。它们既强大，又脆弱。强大，因为它们具有威胁性，总是摆出一副要破碎的样子，以自己的脆弱来威胁你。外婆身体还算好的时候，每星期都要清洗、擦亮一次这些东西。她不行了，妈妈接着干。你绝不能卖掉这些东西，或把它们送人，唯一能摆脱它们的办法就是在遗嘱中把它们留给别人，然后死去。

　　这些东西大多数不好看，不过，好看不好看并不重要，重要的是它们符合标准，且标准不是好看，而是体面。两个姨妈来访时，我妈妈和她们常爱用这个词。"你够体面吗？"她们欢快地相互叫唤，然后才打开卧室或浴室的门。体面就是指无论如何，身上要穿着衣服。

如果你是个女孩，长得漂亮远不如举止体面安全。如果你是个男孩，这个问题就不存在了，体面转而指你不是傻瓜，反之就是傻瓜。衣着也有体面和不体面之分。我的衣着永远是体面的，它发出的气味也体面，羊毛味儿，加上樟脑球和一点家具亮光剂的味儿。家境不好、管教不严的女孩穿的衣服有问题，有紫罗兰的气味。体面的反面不是漂亮，而是花哨或低廉。穿着花哨，不检点的人们抽烟喝酒。天知道他们还有什么毛病？人人都知道这一点。在格里斯伍德，人人早晚都会无所不知的。

于是，你知道如何进行选择，你可以判断人们是否尊敬你。如果你的家庭不受人尊敬，那就难些，不过还算过得去。如果你的家庭受人尊敬，你可以选择不让它蒙羞。要做到这一点，最好的办法就是不做出格的事情。

我家受人尊敬，那是因为我外公。他当过医生。不是普通的医生，而是专业医生；那时专业医生和雄猫一样拥有自己的地盘。外婆给我讲过他的故事。他驾着轻便雪橇，冒着大风雪，去给人接生，他切开女人的肚子，把婴儿扯出来，然后再缝上。他用普通的锯子为一个男人做截腿手术，那人狂躁不已，没人制得住，又没有足够的威士忌，他便揍昏他。他冒着生命危险

第二部

走进一个疯子的农舍，这个疯子一直用猎枪指着他。这个疯子已经轰掉自己一个孩子的脑袋，还威胁要打死其他的孩子。外婆认为，这都要怪他的妻子，几个月前她弃家出走。我外公救下剩下几个孩子的性命，后来他们被送到孤儿院。没人愿意收养父母发了疯的孩子，谁都知道这种毛病会遗传。那人被送到他们叫做疯人院的地方，正式的名字叫精神病院。

外婆崇拜外公，人人都这么说。我小时候，觉得他是个英雄，我猜他就是个英雄。在格里斯伍德，外公最像战场上的英雄。我希望像他一样，不过上了几年学后就忘了这个理想。男人是医生，女人是护士。男人是英雄，女人是什么？女人裹绷带，人人都这么说。

妈妈和姨妈跟我讲的外公的故事不一样，不过，外公在场时，她们是从来不讲的。这些故事大都和他的火暴脾气有关。她们小时候，每次他认为她们即将失去体面时，就会吓唬她们，说要用马鞭抽她们，不过他从来没有这样做过。他认为自己心慈手软，因为他没有强迫自己的孩子星期天整天都坐在凳子上学习，而他自己的父亲就这样。可外公现在是个脆弱的老人，下午睡觉时不许人打扰他，就像那些钟和小雕像一样，需要保护。我很难把这些故事，把外婆讲的故事和他联系起来。妈妈和外婆像照顾我一样照顾外公，她们手脚利索，关注细节，这使她们更快乐。也许她们是真的快乐，她们快乐，也许是因为最终可以把他控制在手中了。他死时，她们在他的葬礼上痛哭。

54

第二部

对外婆这个年纪的女人来说，她是个奇人，人人都这么对我说。不过外公死后，她开始每况愈下。姨妈每次来做客，妈妈都这么对她们说。她的两个姐姐都结了婚，离开了格里斯伍德。当时我上高中，不像从前那样经常在厨房里闲逛，不过有一天我回家，正好碰到她们，三个人都在笑，笑得喘不过气来，又像是在教堂里或葬礼上，拼命忍住笑声。她们知道自己在冒犯别人，不想让外婆听见。她们笑得太专心，没看见我。

妈妈说，她不愿给我房子的钥匙。不过我是丢了钥匙，她们一听，又笑了起来。上个星期她终于给了我一把，可我把它掉在暖气表下面了。她们大笑，拍着自己的眼睛，疲惫不堪，像跑了步一样。

真笨，从威尼佩格来的姨妈说。外婆对什么事情不高兴时，就会这样说。我从没见过妈妈笑成这个样子。

别管我们，姨妈对我说。

你要么笑，要么哭，另一个姨妈说。

你要么发笑，要么发疯，妈妈说，插入一点内疚，她一向如此。这令她们清醒起来。她们知道，因为她生活得不像样，她们才有像样的生活。

之后，外婆的平衡能力开始变差，常常爬上椅子和凳子拿她拿不动的东西，然后就会摔下来。她通常在妈妈出门时这样干。妈妈回来，看到她趴在地上，身边净是摔破的瓷器。

接着，她的记性也不行了。晚上常围着屋子转，开门，关

第二部

门，努力想找到回房间的路。有时，她不知道自己是谁，也不知道我们是谁。有一次，大白天，我放学后正在厨房里做花生黄油三明治，她走进来，吓了我一大跳。

我的手，她说，我把它们丢在什么地方了，现在找不到了。她无助地高举双手，像是无法动弹。

它们就在那儿，我说，就在您胳膊上。

不，不，她不耐烦地说，不是这手，这手不好用了，是另外的手，我以前的手，我碰过东西的手。

两个姨妈站在厨房的窗前，一直盯着她，她在院子里游荡，围着被霜冻住的垃圾转来转去，这些垃圾妈妈再也没有时间收拾。以前，院子里鲜花盛开，百日菊和鲜艳的红花菜豆挂满木杆，常有蜂鸟飞来栖息。外婆曾经对我说，天堂就是这个样子的：如果你够乖，就会得到永生，去到鲜花盛开的地方。我想，她真是这样想的。妈妈和姨妈不相信，不过，妈妈还是去教堂。姨妈来访吃完饭后，他们一边在厨房里洗碗，一边唱颂歌。

从威尼佩格来的姨妈说，看来她觉得它还在那里，瞧，她在外面会冻僵的。

把她送到养老院去吧，另一个姨妈看了看妈妈凹陷的脸和眼眶下紫红色的眼圈，说。

不行，妈妈会说。有时外婆会正常得不得了，这会让妈妈痛苦不已。

如果是我的话，就把我带到野外，一枪打死我好了，另一

第二部

个姨妈说。

当时，我一心想着怎么离开格里斯伍德，我可不想像妈妈那样身陷其中。虽然我敬佩她——人人都对我说，她十分令人敬佩，真是一个圣人——可我根本不愿像她那样。我根本不想成家，也不想当谁的妈，我丝毫没有这样的雄心壮志，我不想拥有也不想继承家什，我常常祈祷，希望自己不要活到外婆那样老，现在我觉得自己是活不到了。

*　　*　　*

上午八点，雷妮终于醒来。她躺在床上听音乐，现在音乐像是从楼下传来，她感觉好多了。过了一会儿，她摸索着钻出蚊帐，下床，靠着窗台，看着阳光。阳光灿烂，但不算刺眼。下面是水泥院子，一个女人在锌盆里洗床单，这里像是旅馆的后面部分。

她想到了衣柜。因为出门尽量少带衣服，她没有多少可换的。

她记得特意带上了具备基本功能的防晒衣服，一般不会发皱。这还只是前天的事。她离家前把屋里收拾好后，整理衣柜和抽屉，把衣服重新折叠摆好，把毛线衫的袖子仔细地叠到后背去，就像她走后，家里会有人一样，她要把家里弄得整洁些，好打理些。她这样处理只针对衣服，没去理睬冰箱里的食物。

不管那是什么，别人都不会吃的。

　　雷妮穿上朴素的白色棉质衣服，穿好后照了照镜子，看上去还是正常的。

　　今天，她要去看放射科医生。几个星期前，丹尼尔希望她多做检查，当时就替她约好了。他们管这叫病情检查。她甚至没有在飞机起飞前取消这次体检，这样做有欠礼貌，她知道自己以后会后悔的。

　　现在，她只觉得自己成功逃脱了。她不想去检查，因为她不想知道结果。丹尼尔虽然说这是例行检查，可他要是觉得她一切都好的话，是不会安排这些检查的。他说她已经好转，不过，我们得盯着你，一直得这样。好转是个好词，晚期是个坏词，它让雷妮想起公交站：终点站。

　　她不知道自己是否已经成了这些游魂中的一个，绝望的人，一想到再次遭受医院无用的折磨、疼痛和难忍的恶心、细胞的粒子辐射、皮肤消毒、头发脱落，她就无法忍受。她是不是也能熬过这些古怪的检查，杏仁核提取液，思考太阳和月亮，科罗拉多的咖啡灌肠剂，用卷心菜汁做成的鸡尾酒，药瓶里的希望，有些人说他们能看见自己的手指传出震波，那是神圣的红光，让他们把手放到你身上？信仰愈合一切。她是否到了敢于尝试一切的地步？她不想被人看成是个疯子，但也不想被人看成是个死人。

第二部

我要么死，要么活，她对丹尼尔说。请不要觉得你无法开口。是哪一种？

你感觉自己是哪一种呢？丹尼尔说。他拍拍她的手。你还没死，你比很多人更像在活着。

对雷妮来说，这安慰还不到位。她要想办法得到某种肯定的东西，真正的事实，这样才知道下一步该怎么办。这样悬而未决，吊在虚空中，这种要死不活的状态，她无法忍受，无法忍受不明真相，但也不想知道真相。

她走进浴室，打算刷牙。洗脸池里有条蜈蚣，至少有十英寸长，腿脚众多，红通通的，后面有两根弯曲的尖刺，是后面还是前面？它扭动着，在陶瓷洗脸池滑溜溜的一侧往上爬，跌回去，再扭动着往上爬，再跌回去。它看上去毒性十足。

雷妮对此猝不及防。她不敢捏死它，能用什么东西呢？没有东西来喷它。这家伙太像她做噩梦时见到的东西了：她胸脯上的疤痕裂开，有点像腐坏的水果，又有点像这东西从什么地方爬出来。她回到房间，坐在床上，双手紧握，努力不颤抖。等了五分钟，她毅然决然地回到浴室。

那东西没了。它是不是先从天花板上掉下来的，还是从下水道爬上来的？现在它到哪里去了？是从池边掉到地板上和缝隙里，还是又返回到下水道？她但愿自己有杀虫剂和粗棍子。

第二部

她打开水龙头，到处找塞子，没有。

*   *   *

旅馆里有一间大厅，可以在那里喝下午茶。大厅里有深绿色人造革椅子，像是从五十年代早期类似贝勒维尔的旅馆大厅里直接搬过来的。雷妮坐在一张黏糊糊的椅子上，等着他们在餐厅里嘟嘟哝哝地为她摆上桌子，她迟到了半小时。除了椅子，大厅里还有一张玻璃面的咖啡桌，包铁桌腿，桌上有《时代周刊》和《新闻周刊》，都是八个月前的了，还有一盆斑斑驳驳的植物。窗顶环绕金箔，是圣诞节留下的，或许从来就没取下过。

昨晚的桌布撤了，桌面是灰色的丽光板，小红方块图案，餐巾不是折叠的麻布，而是黄色的餐巾纸。雷妮四下望了望，没见保罗的踪影，不过，旅馆人多了些，一个年纪稍大的白种女人，脸瘦瘦的，独自坐着。她自信地环顾餐厅，似乎要对一切感到着迷；还有一家子印第安人，妻子和祖母披着纱丽，几个小姑娘穿着褶边背心裙。幸运的是，雷妮的桌子没挨着那个年纪稍大的女人，她像加拿大人，模样别扭。她不想和谁聊风景或天气。三个小姑娘在屋子里炫耀地你追我赶，咯咯笑着，两个女招待开玩笑地掐了掐她们，女招待为她们露出了笑容，那种笑不是给成年人的。

又有一个女人进来，和那个年纪稍大的女人坐在一起，两

60

人挺相像，只是后一个更胖，头发束得紧紧的。雷妮听她们说话，看她们不时查查小字典，才发现她们不是加拿大人，而是德国人；因为德国马克值钱，她们劲头十足地去旅行，现在遍布各地，连多伦多都有。她们蓝眼睛，一脸精明，算计着这个世界。为什么不呢？雷妮想。现在轮到他们了。

女招待过来，雷妮点了酸奶和新鲜水果。

"没有新鲜水果。"女招待说。

"那就要酸奶吧。"雷妮说。她觉得自己需要一些有用的细菌。

"没有酸奶。"女招待说。

"可菜单上有啊。"雷妮说。

女招待看着她，毫无表情，不过眯起眼睛，像是要笑。"以前有。"她说。

"什么时候才有？"雷妮说，没想到吃点东西那么复杂。

"现在有开拓者公司的牛奶，"女招待背书一样说道，"国有企业。牛奶做不了酸奶，做酸奶要用奶粉。奶粉是违法的，您买不到。卖酸奶的现在关门了。"

雷妮觉得，这几件事情之间缺少联系，不过，早上才起床没多久，不宜考虑这种问题。"现在有什么？"她问道。

"我们有的。"女招待非常耐心地说。

有的原来是速溶粉冲的橙汁，一个差不多煮熟的鸡蛋，从牛奶罐里倒出的咖啡，抹人造奶油的面包和番石榴果冻，太甜了，橙子是深色的，用耳蜡包得太久的缘故。雷妮希望自己不要老是评论食物，吃就是了。反正，因为吃饭问题，她没有住日落宾馆。她住这里是因为饭菜价格实惠：这一次不是所有费用全包的。她也可以选择去更漂亮的地方去吃午饭或晚饭。

女招待过来拿走她的盘子，还有蛋糕杯里流汁的鸡蛋，旁边是面包片和果酱，她像孩子一样吃了中间，把皮留下。

早餐后，就要打发剩下的一天，肯定很忙，很热，阳光刺眼，不管做什么，肯定要跑来跑去。她想去海滩晒阳光浴，不过她是谨慎的，不愿像脆皮鸡那样光着身子，她需要防晒油和帽子。之后，她可以按部就班地运转起来：观光，做事，打网球，如果有名气大的旅馆和餐馆，就去看看。

她知道，人一到热带地区就容易犯困，做事没劲，昏昏欲睡，意志消沉，关键是不能停下来。她不得不说服自己，如果她不想办法写出一篇资料翔实、笔调欢快的稿子，好好介绍一下圣安托万的乐趣，那么整个世界都会受到负面的影响。

也许，她可以杜撰出一篇来，臆造出几家引人入胜的小餐馆，新世界里旧世界的某种魅力，加一点浪漫史，从圣奇兹这样不太显眼的地方的角落弄来几张照片，权当佐料。她想象，商人蜂拥进到圣安托万，然后又怒火冲天地蜂拥到《面具》编辑部。这样不行，她得拿出真正的东西来，她在银行已经透支了。本地的发展潜力总可以谈一谈吧。

她想，我需要的是太阳帽，还有脚夫或向导，抬着我坐的吊床到处转悠。在萨默塞特·毛姆的小说里，这些人一向喜欢喝酒，是喝苦味杜松子酒吗？

*   *   *

雷妮安于本行，因为她擅长这个，至少她在聚会上是这么说的，也因为她不知道自己除了这个，还能做别的什么。这一点她没说出口。她曾经心怀壮志，现在那不过是幻想。那时她相信有个合适的男人，不是几个也不是将近合适的，而是正好合适的一个。她还相信自己会有一段真实的情史，不是几段也不是将近真实的，而是真真切切的一段。可那是在一九七〇年，当时她还是个大学生，那时很容易相信这种事情。她决定以揭弊为自己的专业，诚实将是她的原则。她投稿《大学》，写的是城市房屋开发商如何通过操纵房地产的涨跌进行牟利，另一篇是关于单身母亲缺乏好的日托所。有人写信骂她，还威胁她，可她认为，这正好证明自己有战斗力。

后来，她毕业了，那已经不是一九七〇年。几个编辑对她指出，她想写什么就写什么，没有法律可以限制，但也没有谁有义务为此付她钱。其中一个对她说，她本质上还是南方的安大略浸礼会教友。[1]她说，是联合教会，她说，不过这让人不

1　卫理公会教堂福音派新教的一员，使用改革的祈祷传统，崇尚个人自由、政教分离和自愿洗礼、理智信仰。

高兴。

她没有写关于这些话题的文章，而是采访相关人士，那些稿子要好卖得多。既在警戒线内，又有趣味，粗斜纹棉布罩衫的重要性，女权主义者早餐吃什么。编辑告诉她，那是她的强项。绝对时髦，这是他们说的。有一天，她发现自己缺少小额现金，于是很快写出一篇关于戴面纱帽子重新流行的文章。这根本不是什么绝对时髦，不过是时髦而已。她不想过于内疚。

既然雷妮不再为幻想所困，她也不再把自己那点诚实看作是美德，而是一种反常行为，确实，现在她还是无法摆脱它。不过，它就像格里斯伍德的典型疾病牛皮癣和痔疮一样，是可以控制的。为什么要让这些东西变得人所皆知呢？她内心的诚实——绝对如此——是职业的责任心。

其他人不像她有这样的顾虑。凡事皆相对，事事都时髦。一旦一件事或一个人得到太多的表扬，只会物极必反，没人认为这是变态，事情的本质本来如此。事情很容易物极必反。你写东西，写到人们不愿再读，或写到自己不愿再写。哪怕你文笔再好，运气再好，还是一样。然后，你开始写别的东西。

雷妮离格里斯伍德还不够远，这种观点有时还缠绕着她。去年有一天，她走进《多伦多之星》杂志的办公室，一些年轻职员在草拟一份单子。将近元旦，他们用泡沫塑料咖啡杯大杯大杯地喝白葡萄酒，放声狂笑。这名单是每年必做的，有时人们管它叫"进出单"，有时叫"加减单"。这些单子能让人们，

第二部

包括制作单子的人恢复信心，他们有能力做出甄别，通过选择来证明自己。她从前也制作过这样的单子。

这一次，单子题为《风度：谁拥有，谁没有》。罗纳德·里根[1]没有风度，皮埃尔·特鲁多[2]有。慢跑没有风度，现代舞有，不过只能穿慢跑裤子跳，这样有风度的是现代舞而不是慢跑。如果你穿有弹性的、袒胸露肩的紧身连衣裤，那就没风度了。不过，如果你穿这身衣服去游泳，那就有风度。如果你穿内嵌胸罩的泳装去游泳，那就没风度。玛丽莲餐厅没风度，布卢尔街上的"吮指鸡"有风度，后者不卖鸡肉菜。

"还有什么是没风度的？"他们问她，想到她会怎么回答，他们已经咯咯笑起来。"玛格里特·特鲁多[3]怎么样？"

"阶层这个词怎么样？"她说。他们不知道这是不是开玩笑。

她就有这样的问题。另一个问题是，她吹毛求疵是出了名的。她听到传言，意识到了这一点。人们开始认为她会因此而完不成任务。这并非全是谣言，有些事情她似乎越来越难以做到。也许不是无能为力，而是不情不愿。她只想写合法的东西，这是幼稚的。她相信自己是胆小。这种情况在手术前已经开始出现，现在变得越来越严重。也许她正面临中年危机，这危机也来得太快了，也许格里斯伍德成了她沉重的负担：如果你说

1　美国第四十任总统，1981—1989 年执政。
2　1980—1984 年任加拿大总理。
3　皮埃尔·特鲁多的前妻。

65

得不好，那就别说。倒不是脑袋里的格言挡住了格里斯伍德。

两个月前，她有一次好机会，为《潘多拉》杂志的《成功女性系列》栏目写人物侧写。候选人包括一个芭蕾舞演员，一个诗人，一个奶酪公司的女高管，一个法官，一个服装设计师，专门设计脚趾处带闪光人脸的鞋子。雷妮想写这个设计师，可上面派下的任务是写法官，因为法官一般来说比较难写，雷妮应该擅长这个。

雷妮没想到第一天出去采访就让她那么难过。法官人挺好，可你能说什么呢？当法官是什么感觉？她问。法官说，当什么会有什么感觉呢？她只比雷妮大一岁。这是工作，我喜欢它。

法官有两个很不错的孩子和一个爱她的丈夫，他根本不介意她工作花时间，因为他觉得自己的工作令人满意，颇有回报。他们的屋子很漂亮，无可挑剔，屋里挂满有前途的年轻艺术家的绘画。法官决定在其中一幅画前拍照。雷妮每问一个问题，都觉得自己显得更幼稚，更愚蠢，更无助。法官完全占据了上风，雷妮开始觉得这是对她个人的侮辱。

她对《潘多拉》的编辑说，我做不了。编辑名叫蒂皮，是雷妮的联系人。她一张开嘴，一番说词就出来了。

蒂皮说，她是个爱控制人的变态家伙，她在控制采访，你得变被动为主动，用新的眼光看她。我们的读者希望看到她们也是人，看到盔甲上也有裂缝，看到一点点痛苦。在她发达的过程中难道就没有痛苦吗？

我问过她这个了，雷妮说，没有。

蒂皮说，你要做的是问她，你能不能和她过上一天，整天跟着她，总会找到真正的故事。她如何与丈夫相爱的，这个你问了吗？看看药箱，抓住细枝末节，看他们在工作之余是如何打发时间的，这些是重要的。抓住不放，时间一到，总会露出破绽，你就进行挖掘，不是寻找鸡毛蒜皮，而是寻找真正的故事。

雷妮坐在桌子一边，看着另一边的蒂皮。桌子乱糟糟的，蒂皮也乱糟糟的。她比雷妮大十岁，肤色发黄，病态十足，眼袋沉重。她烟抽得凶，咖啡喝得太多。她穿绿衣服，这颜色不配她。她是个能干的记者，在当编辑前得过各种各样的奖。现在，她在教雷妮如何偷窥别人——一个成功女性——家里的药箱。

雷妮回家，看了看已经写下的稿子，觉得这就是真正的故事。她撕掉稿子，又开始写。

人物侧写原指人的侧面图，意为从侧面勾画人的鼻子。她这样写道，现在它指从下面勾画人的鼻子。她明白的就这么多。

* * *

雷妮拿起相机，只是碰碰运气。她不擅长摄影，这她知道，不过还是强迫自己明白这一点：正因如此，她才能扩大视野。

如果你能同时摄影和写稿，那么你可以走遍天涯。他们是这么说的。

她从前台拿了一张女王城的油印地图和一本旅游手册。"圣安托万和圣阿加莎，"手册这么说，"在阳光中发现我们的双子岛。"封面是一个晒黑的白人女性坐在长凳上笑，她穿着浅绿色氨纶泳衣，前胸是质朴的三角形布。一个戴大草帽的黑人坐在她身旁的沙滩上，递给她一个椰子，插着两根吸管。他身后的树上靠着一把开椰子的弯刀。他看她，她看镜头。

"这是什么时候印刷的？"雷妮问。

"是我们从旅游局拿的，"坐在桌子后面的女人说，"那里只有这一种。"她是英国人，像是经理，或许是老板。雷妮一向有点怕这样的女人，她们可以穿厚底的卡其布鞋子和灰绿色涤纶针织裙，但不会意识到这有多难看。休息大厅里的椅子和那株斑驳的植物肯定是这个女人摆上去的。雷妮嫉妒不懂丑的人：他们不会难堪，这反倒成了一种优势。

"我知道，您是个旅行作家，"女人严肃地说道，"他们一般不会来这里，您应该去漂木镇。"

有一会儿，雷妮不知道她是怎么知道自己是个作家。她想起来了，她在入境申请表上填了"新闻独立撰稿人"，申请表就放在旅馆办公室的保险柜里。这不难猜出。她很可能指的是，雷妮别想得到优待，因为没有任何优待，她尤其不能要求打折。

第二部

旅馆在一幢旧楼的二层。雷妮走下外面的石阶，台阶中央下凹，楼梯通向内院，那里有尿臊味和汽油味，她穿过一道拱门，来到街上。阳光如一阵风吹到她身上，她从包里摸出太阳镜。她意识到自己跨过了两条人腿，那腿穿着裤子，光脚；但她没有低头看，如果你这样做，他们就会问你要东西。她沿着旅馆的边墙走，墙上的灰泥原来是白的，现在斑斑驳驳。她拐过大街，街面坑坑洼洼，排水沟里淌着厚厚的棕色淤泥，街上车子不多。街的另一边是悬垂的屋顶，有柱子撑着，柱廊像墨西哥城市里毗邻广场的柱廊，很难说清它是哪个年代的，这她要搞清楚。旅游手册说，西班牙人从前曾经和所有人一样，经过这里，"留下了些许旧西班牙的魅力"，他们是这么说的。

她挑阴凉处走，一边寻找百货商店。没人打扰她，甚至不太注意她，只有一个小男孩想卖给她有斑点的香蕉。这令人宽慰。在墨西哥，每次她把杰克留在旅馆，独自冒险出门，总有男人跟着她，嘴里啧啧作响。她在一家商店买了一顶草帽，价格超贵。这家商店卖蜡染布和用鱼椎骨制成的贝类项链，也卖箱包，所以也叫杂货店。雷妮想，还不坏。街上还有熟悉的招牌：新斯科舍银行，加拿大帝国商业银行。几幢银行的大楼是新的，周围的楼房是旧的。

她在新斯科舍银行兑换了一张旅行支票。有杂货店，离这里两扇门远，看上去是新的。她进去，要买防晒油。

"我们有安眠酮。"她付钱时,那人说道。

"您说什么?"雷妮说。

"要多少有多少。"那人说。他个子矮小,秃头,留的胡子像赌徒,粉红的袖子卷到肘关节。"不需要处方,带回美国去,"他狡黠地看了看她,说,"赚点小钱。"

哦,这是家药店,雷妮想。卖毒品。干吗要大惊小怪呢?"不了,谢谢,"她说,"今天不要。"

"来不来点硬家伙?"那人问。

雷妮买了些驱虫药,他不太情愿地把价格打入现金出纳机。他对她已经失去了兴趣。

*　　*　　*

雷妮上坡,朝圣安托万教堂走去。旅游手册上说,这是现存最古老的教堂,周围是墓地,围有铁栏杆,墓碑歪斜,藤蔓丛生。草地上有一块计划生育的标语牌:控制您的家庭规模。却没说明应该是什么样的规模。旁边还有另一块标语牌:埃利斯是国王。上面画着一个胖男人,笑得像佛陀,被人用红漆涂花了。

教堂里空空荡荡,虽然没有墩式红烛台,但仍像是天主教堂。雷妮想到墨西哥的圣母像,每个教堂里都有几个,穿红着绿,各不相同。你自己挑一个,根据需要向她祈祷。黑色圣母是为失去至爱而设的。环绕圣母的是小小的锡像，锡手臂，锡腿，锡小孩，锡羊牛，甚至有锡猪，那是一直保留下来的，或者，希望将来会有。当时她觉得这种想法颇为有趣。

前面有祭坛，后面有张桌子，上面有个开缝的箱子，出售明信片，西墙上挂着一张大图，"为早年一位当地无名画家所作，"手册如是说。画的是圣安东尼在沙漠里面对诱惑，不过这片沙漠生长着繁茂的热带植物，充满生机的红花，光滑的大叶子，叶边汁液充沛，五彩斑斓的巨喙黄眼鸟儿，圣安东尼身穿黑衣，魔鬼的衣服颜色要浅得多，大部分是女的。圣安东尼作祈祷状，双目朝天，不看魔鬼鳞状的大腿、胸脯和猩红的尖舌头。

她记得在格里斯伍德，主日学校的手册上说，圣安东尼是披着床单的，可他现在穿着普通的白色衬衫，衣领敞开，棕色裤子，双腿赤裸，体形平板，像是从纸上剪下来的，地上也没有身影。

桌上有这幅画的明信片，雷妮买了三张。她带着笔记本，但什么也不想写。她在后排坐下，如果有机会的话，她要向黑色圣母祈祷什么呢？

杰克和她一起去的墨西哥，那是他们第一次一起旅行。他不太喜欢教堂：教堂对他毫无吸引力，只让他想起基督徒。基督徒眼睛长得怪怪的，他说，他们头脑清醒，总是拿你当一块肥皂来研究。

我就是一块肥皂啊，雷妮逗他。

不，你不是。杰克说。基督徒没有婊子。你只是一个非犹太姑娘。那不一样。

想听我唱《沐浴在羔羊之血中》吗？雷妮说。

别变态了，杰克说，你让我兴奋起来了。

兴奋起来？雷妮说。我还以为你一直兴奋着呢。

他们玩了整整一个星期，两人兴高采烈，在街上手拉手，下午做爱，老式天窗挡住了阳光，跳蚤咬他们，没有什么不让他们开心的。他们从街边摊点上买来不像是好蛋糕的蛋糕，奇怪的干果，大吃大嚼，为什么不呢？他们在一个小公园里发现一块牌子，上面写着，若在公园里坐姿不雅，有关部门将予以惩处。不可能吧，雷妮说，我们肯定翻译错了。什么叫坐姿不雅？晚上，他们在拥挤的街道上散步，充满好奇，无所畏惧。他们碰到过一次祭典，还有一个男人头顶一个柳条鸟笼跑过他们身边，他们还看火箭形和飞轮形的大烟花。就是你，雷妮说，放电将军先生。

她爱杰克，她什么都爱。她觉得自己正走在一个魔圈里：什么也碰不到她，什么也碰不到他们。不过，就算在那时，她已感到圈子在缩小。在格里斯伍德，他们相信一切最终会得到平衡的：这次是福，下次就是祸，福祸相倚。

不过，雷妮不愿为任何事情而感到内疚，甚至不用为乞丐、为裹着肮脏的长披肩的女人感到内疚。她们牙齿脱落，下巴凹陷，怀里是一动不动的吃奶婴儿，苍蝇叮在头上都懒得赶走，双手伸出，一连几个小时不动弹，如雕刻一般。她从前听说过有人自残或伤害自己的孩子，以此博得游客的同情心，这种事是不是只发生在印度？

周末，杰克患上了墨西哥腹泻，雷妮在街角的药店给他买了一瓶甜甜的粉色乳液，遭到要钱的孩子的围堵。他让她给自己喂药，但不肯躺下，也不想她一个人出门，他什么都不想错过。雷妮和他讨论她的稿子，《不如你所想的墨西哥》，他坐在椅子上，揪着肚子，没过一会儿就蹒跚着跑向卫生间。

我应该为《潘多拉》再写一篇类似的，她说，关于男人的痛。怎么样？有什么区别吗？

男人的什么？杰克咧嘴笑道，要知道，男人除了刮胡子割到自己，是不知道什么叫痛的。

人们近来才发现他们也会痛的，她说，已经做过测试，文章也发表了。他们会惊跳，有时会畏缩。一旦他们紧皱眉头，那真的是很痛了。来吧，乖一点，给我一点提示，告诉我男人的痛是怎么样的，你什么地方觉得最痛？

在这种谈话中，杰克说，屁股最痛。[1] 够了，我可不要这种

1　这句话的意思是让人讨厌（pain in the ass）。

灵机一动。

这是生活，她说，它让我远离街道。没了它，我能去哪里？你要是把拨火棍取掉，屁股就没那么疼了。

那不是拨火棍，是脊椎，他说。我假装自己是个异教徒，有了它。姑娘们决看不出有什么区别的。

那只是身后的骨头和身前的骨头的区别，她说着，坐到他大腿上，一条腿搭在一边，开始舔他的耳朵。

发发慈悲吧，他说，我可是个病人呢。

求我发慈悲，她说，男孩子会哭吗？我们有办法让你们开口。她又去舔他的另一只耳朵。你从不会病得很厉害的，她说着，解开他的衬衫，把手伸进去。像你长着这么多毛的人是从不会病得很厉害的。

女人太好色，贪得无厌，够了，他说，应该把你们都关到笼子里。

他搂住她，两人缓缓地摇来摇去，木制百叶窗外，钟声响起。

* * *

雷妮顺着阴凉处往回走。过了几条街，她意识到自己迷了路，不过已经到了教堂，现在要做的就是往反方向的港口走，她已经看到了几家店铺。

有人碰了碰她的肩膀，她停下脚步，转身。是一个男人，看他的模样，早年肯定个子比现在要高些，他穿一条破旧的黑裤，裤子拉链脱开，衬衫的扣子没了，戴着茶壶套形状的羊毛帽，没穿鞋，裤腿有些眼熟。他站在她面前，碰了碰她的胳膊，微笑。他下巴的胡茬泛白，牙齿大多缺失。

他右手握起拳头，指向她，仍在笑。雷妮报以一笑，不知道他想要什么。他又重复了这个动作，他又聋又哑，要么可能喝醉了。雷妮突然觉得像是跨过一条界线，来到了火星上。

他开始不耐烦了，右手的手指展开又聚拢，伸向她。现在她明白了，是乞讨。她打开手提包，摸出装零钱的小包。如果给几个小钱能把他打发走，那值得。

可他皱起眉头，他不想要钱。他又加快频率，重复这一连串动作。雷妮莫名其妙，有些不安，她冒出一个荒唐的想法：他想要她的护照，想拿走它。没有护照，她肯定回不去。她关上手提包，摇摇头，转身走开。她觉得自己有点犯傻，她的护照不是好好地锁在旅馆的保险柜里吗。

她已经顾不上护照在哪里了，她感到他就在自己身后，跟着。她加快步子，他那双光脚叭叽叭叽地也加快了步子。她几乎要跑起来，街上人越来越多。她越往坡下跑，人越多。人们注意到这两人一列的队伍，看着这场赛跑，有人甚至驻足观赏，微笑，甚至大笑，可没人挺身帮她。雷妮越发恐慌，这太像她希望不要再次出现的噩梦了。她不知道他为什么要紧跟不舍？她做错了什么？

第二部

人们三五成群，这里像一个集市，地面很大，在墨西哥，这应该是个广场，不过在这里，地方形状不规则，周边挤满店铺，中间是人群和几辆卡车。柳条筐里是鸡，水果堆成金字塔摇摇欲坠，或平摊在布上，还有塑料盆，便宜的铝制厨具。市场里人声鼎沸，尘土飞扬，温度顿时升高十度，各种气味扑面而来，塞满各种小配件的店铺冲出刺耳的音乐，从日本来的剩货：录音机，收音机。雷妮在人群里穿梭，努力甩掉他。可他就在她身后，他不像看上去的那么老，只是碰了她的那只手显得苍老。

"走慢点。"保罗说。是保罗，他同样穿着短裤，不过衣服是蓝色的 T 恤，拿着一个装满柠檬的网兜。那人就在他身后，又笑起来，那张嘴活像万圣节的空心南瓜灯。

"没事儿。"保罗说。雷妮气喘吁吁，脸上湿漉漉的，肯定也是红扑扑的，神态狂乱，愚蠢可笑。"他只想和你握握手，没别的。"

"你怎么知道？"雷妮说着。她与其恐慌，不如说生气。"他在追我！"

"他经常追女人，"保罗说，"特别是白人妇女。他是个聋哑人，不会伤害人，只想和你握手，他觉得这是好运。"

的确，这人又伸出手，五指张开。

"这是为什么呀？"雷妮说。她是平静了些，但还是一头雾水。"我根本不是什么好运。"

"不是为他，"保罗说，"是为你。"

第二部

　　现在，雷妮觉得自己粗鲁，无情：他不过想给她什么。她勉强把手放到老人那只张开的手掌里。他夹紧五指，握了握她的手，然后放开，又张开凹陷的嘴巴，冲着她微笑，转身走入人群中。

　　雷妮如同获救一般。"你得坐下。"保罗说，仍抓着她的胳膊，把她拉向街边的一家咖啡馆，那里有几张摇晃的桌子，上面铺着油布。保罗把她塞到一张靠墙的椅子里。

　　"我没事了。"雷妮说。

　　"你的身体还要过一会儿才能适应这炎热，"保罗说，"你不该跑的。"

　　"相信我，"雷妮说，"我不是故意的。"

　　"这是异乡妄想反应，"保罗说，"因为你不知道什么是危险，什么不是，一切都像是危险的。我们经常碰到这种情况。"

　　他指的是在远东，指的是在战争中。雷妮觉得他在用高人一等的口气跟自己说话。"是为坏血病买的吧？"雷妮说。

　　"什么？"保罗说。

　　"在你的海盗船上，"雷妮说，"这些柠檬。"

　　保罗笑了，说进去弄杯喝的。

　　这里还不仅仅是个集市。在咖啡馆对面，人们支起一个小平台：两辆橙色的旧汽车并在一起，上面横摆木板。几个至多十五或十六岁的孩子在上面的两根柱子上拉起床单，上面有红字：和平之王。雷妮肯定，这是某种宗教仪式：摇喊派教徒，再生派教徒。看来，她在机场碰到的那个女人穿着一件印有和平之王的 T 恤，她不是疯子，而是宗教狂热分子。她想：格里斯伍德也有极端分子，有些女人认为涂口红是一种罪。她母亲也是极端分子，她觉得不涂口红是一种罪。

一个男人坐在台边指挥着孩子们。他瘦瘦的，留着船形胡子，无精打采地坐着，晃着腿。雷妮发现他的靴子是长筒靴，鞋跟焊接，有点像牛仔穿的。她第一次看到这里的男人穿靴子。为什么有人想穿这样的鞋子？她想到那双憋在湿闷的皮革里的脚。

他看到她在注视他，雷妮马上移开目光，不过他已经站起来，朝她走过来，用手撑住桌子，瞪着她。近看他长得像南美人。

现在怎么办？雷妮想，觉得他想把她拎起来，而她卡在桌子和墙之间，动不了。她等着他微笑，挑逗，可什么也没有。他只是冲着她皱起眉头，似乎想猜透她的心思或想给她留下深刻印象，最后，她终于说道，"有人和我一起来的。"

"你是昨晚坐飞机来的？"他说。

雷妮说是的。

"你是作家？"

雷妮不知道他是怎么知道的，不过他的确知道，因为不等她回答，他就说，"我们这里不需要你。"

第二部

雷妮听说加勒比人对游客越来越不友好，现在她对这一点再清楚不过，她不知说什么好。

"你待在这里，只会把事情搞得一团糟。"他说。

保罗回来了，拿着两杯装满棕色液体的东西。"政府议题，"他说着，把杯子放到桌上，"出什么事了？"

"不知道，"雷妮说，"问他吧。"可那人已经慢步走开，在不平的路上摇摇摆摆。

"他对你说什么了？"保罗说。

雷妮告诉了他。"也许我冒犯了别人的宗教。"她说。

"不是宗教，是政治，"保罗说，"不过在这里，两者有时是一码事。"

"和平之王？"雷妮说，"政治？得了吧。"

"嗯，他叫国王，真的，你刚才见到的这个叫马思东，是竞选经理，"保罗说。他似乎见怪不怪。"当地人拿他们当共产党人，为了划清界限，他们另外又贴上和平的标签。"

雷妮尝了尝棕色饮料。"里面是什么？"她问道。

"别问我，"保罗说，"他们只有这些。"他仰靠椅背，没看她，而是看他们前面的空地。"他们在举行选举，这是赶走英国人后的第一次，"他说，"今天下午他们要发表演说，三个党派一个接一个。国王先上，然后是明诺博士，他的地盘在那边，之后是司法部长，他代表埃利斯。埃利斯足不出户，有人说那是因为他总是喝醉，有人说他已经死了二十年了，只不过大家还没有发现罢了。"

"明诺博士?"雷妮说,想起了飞机上的那个人,像是这个名字,不会是两个人。

"明诺鱼,"保罗说,咧嘴笑了,"在这里他们爱用图画,这样文盲也知道。"

鱼的标志和旗帜现在到处都是。埃利斯是国王。明诺鱼活着。所有的东西都像是自制的:就像在大学里,像学生的选举。

"这样会有麻烦吗?"雷妮说。

"你是说,你会受伤吗?"保罗说,"是的,会有麻烦,不过,你不会受伤的。你是游客,你例外。"

一辆卡车慢慢穿过人群,车上有个男子,穿白衬衫,戴太阳镜,握着手提式扩音器,冲着人群大喊大叫。他说什么,雷妮一个字也听不懂。还有两个男人在他左右,手举标语牌,标语牌戴着大大的黑冠。埃利斯是国王。"是司法部长。"保罗说。

"什么样的麻烦?"雷妮说,思忖,如果她提前回去,不知还能不能拿到优待票的退款。

"大家你推我,我挤你,"保罗说,"闹不出什么大事。"

不过已经有人朝卡车扔东西。是水果,雷妮想,他们从街边摊档上拿起水果就扔,一个挤扁的啤酒罐砸到雷妮头上的墙,弹回去。

"他们不是冲你来的,"保罗说,"不过我还是陪你回旅馆吧,有时他们会砸碎玻璃的。"

第二部

他移开桌子，让她出去，他们逆着人流，挤过人群。雷妮想向他打听哪里有网球场和餐馆，不过还是决定缓一缓。她的形象已经够难看的。她又想邀请他与她在旅馆共进午餐，不过决定这事也缓一缓。现在就提说不定会造成误解。

*　　*　　*

考虑到午餐，不说倒也无妨。雷妮要的是烤奶酪三明治，三明治烤过头了，还有一杯从易拉罐倒出来的柚子汁，他们似乎只有这些。吃完果冻馅饼后，她拿出女王城的地图，怀着隐隐的绝望凝视着。她有种不好的感觉：她已经看完了所有能看到的东西。不过，码头的另一边有珊瑚礁，那里成了码头的边界。可以乘船去看看珊瑚礁。手册里的插图展示的是两条模模糊糊的鱼。这地方看来没有太多可写的，不过也许能凑出一两段。

地图上指出了一条捷径。雷妮以为是一条马路，可那只是一条粗糙的小径，在旅馆后面，旁边像是一条污水管。地面湿滑。雷妮慢慢走，心想要是有平跟鞋就好了。

手册宣称，这里有七处珠宝一般的沙滩，海水清澈，黄沙闪亮，可这一处却不在其中。它狭窄，满是沙砾，还沾了一块块油污，软乎乎的，像口香糖，像柏油。污水管直入大海。雷妮跨过水管，靠左走。她经过一个棚子和一艘停驶的划艇，那

81

里有三个男人在砍鱼头，取出内脏，扔进红色的塑料桶里。鱼泡像是用过的安全套，散布在沙滩上。其中一个男人朝雷妮笑，举起一条鱼，手指钩过鱼鳃。雷妮摇摇头。她可以给他们照张相，写刚捕捞的海鲜和实实在在的生活方式。不过，这样一来，她又得买鱼。她不能一整天拿着条死鱼到处跑。

"今晚什么时候见我啊?"一个男人在雷妮身后叫道。她没理睬。

远处有两条敞篷船，离地图上说的地方不远。她步履沉重地走在沙滩上，等走过那些丢弃的鱼头，她才脱下鞋子，在湿漉漉的近水沙滩上走。左边可以看到山峦，在城镇的后面赫然耸立，山顶是一片片整齐的绿色。

船要涨潮才出航。她看中一条离得最近、看上去最新的船，从船主手里买了票。这条船名叫安妮公主，放在矮树丛阴凉扎脚的草丛中。另一条船名叫玛格丽特公主。上船的人很少：一对灰发夫妇，他们戴着远近两用眼镜，神情坦率，急于寻乐，美国中西部退休的人就是这个样子。还有两个十多岁的白人姑娘，戴眼镜，两人都穿T恤，上面的格言是：试试处女岛，圣马丁县监狱财产。离开船还有半个小时。姑娘们剥去身上的T恤和短裤，里面是比基尼。她们坐在肮脏的沙滩上，互相把防晒油抹在对方热乎乎的后背上。皮肤癌，雷妮想。

她自己的衣服也甩到了肩上。衣服虽是无袖的，还是热得很。她凝视着莫测的蓝色大海。虽然她知道附近有垃圾被冲进大海里，还是渴望去蹚水。不过自手术后，她就没游过泳，借口是还没有找到合适的泳衣。她真正害怕的是伤疤在水中会裂开，像拉不拢的拉链那样开缝，体内的东西会跑出来。然后，她就会看到丹尼尔在她身上看到的东西，而当时她毫无知觉地躺在手术台上，像开了膛的鱼。这种恐惧是没道理的，但的确是真的。这是她爱上他的原因之一：他知道她身上某些她不知道的东西，他知道她身体里是什么样子的。

*   *   *

雷妮从手提包里拿出三张明信片，"早年一位当地无名画家所作的圣安东尼画像"，把一张寄给格里斯伍德的母亲。虽然外婆已经去世，虽然母亲没有理由还呆在格里斯伍德，没有理由不去旅行，不去做其他事情，可她仍旧住在那里，清扫那幢红砖屋。雷妮每次回去，屋子似乎都变得越来越大，越来越空荡，越来越乱。我还能去哪里？妈妈说，太晚了，而且，我的朋友都在这里。

每当雷妮晚上无法入睡，她对未来都有一个不太愉快的幻想，那就是母亲患病，苟延残喘，她不得不回到格里斯伍德照顾她，年复一年，如此度过余生。她以生病为托辞，两人展开竞赛，病得较重的那个胜出。雷妮还记得，母亲的教友坐在前厅里喝茶，吃小蛋糕，蛋糕上铺着一层巧克力糖衣，亮闪闪，五颜六色，像是毒药。她们压低声音，讨论自己和其他人的衰弱，语调里夹杂着怜悯、敬佩和嫉妒。如果你生病，那就例外：其他人给你带来馅饼，陪你坐，深表同情，心满意足。相比这个，她们更喜欢的只有葬礼。

雷妮在明信片上说她很好，非常放松和愉快。她没告诉母亲杰克走了，因为很难让她接受他曾经和她住在一起这个事实。雷妮尽量不提这件事，不过母亲喜欢一大早给她打电话，她认为这时人人都该起床了。电话就在床边，挨着杰克。如果他不总是装腔作势地说"这里是白宫"和"菲德福特修车厂"，那还好些。终于，雷妮不得不向母亲解释，她只听到一个男人的声音，而不是几个。母亲对此半信半疑。后来，她们没再讨论这个问题。

雷妮也没告诉母亲自己动手术的事。她早就不再告诉她坏消息了。小时候，她学会掩盖身上的伤口和擦痕，因为母亲似乎认为这种事不是偶然的，而是雷妮故意弄出来，要给她添乱的。她一边用毛巾用力擦掉血，一边说，你这样做到底是为什么？下一次你去那里要小心点。这次手术她同样认为是雷妮的错。癌症是人们在前厅里讨论的话题，但它和断腿或心脏病，甚至和死亡不是一类的，它就像丑闻，与众不同，令人厌恶，是你自找的。

其他人也是这么想，只不过方式不同。雷妮从前也这么想。性压抑。愤怒无法发泄。身体是险恶的孪生子，无论心灵犯下什么罪过，身体便进行报复。她对自己的愤怒始料不及，就像被好友出卖了一样。她每星期游两次泳，不让身体贮藏垃圾食品和烟雾，允许它得到适量的性放松。既然她相信它，那么它为什么还要和她对着干呢？

丹尼尔谈过态度的重要性。他说，态度是神秘的。我们不知道这是为什么，但它有用，或者似乎如此。

有什么用？她问。

希望，他说，心灵与身体不可分。情况引发化学反应，反过来也一样，你知道。

这么说，如果复发，那是我的错？我患上了心灵的癌症？雷妮说。

那不是象征，那是疾病，丹尼尔耐心地说。我们还不知道如何治疗。我们对它有所了解，如此而已。我们在寻找某种因素，迟早会找到的，然后，像我这样的医生就用不着了。他拍拍她的手。你会好起来的，他说。你不像有些人，你还可以继续生活，你非常走运。

可她不好。出院后，她回到公寓，还是感觉不舒服。她很想再次生病，这样丹尼尔就不得不继续照顾她。

她为自己制定了一项计划：时间表和目标。她锻炼左臂：举起，贴墙压前臂，每天捏海绵球二十次，以此锻炼左手。她和杰克去看电影，看幽默、轻松的片子，以此振作精神。她还开始打字，一次一页，继续写那篇关于管状串珠链的稿子，从上次中断的地方开始。她又开始学习梳头发，钉扣子。每做一件这样的事情，她都觉得丹尼尔在看着她，表示赞许。很好，他会这样说。你可以钉扣子了？你可以自己梳头了？不错，去看让人高兴的电影，你做得很好。

她去做了一次检查，拆了线。她穿红色上衣，坐得笔直，面带微笑，让丹尼尔看看她对人生的态度是多么积极。丹尼尔告诉她，她做得很好。她哭了起来。

他搂住她，她就想让他这样做。她不敢相信，当时她是多么令人厌烦，多么愚蠢，多么肤浅。她流着鼻涕，抽着鼻子，在他的上衣口袋上蹭了蹭眼睛。她发现他的口袋里插着几支廉价的圆珠笔，她把他推开。

请原谅，她说，我不是故意的。

没关系，他说，你是人嘛。

我不再觉得自己是个人了，她说，我觉得自己浑身是病，我做噩梦，梦见全身都是白色的蛆，它们从里面把我吃掉。

他叹了一口气。这是正常的，他说，你会克服的。

他妈的别再对我说我是正常的了，她说。

丹尼尔查看了一下他的预约，看了看手表，然后带她到办公室下面的商业拱廊，简单地喝一杯咖啡，在那里认真地给她上了一课。这是她生命的第二部分，和第一部分不一样，她凡事不能再想当然。当然，这或许不是件坏事，因为她会把生命看作是一件礼物而更加珍惜它。这几乎就像是获得第二次生命，她不能认为自己的生命结束了，因为它还远远没有结束。

当年我还是个学生，就想我可以治病救人，他说，现在我不再这样想了，甚至不去想能够治愈他们。干这一行，你没办法这样想。不过在很多情况下，我们可以延长生命。病情的一次好转可以持续好些年，甚至正常地活完一辈子。他微微向前倾身。把你的生命想成干净的一页，你想在上面写什么都行。

雷妮坐在他对面，中间是白色的桌面，金色的条纹，心想，他说的真是一大堆废话。她欣赏他的眼睛，它介于蓝色和绿色之间。他是从哪里知道这些东西的，《读者文摘》？

那一页你写了多少次？她问道。你这样说，是不是因为我是个记者？我是说，如果我是个牙医，你会不会说，你的生活就像一颗空空的牙齿，你想往里面装什么就装什么？

雷妮知道，对你所爱的男人是不应该说这种话的，对一般的男人也不行，这种话对任何人都不应该说。开玩笑不够礼貌，特别当对方是认真的时候。不过她无法抗拒。这样他就有权生气，不过，他没有生气，而是大吃一惊。他看了她一会儿，神情有些狡黠，然后笑了起来。他脸红了，雷妮着了迷：她认识的男人从不脸红。

我想，你觉得我的话很过时吧，他说。

过时，我的天，雷妮想。时光倒流了，又回到了一九五五年，他是从外星来的。

第二部

对不起，她说，我有时莽撞无礼，没办法，我应该怎样改正呢？日子过得糟糕，整天无所事事，等着发火？你知道早晚会这样的。

他悲哀地盯着她，又失望了，她说话仿佛一个被宠坏的孩子。他说，你想做什么就做什么，做你真正想做的。

你会做什么？她问他。她真想采访他。题目是《当医生患病时》。

他低头看手。我想，做我现在正在做的事，他说，我对一切的了解就这么多。不过，你的生活充满趣味。

这是雷妮第一次感到丹尼尔觉得她有趣味。

雷妮看了看另外两张明信片，把一张寄给杰克，让他知道她在哪里，这样比较礼貌，不过她什么也没写，因为她想不出该对他说什么。第三张留空。留空不等于干净。第三张明信片是为丹尼尔买的，但决定先不寄出去。过后再寄，等她可以说我挺好的时候再寄。他会喜欢听到这话：她挺好，一切都好，他的治疗没有造成什么伤害。

*　　*　　*

雷妮感到一片暗影降落在她头上。"喂，"一个单调的声音说，这鼻音有点耳熟。那是昨晚她在旅馆里碰到的女人。她不

第二部

经邀请就在雷妮身边坐下，从包里拿出一盒香烟。雷妮收起明信片。

"抽烟吗？"女人问。她拿烟的手指甲被啃咬得短短的，有点脏，指甲周围的皮肤宛如被群鼠咬啮过。雷妮看到这，既吃惊，又有点恶心。她可不想碰这种被啃咬的手，也不想让它碰自己。皮肉和指甲一片模糊，她不想看到这一被蹂躏、被糟蹋的景象。

"谢谢，不了。"雷妮说。

"我叫洛拉，"女人说，"拼写是一个 o，不是两个 o。洛拉·卢卡斯，L 是家族通用的，我妈就叫利昂娜。"她一开始说话，幻象破碎：这声"喂"是她唯一做作的地方，其余则是自然的。旅馆里光线暗淡，这女人看上去要比在阳光下年轻些。今天她披散头发，头发干巴巴的，就像佩戴鲜花鼓吹"爱情与和平"的嬉皮士，穿的是橙色方形上装，在硕大的乳房上打结。

她一直东张西望，四下环顾，把什么都看在眼里。"你刚来啊？"她说。雷妮想，加拿大人。

"是的。"雷妮说。

"在这里你要当心，"洛拉说，"人们看得出，你不知道自己在做什么，他们会撕掉你。昨晚他们在机场敲了你多少竹杠？"

雷妮告诉她，她笑了。"你看是不是？"她说。

雷妮立刻讨厌起这个人来，她讨厌别人对她的侵犯，她希望手头有本书，这样可以假装看书，不理她。

"你要看紧自己的东西，那台相机和其他东西，"洛拉说，"这里有人入室盗窃。我认识一个女孩，她半夜醒来，一个穿泳裤的黑家伙用一把刀顶着她的喉咙。和性无关，他只想要钱，说如果她告诉任何人，就杀了她，她都不敢报警。"

"为什么？"雷妮问。洛拉冲着她笑。

"她认为他就是警察。"她说。

她看到了什么雷妮没看到的信号，站起来，拍掉橙色扎染衣服上的沙子。"如果你是来坐船的，"她说，"开船了。"

看来他们要蹚水上船。那对戴远近两用眼镜的老夫妇先下水，两人都穿着卡其布阔腿短裤，他们还把短裤往上卷，露出瘦瘦的白腿，不过，肌肉倒结实得很。即便卷了裤腿，等他们走到船的扶梯处，垂下的裤裆还是湿了。两个戴眼镜的粉皮肤姑娘尖叫着蹚过海水。洛拉解开领带结，里面是黑色比基尼，只有外衣的一半，太小了，她把领带挂到脖子上，将随身的紫色布袋举至肩头，迎着海浪走去，浪涛冲击她的大腿，紧贴的比基尼鼓起来，成了两条奇形怪状的大腿，就像鸡尾酒餐巾上可笑的人腿。

雷妮考虑自己该怎么办。她可以在众目睽睽之下，把衣服塞到衬裤里，要不就会弄湿，一天都脱不掉水草的味道。她做出让步，把裙子撩起一半，塞进腰带，不过衣服还是湿了。船主看到波浪打到她身上，咧嘴大笑。他伸出粗长的胳臂和钳子

一般的手，把她拉上船。马达已经发动，在这最后一刻，五六
个孩子叫着笑着冲过浪花，蜂拥上船，在雨篷下喧嚷。雷妮发
现雨篷不是布做的，而是木制的。

"你们小心，别掉下去。"船主冲着他们大喊。

雷妮坐在木凳上，湿淋淋的，船上下颠簸，排出的蒸气冲
到她脸上。洛拉已经上到船头，孩子们也在那里，她很可能要
晒太阳。两个姑娘和开船的男人调情。老夫妇举起两用眼镜观
赏海鸟，好像在用密码低声交谈。"鲣鸟。"老太太说。"军舰
鸟。"老头子答道。

雷妮面前是一个稍高的护栏架，嵌一块长方形玻璃，几乎
和船一样长。雷妮倾身向前，搭上胳膊。从玻璃窗看出去，只
看到泛灰的泡沫。她提醒自己，这样做是为了能写出这样做的
趣味。起初，你以为只要让自己的"极可意"牌水流按摩浴缸
冲起浪花，就可以花很少的钱，享受到在大海里乘风破浪的效
果，且慢。

雷妮等着，船停下了。他们离岸已经很远，有二十码远，
海浪冲击着一堵无形的墙，每次冲击都把船身抬起，在两排波
浪之间，船沉到浪谷，离水下的珊瑚礁只有一尺远。这是幻觉，
雷妮想。她更愿意相信，掌控事情的人们知道他们在做什么，
而且肯定不会做危险的事情。她可不喜欢尖尖的珊瑚破窗而入。

雷妮在观察，这是职责所在。细沙遮蔽海水，黑色的影子

掠过长形玻璃的边缘，随即又消失。在她下方，有一个饮料瓶，泛紫的珊瑚紧紧裹住它，几乎看不出这是个瓶子，一条虎纹鱼在它旁边游来游去。

"今天天气不太好，风太大，这条船也不太好，"洛拉对她说。她已经从船头下来，跪在雷妮旁边。"港口的油污和垃圾把珊瑚礁弄得一塌糊涂。在圣阿加莎那边，你只需要水下呼吸管之类的东西就行。我就住在那边，你会觉得那边要比这边好得多。"

雷妮没说什么，她看上去并不想去那边，也不想和她聊天。聊天就会成为熟人，成了熟人就太容易要去你不想去的地方。人们误把相识当成友谊。她笑了笑，转身去看长形玻璃。

"你为杂志写稿，嗯？"女人问道。

"你是怎么知道的？"雷妮问。她有点生气，今天第三次了。

"在这里，大家什么都知道，"女人说，"人云亦云，你可以说是流言蜚语。人人都知道发生了什么事。"她停了一下，看了看雷妮，扫描她的脸，试图要看透太阳镜蓝色的镜片。"我可以给你写作的素材，"她神秘地说，"我的生活故事，你可以把它写成一本书。肯定令人难以置信，怎么样？"

雷妮立刻厌烦起来，她记不清在聚会上，在飞机上，有多少人一知道她是干什么的，就对她说这种话。他们凭什么认为自己的生活就那么引人注目？凭什么认为一旦上了杂志，他们就满有道理？他们为什么总想让别人看自己？

第二部

　　雷妮不再多想，只管专心欣赏风景。洛拉当然还有可调教
的地方，比如把身材弄好一点，眉毛再浓一点，她会大为受益。
眉毛拔得那么稀，脸都变大了。雷妮想象用一系列手法改造她，
用镊子除毛，抹上乳霜，着上色彩，套上名牌针织衫，让她焕
然一新。之后，你可以带她去温斯顿用午餐，只要教她不多嘴
就行。

*　　　*　　　*

　　她们坐在漂木镇一家露天餐厅的圆桌旁，头上是一把铁伞，
阳光照在洛拉的后背上，雷妮坐在阴影里。其他的桌子零零散
散地坐着白人，都晒成不同程度的粉色，还有一对夫妇像是印
度人，服务员是黑皮肤或棕色皮肤。房子在路边，式样现代，
露台的栏杆前用了蓝绿相间的塑料板装饰。紧挨餐厅有一棵树，
长满红花，硕大的叶形花朵，有如巨大的红豌豆，被十来只蜂
鸟团团围住。树下，在弯弯的石墙另一边，海浪拍击岩石，本
应如此；大西洋吹来一股清新的风，右边是宽阔的沙滩，没有
鱼。没人。
　　洛拉又点了一杯冰镇果汁朗姆酒，雷妮只喝了一半，不过
也点了第二杯。
　　"谁买单呢？"洛拉故作天真地问道。
　　"我来。"雷妮说。她知道总是她付钱的。

"你可以随便找个什么名目，"洛拉说，"难道他们不是全包的吗，那些杂志社？"

"不总是这样，"雷妮说，"不过我可以把它当作一笔开销报掉，我们可以把这当作一次采访。"

"报销，"洛拉说，"老天。"雷妮说不清她是感动还是厌恶。

"像你这样的人大多数时间喜欢待在这种地方吧。"洛拉说。

雷妮不喜欢别人这样猜测她，不喜欢别人想当然地把她归到像你这样的人中，她受不了像洛拉这样自以为是的人。他们自以为是，因为他们小时缺乏教育，或比别人穷，这反倒让他们自觉高人一等。雷妮想用她那百战百胜的策略，即俯身向前，摘下太阳镜，盯着洛拉青瓷一般的圆眼睛，这双眼睛努力透出苦恼和暗自的欢欣，对她说，"你为什么这么好斗？"不过她觉得，对洛拉来说，这一招无效。

她想到解开衣服扣子，露出自己胸前的伤疤。如果她俩要比谁更可怜，那也没什么，不过，她不想拿自己身体的残障来要挟社会。

她知道，在珊瑚船上她不该让自己成为他人的目标，不该对旅馆表示出兴趣，不应该听洛拉说话，而应该坚持坐出租车离开。洛拉说她认识人，既然可以免费打的，干吗要让别人敲竹杠？"免费乘车，这是我的座右铭。"她说。雷妮的母亲说过，天上不会掉馅饼。

免费车原来是一辆破旧的敞篷小型载货卡车，引擎罩上画

第二部

有两只黄眼睛，是运送卫生纸的。她们只好坐在后厢的纸箱上，上下颠簸，像女王一样，一路上人群朝她们挥手，喊叫。城外的路越来越糟糕，最后缩成一条两轮车道，水泥坑坑洼洼，东一块西一块。司机拼命开快车，每次车子碰到一个坑，雷妮就觉得脊柱向上直撞脑壳。

她真不想坐这破车，可是也不想留在这里。如果她不够小心，就会掉入吃饭的圈套中。她断定，洛拉就是这样的女人，在国外的酒吧里，你会碰上她，她似乎并不是故意的，却恰恰出现在她碰巧出现的地方，要让她回家，太难了。雷妮实在不明白，洛拉为什么要死死缠着自己，两人毫无共同之处。洛拉说，她现在没啥可做的，带雷妮四处看看也无妨，可雷妮并不信这话。她决心喝完这一杯就走。如果走运的话，天会下雨：乌云已经层层堆积。

洛拉打开紫色手提包，在里面摸来摸去，突然，一切都清楚了。她拿出一个涤纶袋的"烟草"，雷妮猜，约有一盎司重。她想让雷妮买下。按多伦多的消费水平，价格低得出奇。

"最好的，"她说，"哥伦比亚的，刚进的货。"

雷妮当然拒绝。她听说过国外的反毒品法，知道会被人下套，也不打算在这里的监狱里种蘑菇，而任凭当地的官僚徒劳地敲诈她母亲。母亲坚信，自己要为自己的行为负责。还有谁能把她救出去呢？有谁愿去一试呢？

洛拉耸耸肩。"这是最棒的，"她说，"反正问一问没关

95

系嘛。"

雷妮四下张望，看洛拉的酒送来没有，浑身却一下发了凉。

"我的天。"她说。

酒吧里有两个警察，正一桌一桌地过来，像是在询问什么。不过，洛拉平静地盯着他们，连大麻都没收起来，只是把布袋盖起来。"别显出这副怪模样，"她对雷妮说，"没问题的。如果有问题，我就不会说没问题。"

原来，他们在兜售警察慈善舞会的门票。雷妮觉得他们就是她在机场碰到的那两个，不过不太肯定。一个卖票，另一个站在他后面，晃荡着短手杖，控制场面。她从包里拿出票。"我已经买了一张了。"她说，有点过于自鸣得意，卖票的那个冲着她笑，说："女士，您得买两张，一张给男朋友，有些事一个人是干不来的。"

另一个笑了，尖厉的咯咯声。

"这真是个好主意。"洛拉说，她笑得有点紧，那是假装客套的假笑，雷妮于是付了钱。

"到时见。"第一个警察说，他们漫步离去。

"如果说我恨什么，那就是警察，"洛拉等两人听不见了，便说，"他们总是以各种方式做生意，如果你要问我，我不反对，不过他们总是占便宜，这是不公平竞争。你被警察拦过吗？因为超速或别的什么？我是说在国内，在这里，他们不太管超速。"

第二部

"是吗。"雷妮说。

"他们看你的执照，然后直接叫你的名字，不叫小姐或夫人什么的，就是你的名字，而你根本没有办法知道他们的名字，你碰到过这种事情吗？"

实际上，雷妮没有碰到过。她难以集中注意力，朗姆酒太浓了，有点上头。刚才洛拉又点了一杯，她倒没事。

"这就是开始，"洛拉说，"他们可以叫你的名字，而你不行。他们于是觉得控制了你，可以瞧不起你。有时，他们给你选择，给钱还是找麻烦。"

"什么？"雷妮说。

"你知道，就是付罚款或为他们口交。他们总能找到地方，嗯？"

洛拉狡诈地看着雷妮，雷妮知道，她应该显出吃惊的样子。"真是的。"她说道，仿佛她自己就碰到过这种事，还碰到过不少次。

在过去，在七十年代早期，女权运动者会喜欢洛拉的。那时她们还写文章讨论自慰可以释放自己。只要她愿意，她们百分之百会给她登出来。这让雷妮总想起揭了盖子的一罐蚯蚓。不过，雷妮当时也写过几篇女权运动的文章，直到它渐渐失去了媒体的市场。当时她写的一篇文章叫《油尽灯灭》，那是对八个女人的采访，写她们为什么退出女权运动，去织餐具垫，在瓶子上绘微型山水。那是内讧，她们说。相互埋怨，攻击。你很难和其他女人合作，你无法知道在什么地方和她们一致，什么都背着你进行。她们说，和男人斗，你至少可以把什么都摆到桌上。雷妮忙不迭地记下所有这些话。

很好，编辑说，该是有人站出来说话的时候了。

洛拉笑了，可没被糊弄，她看出来，这种事雷妮是不知道的。不过，她慷慨大方，愿意与人分享，绝对愿意分享。

"瞧，"她说，"至少你还有选择。你可以说你比一张超速罚单值钱。我不知道哪样更糟糕，是根本没有选择，还是有很多糟糕的选择。如果你没有选择，你至少不用去想，是吧？在我的生活中，最糟糕的时候是我有选择的时候。狗屎，还是狗屎。"

雷妮不想听洛拉生活中最糟糕的时候，于是没吭声。

"不管怎样，为什么要想那么多呢？"洛拉说，"这是我妈以前说的。世上糟糕的事情已经够多了，从来不缺，所以，干吗要想那么多呢，还有好一点的事情可以谈嘛。"

雷妮不知道这好一点的事情是什么，因为洛拉好像也想不出来，她用两根吸管啧啧地吸着杯底。"你喜欢酒渍樱桃吗？"她说，"我可受不了。"

雷妮犹豫。她的确喜欢酒渍樱桃，不过看着洛拉那只啃咬过的手指在搅动杯底的樱桃，她不知道自己是不是还喜欢。不过，她就要得救了，因为保罗刚刚来到餐厅，站在那里东张西望，好像在找什么人。

雷妮知道是在找她。她挥手，他慢步过来。

"你在做什么呢？"他对她笑道。

"调查。"雷妮报以微笑。

"你迟到了，"洛拉对他说，"我待了很久了。"

"我去弄杯喝的。"他说着，朝酒吧走去。

"等等，"洛拉说，"你帮我看包好吗？"她站起来，推开椅子，挺起胸，让胸脯更挺拔，跟上保罗。他们站在那里说话，雷妮觉得他们说得太久了。

第三杯冰镇果汁朗姆酒来了，是洛拉的，雷妮为了找点事做，也喝了一点。

* * *

洛拉从酒吧回来，坐下，酒来了，但她没碰。出什么事了，她的脸不再是那副娃娃样。雷妮发现，因为晒太阳太多，用不了几年，她眼睛下面的皮肤就会起皱。她像哈巴狗一样寂寞地看着雷妮。

"怎么啦？"雷妮说，但知道她不该问。一问你就脱不了身。

"瞧，"洛拉说，"你能不能帮我一个大忙？"

"什么？"雷妮警惕地问。

"埃尔瓦病了，"她说，"是国王的奶奶，在圣阿加莎那边。"

第二部

"国王？"雷妮问。不可能有两个国王。

"和我一起生活的那个。"洛拉说。

"参加选举的那个？"雷妮说，她还没搞清楚状况。

"所以他没空去圣阿加莎，"洛拉说，"他今天要发表演讲，所以我要去照看她。她有时和我们住。她八十二岁了，心脏不好，那边没有医生，没人照看她，你知道，所以我现在得马上过去。"她是不是要哭出来了？

"我能做什么呢？"雷妮。在格里斯伍德，一般是送杯子蛋糕或南瓜派，现在情形类似，现在她既然知道洛拉和某人住在一起，而这个人不是保罗，便对洛拉多了几分友善。

"明天有个箱子到机场，"洛拉说，"你可不可以去帮我取回来？"

雷妮立刻起了疑心。"箱子装的是什么？"她问道。

洛拉看着她，努力挤出笑容。"不是你想的，"她说，"在这里，有一样东西你不用从纽约邮寄过来，这是肯定的。那是她的心脏药。她在那边的女儿一直给她寄过来，这种东西在这里没有，她用完了，所以又病了。"

雷妮不想看到一个八十二岁的奶奶死在她手里。除了答应，她还能说什么呢？你太多疑了，杰克这样说过她。在你的生活中，对于怀疑的好处，试过一次就行了。

保罗走过来，他总是从从容容，不紧不慢。他把喝了一半的酒放到桌上，坐下，微笑，可洛拉看都没看他。

第二部

"你要做的就是,"洛拉说,"明天八点左右去到那里,去找海关的窗口。给你,你需要这东西,必须在八点左右。"她在紫色包里翻来翻去,好像找不到。终于,她掏出一张皱巴巴的折叠纸片。"对了,"她说,"只要说她寄给你东西,把这个给他们。你找叫哈罗德的人,他应该在那里。如果他不在,你就得等一等。"

雷妮接过纸片,那是简单的报关单,不必付钱,手续简单。"为什么不直接到窗口办理?"她说,"谁都能办理这种事情。"

洛拉显出有些恼火,但还是耐心地看了她一眼。"你不知道这里是怎样做事的,"她说,"我把贿赂给了这个人。如果你不这样做,他们就会打开箱子,留下一半的东西,或者扣着东西不放,就是不告诉你东西已经到了,你知道吗?拿到黑市去卖。"

"真的吗?"雷妮说。

"各地规矩不同,"洛拉说,"但都有规矩,你只需要搞清楚是怎么一回事就行了。"现在她放松了些,喝完酒,站起来,拉开铁椅子。"我去一下卫生间。"她说道,消失在主屋里。

只剩下雷妮和保罗坐在一起。"再给你要一杯?"保罗说。

"不,谢谢。"雷妮说。她快喝醉了。"我怎么回去呢?"她意识到这听上去像是在提要求。"我叫出租车。"她说。

"出租车很少来这里,"保罗说,"路太烂,他们不想弄坏车子的弹簧。反正你得等上几个小时。我搭你,我在前门有辆吉普车。"

"除非你要回去。"雷妮说。

他站起来,准备走了。"洛拉怎么办?"雷妮说。她不想和洛拉一起坐车回去,可丢下她一个人,那不礼貌。

"她会自己回去的,"保罗说,"她认识很多人。"

雷妮出门时看到了洛拉,她根本没上厕所,而是站在厨房门口不远处,和一个服务员说话。雷妮走过去说再见。

"好好玩儿。"洛拉绽开笑容,说。她把一样东西塞到雷妮手里,像是一包面巾纸。"送给你,"她说,"你帮了我的忙。"

"洛拉是你的朋友吗?"两人出了门,走过漂木镇厚厚的草坪,雷妮问道。

"什么意思啊?"保罗问。

雷妮愣住了。她不想显得嫉妒,甚至不想显得感兴趣,可她突然意识到,她既嫉妒又感兴趣。"我是说,你跟她很熟吗?"

"比较熟,"保罗说,"交往过一段时间。"

"她好像和什么男人住在一起,在圣阿加莎那边。"雷妮说。

"国王吗?"保罗说,"确切地说不是,断断续续地,他们就是这样。他从政,她没有。"

"除了从政,她好像什么事都有份儿。"雷妮说。

保罗没说什么,他完全保持中立。雷妮真正的问题没有得到回答,她知道不会有回答的。

第二部

他们走到车道，找到吉普车，车子又小又旧，两侧敞开，帆布顶篷。"是你的吗？"雷妮问。

"一个朋友的。"保罗说。他没有为她开门，她肯定是喝多了，好一会儿才把门打开。保罗拿出一副太阳镜，戴上，然后转动钥匙。车子后退，一下溜到沟里，接着加速向前，轮子在泥里打转转。雷妮右手紧握车顶的铁框，左手抓住座椅，那也是铁的。没有安全带。

车子驶过漂木镇周围的森林，藤蔓悬垂在温室培植的巨大兰花上，硕大的古蕨类植物，肥胖的树木长着橡胶一般的耳形叶子，果实像瘤子，像腺体。有些树倾倒，刘出条条泥沟，浓密缠结的树根升到空中。

"艾伦。"保罗喊道，声音压过吉普车的噪声。

"什么？"雷妮问。

"龙卷风。"

他们来到椰子园，这里似乎荒废了，有些树死了，椰子到处都是，甚至掉到路上，路更破，车子撞上一个个坑洞。雷妮的手发冷，在出汗，她不再感到醉意，却有些想吐。

"能停下来吗？"她喊道。

"什么？"保罗问。

"停下！"她说，"请停下！"

他看了看她，把车子停在路边。雷妮把头搭在膝盖上，如果能这样坚持一分钟，那就没事了。就这么拖着，像这样停着，

第二部

她觉得很傻，不过总比吐在他身上好。"在阳光中呕吐。"这念头一闪而过。蒂皮会说，一切都是素材，你只要知道怎么插到文章里就行。

保罗碰碰她的后背。"好些了？"他说，"我可能开得太快了。"

雷妮低头听着，她听到鸟儿发出刮指甲一样尖细的声音、乌鸦沙哑的叫唤，还有虫鸣，她的心跳得太快了。过了一会儿，不知道过了多久，她抬起头，保罗正看着她，他的脸就在那儿，她能看到两张小小的脸，白色，瘦小，从他的太阳镜中反射出来，看不到他的眼睛，他的脸毫无表情，他成了一个无脸的陌生人。她意识到他的胳膊搭在椅背上。

"你能不能脱下眼镜呢？"她说。

"为什么？"他问，不过还是脱了下来。

雷妮把脸转开。天色晚了，斜照的夕阳穿过一长排棕榈树，椰子在壳里腐烂，不知是什么动物在地上刨出一条条巨大的沟壑。

"洞里住的是什么？"雷妮问。

"地蟹，"保罗说，"又白又大的家伙，昼伏夜出，可以用手电筒和大棍子捕猎。用手电筒照它们的眼睛，它们会停下来，然后用棍子控制住。"

"可以吃吗？"雷妮问道。她的思绪还不是很清晰：轮廓太清晰，声音太尖厉。

"如果你想吃，当然可以，"保罗说，"所以人们才去逮它们。"

他把她转过来面对自己，他在微笑，吻她，不是出于激情，而是探究。过了一会儿，雷妮的一只手放在了他的脖子上，头发是软的，能感到头发下面的肌肉，一条条，一团团。他的手挪向她的胸脯，她抓住那只手，将自己的手指与之交叉，他看看她，轻轻点点头。"好吧，"他说，"我们回去吧。"他开得很慢，等他们来到城里，天已经黑了。

雷妮希望一切都是容易的，为什么不呢？只要有一次容易，那一切都容易。她喜欢他，比较喜欢但不是非常喜欢，她对他一无所知，但不需要什么都了解，他对她一无所知，这很好。她顺着木头走廊走过那个英国女人冷冰冰的目光，他就在她身后。终于，她又一次想做点什么，她太想了，手在发抖。

不过在房间门口，她转过身来，没有给他开门，她不能这样做，不能冒险。

"这么说我能进去了？"他说。

她说不，可再也说不出什么。

他耸耸肩。"随你好了。"他说。她不知道他在想什么。他吻了吻她的脸颊，轻轻地，然后顺着绿色走廊离去。

*　　*　　*

雷妮进屋，锁上门，在床边坐下。过了一会儿，她打开手提包，从有拉链的后袋里拿出洛拉给她的那包面巾纸，打开，她知道里面是什么，五根大麻，卷得很紧，很老练。她感谢她。

她拿起一支，用瑞典产的火柴点着，吸了一点点，足够她放松，灭掉，把剩下的和其他四根塞到衣柜抽屉中绿色毯子的褶皱里。她躺到床上，听着血液在仍然活着的躯体里奔腾。她想到细胞在低声细语，在黑暗中分离，每到一定时间就彼此替换。她想到其他的细胞，邪恶的细胞，它们可能在那里，也可能不在，它们像发酵粉一样，以狂暴的力量在她体内不停地工作，它们一会炙热发烫，一会蓝得发亮，有如你闭上眼睛时阳光的底片。美丽的颜色。

现在，医院用这种大麻来对付绝症，它可以止住呕吐。她想象所有的浸礼会教徒和长老会教徒不再坐在教堂内直挺挺的靠背长凳上，而是一排排躺在洁白的、用曲柄左右上下的床上，硬邦邦的。当然，他们对此另有叫法，有一个受人尊敬的拉丁名字。她不知道，自己在放弃前，再一次把自己交给探测器、标签和手术刀时还要忍受多少痛苦。他们把瞎搞出来的药水，把被阉割后的猫，叫作治疗。

我是你的医生，你就对我有这种感觉，丹尼尔说，我是你的幻觉，这是正常的。

我不礼貌，但不是故意的，雷妮说，不过我要是有幻觉，为什么要选你呢?

如果有人和她上床,那挺不错。只要他保持安静,什么人都行。有时她只想静静的。

你只是拿我当泰迪熊,杰克说,你为什么不回到小时候,吸吮手指算了?

你不会喜欢那种替代品的,她说,安静地相互做伴有什么不妥吗?

没什么不妥,他说,但不是每个晚上。

有时我觉得你不太喜欢我,她说。

喜欢?他说,你想要的就是这个吗?被人喜欢?难道你不喜欢有人热烈地、狂热地想要你吗?

想呀,她说,但不是每个晚上。

那是之前,之后,他说,你把自己隔绝起来。

这玩笑开得不妥,她说。

别人对你着迷,你却从来不给公平的待遇,他说,你都不让我碰你,那我能做什么呢?你连谈都不想谈这个。

你想谈哪个呢?她问,复发的例子?活下去的几率?你想要数据吗?

别再把这个当作恶心的玩笑了,他说。

第二部

这可能是个恶心的玩笑，不过我摆脱不了，她说，所以我不想谈。我知道这是个恶心的玩笑。如果你不介意，我宁可不谈。

你感觉如何，他说，试试吧。

我感觉如何？很好，我感觉很好，感觉身体美妙。你想让我有什么感觉呢？

好了，他说，这么说，是世界末日了？

还不是，她说，对你来说还不是。

你真是狠心，杰克说。

为什么？她说，就因为我的感觉和从前不一样了？就因为我相信你的感觉也不一样了？

从前，她认为性不是重要问题，不是至关紧要的，它是一种愉快的锻炼方式，比慢跑好，它是一种愉快的交流方式，就像闲谈。人们如果对性太过紧张，不免有点超出常规，就像镶嵌着人造钻石的塑料高跟鞋，还以为自己有真钻石，就像过分看重自己的貂皮大衣一样。重要的是两人的关系，良好的关系；她和杰克应该有这种关系。人们在聚会上评论这种关系，仿佛在欣赏一幢刚刚翻新的房子。

起初就是这样的：没有吵架，没有相爱。等她遇到杰克，她相信自己不太像是恋爱。恋爱就像赤脚在街上跑，而路面全是打碎的瓶子。这是一种蛮勇，哪怕你可以完好无损地过关，

第二部

那纯粹是好运。恋爱就像午饭时间在银行里脱掉衣服，人们认为他们了解你，而你不了解他们，他们就可以掌控你。这使你变得显眼，柔软、脆弱，使你显得荒唐。

起初，她对杰克的爱是没有疑问的。他不是不吸引人，也不是没法让人去爱。他的身体不畸形，人也不是傻瓜，他所做的是他擅长的。他三十岁的时候就已经有出息，开了一家小公司。她就是这样与他邂逅的：她为《面具》写稿，关于男人如何三十而立，成立自己的小公司。文章题为《年轻，但不欠债》。杰克的照片占了整个封面。她想他的时候，首先想起这张照片：杰克，她在文章里叫他"忧郁的土星"，他黑皮肤，白牙齿，细致的鼻子和嘴，笑起来像狐狸，他坐在画板前，带着洋洋得意的讥讽，身上三件一套的海军蓝西装想证明，你不必害怕西装。那一年时尚变了，西装流行了。

讨厌的家伙，摄影师对雷妮说。摄影师管自己叫作这一行的老手，模样令人悲哀的那种：秃顶，衣着破旧，穿马甲但没穿上衣，衬衫袖子卷起，经常搞室内摄像，不过只拍黑白照，以此反映人们的真实生活。拍彩照的是个时髦的摄影师。

你怎么分清时髦和不时髦？雷妮问。

我就是知道嘛，摄影师说，女人不知道。

噢，得了吧，雷妮说。

也许她们知道，摄影师说。女人的问题是，男人越把她们当狗屎，她们越喜欢。像我这样的好人永远没有机会。世上只有两种男人，讨厌的和不讨厌的，同性恋不算在内。

你是嫉妒，雷妮说，你希望自己也有那样的牙齿，他干得挺不错的。

当心，摄影师说，他还是个讨厌的家伙。

杰克干的是设计，设计标签，不仅仅是标签，还有整个包装：标签、集装箱、广告的视觉效果。他全都管。他决定物品的外观以什么作为背景，就是说人们的观感。他知道风格的重要性，所以雷妮要写关于露趾高跟拖鞋重新流行的文章，他没有嘲笑她。

比这更好的是，他喜欢她的身体，而且说出来，让雷妮觉得自己焕然一新。她认识的大多数男人用人这个词，用得太多了点，太紧张了点。你是个好人。好人是一种负担。她知道自己不是他们希望她做的那种好人。一旦有个男人说她有个漂亮的屁股，一旦这个男人承认并坦言这一点，那真是令人宽慰。

我的思想怎么样？她说，你是不是要说我有一颗有趣的心灵？

操你的心灵，杰克说。两人都笑了。不，他说，就算我想，也不能操你的心灵。你是个强人，把腿扣得紧紧的。没有女人的同意，你强奸不了她，这你知道。

你可以试试，雷妮说。

我不试，杰克说，我对心灵没兴趣。如果你要实话，我对你的身体感兴趣。

第二部

他们住在一起，两人同意自由选择。"自由选择"是她不得不向丹尼尔解释的另一个术语。到那时，她已经不容易解释清楚这意味着什么了。

她花了太长的时间才明白过来，原来她也是杰克包装的东西之一。他从公寓开始行动，把房间涂上几种米黄色，塞进四十件家具，炊具是铬合金的，客厅摆上一把深红色膨胀椅和沙发，"像大腿，"他说，加上他在萨莉·安店挑选的真正的三光吊灯。他说，柳条制品和室内植物已经过时。雷妮怀疑，他乘她没注意，把剩下的咖啡倒进贝加明延令草里，把它弄死了。

接着轮到她了。你的颧骨很棒，他说，你应该好好开发它。

剥削我的颧骨？[1] 雷妮说。这句奉承话让她有点不自在。这在格里斯伍德很少见。

有时，我觉得自己像张白纸，她说，任你涂鸦。

去你的吧，杰克说，全都在那里，我只想你把它显示出来。你应该享受它，应该充分利用它。

如果我充分利用它的话，你不怕贪婪好色的男人一窝蜂冲进来，把我从你身边抢走吗？雷妮说。

没门儿，杰克说，除了我，其他男人都是软家伙。他相信这一点，这也是雷妮喜欢他的原因之一。她不必去激励他，他

---

1 杰克说的是 exploit，也有剥削的意思。

自己就能做到。

他决定，她只能穿白色麻质连身衣，带垫肩，看起来有如打铆机上的一朵玫瑰花。

那样我的屁股显大，她说。

就要这样，他说，小屁股过时了。

雷妮在仅仅两个字下面画了一条线——别那么专制嘛，她说，不过，为了让他高兴，她还是弄了一件，不过拒绝穿上街。在客厅里，他挂上放大的卡蒂尔-布雷松[1]的照片：三个墨西哥妓女在小卧室里朝外看，眉毛拔得稀稀拉拉，扯成夸张的弯弓形，嘴巴张得像小丑，一大片被丢弃的椅子，一个老人坐在其中一张上。

那是在白天。他把白天安排好后，开始对付晚上。他在卧室里挂上一张希瑟·库珀[2]的海报：一个棕色皮肤的女人穿着一样紧绷绷的东西，双臂在身侧不能动弹，却露出胸脯、大腿和臀部。她站在那里，面无表情，如果说有表情，那就是一点厌烦。这张照片叫《谜》。另一张挂在卧室内的照片是程式化的：一个女人躺在四十年代蓬松的沙发上，这沙发就像他们客厅里的那张。她脚着地，头倚在沙发的远侧，脑袋又小又圆，像门把手，面无表情。在最显著的位置是一头公牛。

雷妮看到这些照片，有点不安，特别是光着身子躺在床上

[1] 法国著名摄影家，使照相成为一门艺术。
[2] 希瑟·库珀（1945—　），加拿大著名画家。

的时候。不过，这很可能只是她的背景。

把手放到脑后，杰克说，这样可以提胸，微微张开腿，抬左膝，你看起来很棒。

雷妮告诫自己，只要还有信任，一个有安全感的女人是不会被性伙伴的幻想所威胁的。她甚至还在一篇论缎纹内衣和华丽的吊袜腰带回归潮流的文章中提到过这一观点。她没有受到威胁，有一段时间没有。

你太封闭了，杰克有一次这样说，我喜欢这样，不过我希望你向我开放。

不过在那以后，她再也想不起他确切说了什么。也许他说的是，我想成为打开你的人。

第
三
部

我父亲每年圣诞节都回家，雷妮说。他总是把这说成是回家，其实最后连我也看出来了，他的家在别处。我出生后不久，他就去了多伦多。他打过仗，退伍后得以免费上大学，学的是化学工程。大家都说，他留在那里，是因为工作在那里。我们不能去，因为外公病了，外婆需要帮手。那是他们说的。外公去世后，我们又不能扔下外婆一个人。格里斯伍德人很怕被家人扔下。大家都认为这很糟糕，会让你变得古怪，让你发疯，然后就把你送进疯人院。

　　于是，父亲每年圣诞节都会出现。他住在一个客房里，我们有很多客房，这些房间原来是孩子用的，现在空了，一尘不染，散发出薰衣草和凝滞空气的味道。过后他们告诉我，他回来是为了我。他们让我和父亲穿得暖暖的，在冰冻的街上散步。他们告诉我们别滑倒了。他会问我学习怎么样，说我很快就可以去看他。其实两人都不相信这一点。我们走过大街，人们会转过头来，不会转得太突然，我知道他们在看我们，议论我们。

　　我六年级时，两个缺乏教养的姑娘散布谣言，说我父亲和另一个女人住在多伦多，因为这个，我母亲才没去那里。我不相信，但也没问母亲，看来我多半是相信的。这也无妨，因为

117

这是真的，所以当母亲终于告诉我这件事时，我也不吃惊。她等到我过了十三岁生日，来月经两周后，才告诉我。她一定觉得我已经准备好忍受痛苦了。

我觉得她是想得到同情，她觉得我终于理解了她过的是多苦的日子，作出了多大的牺牲。她希望我责怪父亲，看透他的本性。可是，我无法恨他，相反，我责怪她。我生他的气，不是因为他走——我已经明白了他为什么想走——而是因为他丢下我。

他不再回来过圣诞节，不过还是寄明信片，寄给我，不是给她。我直到去多伦多上大学时才又见到他。他和某人已结婚多年，我只知道这人被称作她，因为我母亲这么叫。我已经忘了他长的什么模样。

我去他们的公寓拜访。我从没住过公寓，那是我第一次见到非洲紫罗兰或猩猩木以外的室内植物。他们种了很多植物，挂满了朝南的窗子，这些东西我都叫不出名字。家具隔得很开，留出很大的空间，我有些不自在。他对我说的第一句话是你长得像你妈。那是我对他最后的印象。

*　　*　　*

我是在地下室里长大的，洛拉说，我们住在公寓楼的地下室里，总是那么暗，连夏天也很暗，有猫尿味，因为鲍勃的猫。

第三部

虽然那是他的猫，但他从不清理那个乱七八糟的箱子，也是因为这种地方总有猫尿味。鲍勃可以说是免费住在公寓里，这是看房人的房子，他的职责是倒垃圾，拖地板，修马桶，不过他从来做得不好，也许他不想做，所以，我们总是搬家。

他的战友派特从前说，鲍勃不靠这个挣钱。他说，鲍勃靠卡车掉下的货发财。当时我一下没想起在英国英语中，卡车这个词有他们自己的说法。派特是英国人，后来我不相信他的话，因为我知道鲍勃没有去追卡车，等车上掉东西下来。他大部分时间都在家里，穿着灰色的旧羊毛背心坐在厨房的桌子旁。再说，他腿瘸，跑不动。这对我来说运气不错：我跑得比他快，他抓不到我，不过他手快，经常假装看别的地方，然后手一把伸过来。我小时候，他可以一只手抓我，另一只手解皮带。我想，因为这个，所以我跑得快。

他说，他的腿是打仗时瘸的，政府一贯小气，不给他抚恤金。不管谁当权，他都反政府。他说，他毫不在乎，不过也不要误解他，他对共产主义同样不抱希望。鲍勃的战友派特以前常常谈论工人阶级，说他们就是工人阶级，两人都是，不过我看这是个大玩笑。工人阶级个屁，鲍勃能不干活就不干活，他只想着怎样才能逃避干活。他认为，如果谁要是有一份稳定的工作，那他就是这个世界上的第一号笨蛋。他也极力反对各种组织协会，丝毫不能理解它们，他说，它们只会让东西变得越来越贵。一旦电视播出罢工，他就对警察欢呼，这可是少见，因为在其他时候，他对他们也讨厌得很。

不管怎样，我过了很久才明白，我们为什么突然有五台电视机，然后一台都没有，然后是八部收音机，然后只有一部。有时是烤箱，有时是录放机，这很难说。东西一忽儿冒出来，一忽儿消失，像变戏法一样。我在学校吹牛，说我们有五台电视机，还带一个小孩到家里参观。鲍勃气疯了，揍了我一顿。让你学学怎么闭上你那该死的嘴，他说。

很多事情都让他气得发疯。他好像整天都坐在桌旁，抽着黑猫牌香烟，等东西送过来，然后发火。妈妈整天都在努力猜他为什么发火，好把事情平息下来。

听他的话，她对我说。你干吗总要去惹他？就当他是一扇关上的门好了。你要是管得住自己，就不要去撞关上的门，是不是？当时我想，每次她说这种话，就是和他站在一边，不过现在我明白了，她不想让我挨揍太多。

我最恨他，晚上躺在床上，经常想他会倒什么大霉，比如掉到污水沟里或被老鼠咬。我们公寓里也有老鼠，家鼠或田鼠。鲍勃不让母亲放耗子药，因为老鼠会吃药，猫又会去吃老鼠，不过他的猫从不吃我见过的老鼠。他不在家的时候，这种时候很少，我就去踩猫的尾巴，拿扫帚满世界追它们。对他我没办法，不过我当然有办法让他那些该死的猫日子不好过。直到现在，一旦猫靠近我，我还是受不了。

这对猫有些苛刻，不过我想，我这样做了，就不会怕他了。

第三部

记得报纸上的那个故事，六七年前发生的？一个女人带着小儿子嫁给一个男人，没过多久，两人在树林里杀了小男孩。他们说带他去野餐。小男孩的那张照片很让我伤心。我想，那个男人就是不想要他，而那个母亲同意了。我看到这个故事的时候已经长大了，大概三十岁，还是出了一身冷汗。有好几个星期，我经常梦见这件事，差不多就像发生在我身上一样，而我甚至都不知道这件事，就像梦游，你醒过来，就站在悬崖边缘。鲍勃对我好，我更怕，比他发火时还怕。他对你好，就像一个人躲在柜子里等你，而你却看不见他。

父亲死后，母亲嫁给了鲍勃，当时我大概四岁。我不知道她为什么要嫁给他。母亲不信教，我们不上教堂，不过她有个信念，一切都是有序的，她常说本该如此。我问她，为什么要嫁给鲍勃，她说本该如此。我不知道为什么是这个人。如果你问我，我会说人毫无幽默感。她从不会想到，有些事情不过是巧合。我大概十二岁时决定，这样来想鲍勃差不多是最恰当的：他是发生在我身上的一种巧合，就像我走在路上，车就撞上我一样。我不得不和他住在一起，但不像和人住在一起，而是和一条断腿住在一起。我不再费力去猜，怎样才能让他高兴或不让他发火，因为我从来就想不出来。我也不再认为这和我有很大的关系。他打我就像天气变化一样，一时雨，一时晴。他不打我，因为我坏，我那时就是这样想的。他打我，因为他不会因此受到惩罚，没人能阻止他。人们这样做，大都如此，因为他们不会受到惩罚。

母亲满肚子的发财计划。她总是在看杂志封底，那里的广告教你如何在家里做生意，挣大钱。她试了很多，寄货单，挨家挨户卖杂志订单、百科全书和类似的东西，甚至搞手工艺品，他们把干花材料寄给她，她做插花。有一次，她还租了编织机，可机子很快就坏了。

都没用，广告许诺的致富从来没轮到她，大多数生意都要你一天工作四十八个小时才有点赚头，她很快就没了兴趣。她缺乏生意头脑，不知道怎样照顾生意，不可能举办推销家用塑料制品的聚会。既然我们没住在这样的地方，她当然无法在我们的公寓里举办这样的聚会，而且厨房里还有那只猫砂盆，灯泡没灯罩，有臭味的马桶背面满是红色污渍，鲍勃穿着马甲坐在那里，袖子脱线，他抽烟又咳嗽，像要把五脏六腑都咳出来似的。这些，再加上碎薯片，掺着嫩药蜀葵的色拉，你知道吗？

反正她很喜欢看广告，喜欢寄第一封信，这总让她激动万分。对她来说，这就像赌博，她愿意相信运气，愿意相信风水轮流转，一转就转到她，不是因为她做了什么，自己挣来运气，而是该她发财了。这种话她从不说出口，而是常常说，我们应该好好利用已有的，感激我们得到的。不过，言语之中，我觉得她讨厌地下室，讨厌猫尿味，也许和我一样讨厌鲍勃，不过她无可奈何，毫无办法。

第三部

有生活，就有希望，我母亲如是说。她不得不相信总有好运在等着她。我不在家的那些年里，曾经给她寄过"加拿大大彩"或"温大略"的彩票作为生日礼物，有钱时寄一叠，可她从没中过奖。

*　　*　　*

雷妮在做梦，她知道，她想醒过来。

她站在屋子一侧外婆的花园里，她知道很久以前这花园就有了。母亲说，我没法样样都照顾得到，可花园就在这里，又回到原来的样子，样样都如此灿烂，如此鲜活，红色的鱼尾菊、蜀葵、太阳花，一柱柱大红的红花菜豆，蜂鸟有如活泼的蜜蜂飞来绕去。不过已是冬天，地上有雪，太阳低垂天空，叶茎和花朵挂着小小的冰凌。外婆就在那儿，穿着白色棉质衣服，缀有蓝色小花，那是夏天的衣服，她好像不怕冷，雷妮知道，这是因为她死了。一扇窗打开，雷妮听到母亲和姨妈在厨房里一边洗碗，一边哼歌，那是和谐的三重唱。

雷妮伸出手，但碰不到外婆，手径直插到她的身体里，穿过去，就像碰到水或新下的雪一样。外婆朝她微笑，蜂鸟在她头顶环绕，停在她手上。生命永恒，她说。

第三部

雷妮挣扎着醒过来,她不想沉浸在这样的梦里。终于,她做到了。她躺在床上,床单在身上皱成一团,她用力扭动,挣脱出来,使劲坐起来。窗外,天是灰的,屋里光线暗淡,也许天还没亮。她得找到什么东西。她光脚站起来,身上穿的是白色棉质长袍,在后背扎了个结,可这不是医院。她走到屋子另一头,挨个拉开衣柜的抽屉,在内衣、丝巾和袖子叠得整整齐齐的羊毛衫中间翻来翻去。她在找她的手,她知道把它们丢在这里的什么地方了,像手套一样整整齐齐地叠在抽屉里。

雷妮睁开眼睛,这次是真的醒来。黎明时分,开始有了声响,蚊帐在暖暖的空气中像薄雾一样悬在她周围。她才明白自己身在何处,她一个人在这里,却陷入未来之中,不知道怎样回到现在。

                    *   *   *

你经常梦见什么?雷妮问杰克。这是在他们同居一个月之后。

你说话就像我妈,杰克说,接下来你就想知道我的肠胃运动怎么样了。

杰克习惯拿犹太母亲来开玩笑,雷妮觉得这不是真正在谈他母亲。凡是拿母亲开玩笑,她都讨厌,连她自己开自己母亲的玩笑也一样。母亲不是笑柄，你不了解母亲，她说，而我不是你母亲。我对此感兴趣，你应该感到荣幸。

为什么世上的每个女人都想知道这个？杰克说，才做了几次爱，她们就要知道你梦到什么。这有什么不同呢？

我只想多了解了解你，雷妮说，我想了解你的一切。

如果我把什么都告诉你，那我真疯了，杰克说，你会抓我的小辫子。我见过你的那些笔记本，你列有单子。我敢说，我不在的时候，你翻过垃圾桶。

你干吗这么反感呢？雷妮说，你不相信我吗？

小鸡有嘴唇吗？杰克说，好吧，我梦到的就是这个。我梦见你的屁股，比真正的大一百倍，在天上飘来飘去，笼罩在霓虹灯中，一闪一闪的。怎么样？

不要贬低我，雷妮说。

我就喜欢你低低的，杰克说，脸朝上。他翻身到她上面，开始咬她的脖子。我失控了，他说，我是黑暗中的野兽。

哪一种？雷妮说，花栗鼠？

当心了，猫咪，杰克说，别忘了你的地位。他抓住她的两只手，把她的手腕并在一起，他插到她的两腿中间，用力捏她的乳房。感觉如何？他说。这就是你造成的结果，西方世界最快的勃起。假装我刚从窗口进来吧，假装你被强奸了。

干吗要假装？雷妮说，别掐我。

承认你兴奋起来了，杰克说，承认你喜欢这个，你要这个，说求你了。

滚蛋，雷妮说，用后跟踢他的腿肚子，笑了。

杰克也笑了。他喜欢她骂人的样子，说在他认识的女人中，只有她还敢痛快地骂人，这是真的：骂人这种社交礼仪雷妮小时候没学会，她得自学。

你嘴真脏，杰克说，得用舌头给你洗洗。

你经常梦到什么？雷妮问丹尼尔。

不知道，丹尼尔说，我从来记不得。

*　　*　　*

昨晚，雷妮定了七点的闹钟。她躺在床上，等着闹钟响。闹钟响后，她爬过蚊帐，把它关上。

如果不是为了洛拉、老外婆和那颗生病的心脏，她根本不用起床。她想赖床，完全可以说睡过头了。不过格里斯伍德的教诲已经根深蒂固。如果你说到做不到，那就别说。待人如待己。她从有霉味的薄蚊帐的包裹中挣扎出来，她不觉得自己善良，而是满腹怨气。

她想先吃早餐，再打的去机场，可那个英国女人说早餐还没准备好，还要等一个小时。雷妮等不了，决定在机场买咖啡和面包圈。她让英国女人为她叫出租车，英国女人指了指电话。"你不用打电话叫车，"她说，"他们总在这里转来转去。"不过雷妮还是打了电话。

车子的坐垫是紫红色厚粗绒毯，像是穿进卧室的拖鞋和马桶垫。后视镜上吊着圣克里斯托弗娃娃和一对橡胶骰子。司机穿紫色短裤和T恤，袖子撕掉，脖子上挂金十字架项链。这是个年轻人，音乐开得炸响，唱的是《我看到妈妈吻圣诞老人》，难听，像阉公鸡啼叫一样。雷妮不知道这里是不是圣诞节，她已经失去时间概念了。雷妮太胆小，不敢叫他把音量放小。车子飞快地开进城里，他是故意开这么快的，她咬紧牙关，抵抗这闹心烦人的歌声。车子经过一群人，不知为什么，他们聚在一家商店外面。他摁喇叭，又长又亮的叫声，把人们的注意力吸引过来，好像这是一场婚礼。

到机场了，雷妮和车门搏斗，终于打开，爬出来，司机没动弹，她绕过车子，走到他那一边。

"多少钱？"她问。

"你要车回去吗？"他问。

"不，我只是取一个包裹。"雷妮说。她马上意识到自己犯错了，因为他说，"那我在这里等你。"

"好吧，"雷妮说，"我可能要一会儿。"

"反正没事干。"他快活地说。

机场空荡荡的，雷妮四下张望，找快餐馆，找到了，可门关着，海关的窗口也关着，玻璃上用透明胶贴着一张大海报：埃利斯是国王。

现在是七点四十五分。雷妮坐在凳子上等。她打开包，看看有什么吃的，摸到止咳药片，没什么可吃的。长凳旁是一台照相机器，一个挂帘小间配上一个投币孔。雷妮想玩一玩，可它只认美国硬币。她瞪着对面的海报，上面有只公鸡。超强雄鸡，给你刺激。有人在上面写道，和平之王。

八点三十分，窗子打开，有人在里面。雷妮从包里摸出皱巴巴的报关单，走过去。

"我想找哈罗德。"她说道，觉得很傻，不过里面的人并不惊讶。

"好的。"他说，消失在里屋。雷妮以为他去找哈罗德，可他拿来一个方形大箱子。

"您是哈罗德？"她问。

他认为这是个愚蠢的问题，没有回答。

"这肯定是那个胖老太的，"他说，"这个月她收到六个包裹，从纽约来的，说是食品。她要这么些食品干吗？"

他微笑，狡黠地看了看她，像是在开玩笑。箱子太大，从窗口出不来，于是他打开一旁的门。

雷妮觉得不像是要她拿的包裹。"东西没错吧？"她说，"应该是小一点的，只是一些药。"

第三部

"药也在这里面，"他轻描淡写地说，似乎已经看过箱子里的东西，"就是这个，我没看到别的箱子。"

雷妮有点怀疑，她看了看标签，名字的确写对了。"你忘了这个。"她说，把报关单给他。他轻蔑地瞟了一眼，撕成两半。

"要不要签名？"雷妮说，她觉得不合程序。他板起脸来。

"你要给我惹麻烦吗？"他说，"拿上这个，出去。"他关上门，不再理她。

箱子沉得很，雷妮得一路拖着走。她突然想起来，自己不知道洛拉住在哪里，老太太住在哪里，怎样把箱子给她们。地址印得很清楚，不过只说圣阿加莎，埃尔瓦，没有姓。下一步怎么办？她觉得自己被骗了，要么被利用了，但不知道是谁骗，怎样骗。她把箱子弄出前门，找那辆出租车，它已经无影无踪，也没有其他的出租车，也许有航班到了，才有出租车。街对面只有一辆车，但不是出租车，是吉普车，里面坐着一个警察，抽着烟，和司机聊天。雷妮看到司机就是保罗，吃了一惊。他脸冲着前方，听警察说话，没看见她。雷妮想，能不能搭他的便车，他可以帮她把箱子扛上楼梯，然后两人可以一起吃早餐。可她有些尴尬，不能叫他做这个。她和他有了亲密的行为，可因为异性对你友好，就不加解释地占别人的便宜，那是不礼貌的，不可原谅的；她似乎拿他当壮劳力看。他有权生气。

她只得把箱子拖回到站楼里，打电话叫出租车，然后等车。她正搜索包里找打电话的硬币，一辆出租车停下来，是原来那一辆，司机正啃着一块大烤肉，肉汁一直流到手腕。肉味提醒雷妮，她几乎饿晕了，可她不能问他要吃的，那是越界行为。

箱子太大，放不进后厢，司机把剩下的烤肉扔到路边，在衬衫上小心地擦了擦手，没有弄脏紫红色的厚粗绒毯坐垫，他帮雷妮把箱子推到后座上。雷妮坐到他旁边的位子上。这一次，音乐是精灵歌王科尔，唱的是《我梦见白色圣诞》，这好一点。

"多少钱？"车停在旅馆外，雷妮又问。

"二十元。"他马上说。雷妮知道这太过分了。

"单从机场回来才要七块钱。"她说。

"加上等人的。"他冲着她笑道。

要在以前，碰到这种情况，雷妮会和他争辩。从前，她为自己擅长讨价还价而自豪，可现在她没有精力，他知道这一点，他们都知道这一点，这可以从她身上闻出来。她给他二十三元，下车去把箱子拖出来。

令她惊讶的是，司机也下了车，但没来帮她，只是看着。

"你是洛拉小姐的朋友？"他说，"我看见你和她在一起，人人都认识洛拉小姐。"

"是的。"雷妮说，不想解释。她在摆弄箱子，箱尾滑下后座，敲到街道的路面。

"她是个好人，"他轻声说，"你也是个好人，像她一样吧？"两个同样穿着无袖 T 恤衫的男人停下脚步，靠在墙上。

雷妮决定不回答，这话里有话，但她说不清。她笑了笑，希望这样够礼貌了，便退回到旅馆的内院，她希望自己拉箱子的模样还算有尊严，笑声一路尾随她进去。

在楼梯脚蜷缩着那个聋哑人，睡着了，打着鼾，很可能喝醉了。他衣襟敞开，露出扯烂的发灰的布料，脸上一道新伤，白胡茬已有半寸长。雷妮不挪开他的脚，就没法把箱子弄上楼，于是她挪开他的脚。等她把那双沾满干泥的光脚放下，他睁开眼睛，朝她微笑。如果不是因为缺牙，那笑容将是纯真的，甚至是狂喜的。她担心他又想握手，可他没有，也许他认为，她已经有了足够的好运。

雷妮看了看楼梯，便拖起箱子，一次上一级台阶。天太热，她真傻，答应帮忙，自讨苦吃。

她来到前台，英国女人通知她，早餐时间已过。

"那还有什么吃的？"雷妮问。

"茶和饼干。"英国女人干脆地说。

"连烤面包也没有了吗？"雷妮说。她忍住没发牢骚。

英国女人轻蔑地看了她一眼。"你可以到那边去，"她说，"找别的吃。"从她的口气看，只要在那里吃东西，就会得霍乱，或者更糟。

雷妮点了茶和饼干，沿着走廊把箱子拖到自己的房间。到现在为止，她像变成了另外一个人，一具行尸走肉，一个死翘翘的舞伴。没有地方放箱子，放衣柜不合适，又没有壁橱，雷妮把箱子塞进床底。她还跪在那里，这时，服务员端进一个塑料盘，里面装着茶和饼干，塑料盘上有温莎堡的图案。

雷妮拿走《圣经》和闹钟，让服务员把盘子放在床头柜上，床没收拾。服务员一走，雷妮把蚊帐卷成松松的一堆，坐在皱巴巴的床单上。

茶是用袋装茶叶沏成的，水显然没有烧开，饼干是傲慢的英国货，米色，椭圆形，边缘印成维多利亚式屋顶的样式，中间沾上一点灰泥一般的红色果酱，看上去像是放大的玉米广告。雷妮咬了一口，绝对是陈货，味道就像冬天的脚丫子，像地窖，像湿木头。雷妮想回家。

* * *

雷妮坐在窗边，盯着笔记本，她努力写下这几个字：阳光之地的乐趣。干吗要担心呢？反正编辑总会把题目改掉的。

有人敲门。服务员说，有个男人在前台等她。雷妮想，肯定是保罗。她对着小镜子照了照脸，现在她得作出解释了。

可那人是明诺博士，穿卡其布衬衫，干干净净的白短裤，比在飞机上看起来还要洁净。

"您在这里过得好吧？"他问道，又露出那种不老实的笑容。"您在了解当地的风俗吗？"

"是的。"雷妮答道，不知道他是何意。

"我来带您去参观植物园，"他说，"我们说好了的。"

第三部

雷妮忘了说过这样的事情，也许这里的习惯更随意，她也忘了是否告诉过他自己住在哪里。英国女人在柜台后看着她。"好啊，"雷妮说，"那挺好。"

她拿起相机，以备需用。明诺博士把她让上车。这是栗色的菲亚特车，左边挡泥板凹陷，有些吓人。雷妮系上安全带后，明诺博士转向她，露出几乎是狡猾的一笑。"还有更有用的东西让你看，"他说，"我们先去那里。"

车子离开银行家住宅区，驶上大街，快得吓人。原先的路大都是铺过的，现在的路大都没铺过。他们来到市场，标语牌仍然到处都是，不过用橙色旧汽车搭起的平台不见了。雷妮觉得明诺博士应该放慢车速，可他没有。人们瞪着他们，有些在笑。明诺博士摇下车窗，挥手，人们叫他，他回答，好像人人都认识他。

棕榈树拂过挡风玻璃。"我们支持你，"有人大喊，"明诺鱼活着！"

雷妮开始担心起来。车子周围的人群太密集，挡住了去路，并不是所有的人都在笑。明诺博士摁喇叭，增加引擎的速度，车子向前。

"您没告诉我，您还在搞政治。"雷妮说。

"我的朋友，这里人人都在搞政治，"明诺博士说，"时时如此，这和可爱的加拿大人不同。"

车子离开城中心，转而上坡，这里勉强算是两车道，雷妮抓紧椅边，手在冒汗。她看了看大海，海就在下面，非常幽深，景观奇异。

车子转过一个四十五度角，穿过石头拱门。"边境贸易，"明诺博士说，"很古老，英国人建的。你肯定想照几张相。"有一块地，有些干泥车辙印，上面长着一点青草，还有不少帐篷，确切地说不是帐篷，而是柱子撑起的几块帆布。明诺博士把车停在靠近帐篷的一边，下车，雷妮也下了车。

即便在室外也有人身上的气味，还有厕所味、石灰和腐败的食物的气味。帆布屋顶下有席子，大都没铺床单，床上堆着衣服，柱子上绑着绳子，晒着衣服。帐篷间有炊火，旁边的地上散放着厨房用具、锅盆和锡碟。这里的大多数人都是女人和小孩子。孩子们在帐篷周围的泥地上玩耍，穿棉布衣的女人坐在阴凉处，聊天，剥菜。

"他们是从飓风灾区来的，"明诺博士轻声说，"政府有钱重建他们的房子，可爱的加拿大人送钱给他们，只不过这还是纸上谈兵，你知道。"

一个老人朝明诺博士走来，还有一个老太婆和几个年轻一点的。那人碰了碰他的胳膊。"我们支持你。"他轻声说。他们斜眼看了看雷妮，她尴尬地站在那里，不知所措。

在场地的另一边，一小群人正离开，是白人，衣冠楚楚。雷妮认出了旅馆里的那两个德国女人，珊瑚船上戴两用眼镜的老夫妇。她自己肯定也是一样：游客。旁观者，窥探者。

离她不远，一张席子被拖到阳光下，一个年轻姑娘躺在上面，给孩子喂奶。

"那孩子真漂亮。"雷妮说。其实孩子不漂亮，它皱皱的、干巴巴的，像水里一只伸得太长的手。姑娘一声不吭，瞪着雷妮，目光呆滞，似乎已经见过她许多次。

我们要不要孩子？雷妮对杰克说。只说过一次。

你不会这么快就限制自己的选择吧，杰克说，似乎这只是她才会受到限制的选择，与他无关。也许你可以稍为推迟一下，要算准时间。

这倒也是，你怎么想？雷妮说。

如果你不喜欢走这条路，就别走，杰克朝她笑笑，说。我不太擅长设立长远目标，就喜欢眼前这条路。

我可以要个孩子吗？雷妮问丹尼尔，也是仅此一次。

外婆说过，小男孩说我可以吗，小女孩更有礼貌，她们说请问我可以吗。

你是说现在吗？丹尼尔问。

我是说任何时候，雷妮说。

任何时候，丹尼尔说，任何时候，这个词很大。

我知道，大词容易惹麻烦。雷妮说，我上学时他们跟我说过。

这不是你可不可以的问题，丹尼尔说，你当然可以，没有什么事情能阻止你，你很可能生下一个非常正常和健康的孩子。

可是？雷妮说。

也许你不必把时间掐得太紧，丹尼尔说，只要适应情况，考虑主次。你应该知道，虽然还不确定，不过荷尔蒙的改变会影响到疾病复发的频率。怀孩子是一种冒险。

老天不让我冒险，雷妮说。

姑娘把孩子从胸前移开，转到另一边。雷妮不知道该不该给她一些钱。这会侮辱她吗？她把手伸向手提包，可一群孩子围住她，大约有七八个，兴奋地蹦蹦跳跳，七嘴八舌。

"他们想让你给他们照相。"明诺博士说。雷妮于是给他们照了，可他们似乎还不满足，想要看照片。

"相机不是一次成像的，"雷妮对明诺博士说，"照片不能马上出来。"她对孩子们说，可很难让他们明白。

*　　*　　*

中午，雷妮站在炙热的太阳下，往身上抹着乳霜，后悔没戴帽子。明诺博士似乎对这里了如指掌，他打算全都告诉她，每块砖头都不放过，而她快脱水了，不知道什么时候会当场晕倒或精神崩溃。他想要她做什么？肯定有目的。"不用那么急的。"她抗议道，已经两次了。可他就是急。

雷妮认为，在国外，该她碰到的事情不多，可她害怕发生的事情却很多。她不是勇敢的旅行者，虽然她总是辩解说，正因为不勇敢，她才成了一个不错的旅行作家。其他人和她一样，想知道哪个餐馆会让人闹上病，哪家旅馆有蟑螂。如果她能继续下去，终有一天，她会发现自己站在一个大锅炉旁，当地一个重要人物给她一只绵羊眼睛或一只煮过的猴子手，她也无法拒绝。现在还没到那一步，不过她成了俘虏。话说回来，如果最糟糕的事情发生，她可以和其他游客搭车回去。

现在，明诺博士正在思考英国人采取的卫生措施，他仿佛灭绝了，一个消失的部落，他在把他们挖掘出来，挖出破碎的安妮女王的茶杯，刨出垃圾场。对这些奇特的习俗，他怀着考古学家的快乐，惊奇地欢呼起来。

要塞是乔治王时代标准的砖结构，已经破败。虽然旅游手册把它列为主要景点之一，人们却没有对它进行任何修缮。下面是泥泞的开阔地，帐篷散布，再过去是破旧的公共厕所，木头盖的，像是临时用的。唯一的新建筑是一个玻璃小间，屋顶好像有根天线。

"那里面有一台高倍望远镜，"明诺博士告诉她，"从船上下来的一切他们都看得见。雾不大的时候，还可以看见格林纳达。"玻璃小间旁边是一间方形棚屋，明诺博士说那是监狱的面包房，因为要塞曾经用作监狱。厕所一旁拴着一只山羊。

明诺博士手脚并用，爬过低矮的护墙。对他这个年纪的人来说，明诺博士可谓精力充沛。他好像要雷妮也爬上去，可那里太陡，千尺之下就是大海。她只是踮起脚尖看。远处有个朦胧的蓝色海岛，长形的。

明诺博士跳下来，站在她身旁。

"那是格林纳达？"雷妮问。

"不，"明诺博士说，"是圣阿加莎。在那里，他们都是水手。"

"在这里他们是什么？"雷妮问。

"是傻瓜，"明诺博士说，"不过，我是从圣阿加莎来的。英国人在十九世纪犯了个大错，他们把我们都放在一个国家里。从那时开始，我们就有麻烦了。现在英国人甩掉了我们，他们不用管理我们就能得到便宜的香蕉，我们的麻烦更大了。"

他在看下面的什么东西，顶着高高鼻子的脑袋像鸟儿一样歪向一边。雷妮也看过去，有个男人在难民中间，从一群人走向另一群人，孩子们跟着他，他正把什么东西递出去，是纸张，雷妮看到那是白纸。他穿着靴子，高跟，牛仔的靴子；三个女人围着炊火，他在她们跟前蹲下，一个小孩的手指上下划着靴子的皮革。

明诺博士咧嘴笑了。"是马思东，"他说，"这小子总是忙忙乎乎的，他为和平之王工作，他们在全民教堂里制作小册子，那里有台机器。他们认为，他们有一个真正的宗教，如果你不信，就见鬼去吧，他们会乐意送你去的。不过跟这些人在一起，他们走不远。您知道为什么吗，我的朋友？"

"为什么？"雷妮顺着他的话说。这太像小城政治了，格里斯伍德的小人争斗、忌恨、愚蠢的对立，她不关心这个，谁在乎呢？

"他们总是散发传单，"明诺博士说，"他们说这是百科全书，为什么太阳发光，它照亮谁的屁股，我向您保证，绝不是我的。"他咯咯笑了，为这个玩笑而高兴。"不过他们忘了，没几个人识字。"

孩子们跟在马思东后面雀跃，紧紧揪住传单一角，举到空中，挥舞，白色的风筝。

又有一辆车驶进泥泞的空地，停在面包房前，车里有两个男人，没有下车，雷妮看到他们仰起脸，还有呆滞的太阳镜。

"现在全家到齐了，"明诺博士说，"这两个不发传单。"

"他们是谁？"雷妮问道。他的语调令她紧张不安。

"我的朋友，"他轻声说道，"我去哪里，他们就跟到哪里，为了保证我的安全。"他微笑，碰了碰她的胳膊。"来吧，"他说，"可看的还有不少哩。"

他带她走下几级台阶，来到一个石头走廊，这里至少凉快些。他领她参观官员区，那是朴素的方形房间，灰泥一块块从墙上剥落。

"我们想在这里办个展览,"他说,"地图,英法战争的地图,一个礼品店,展示本地的工艺和文化,不过文化部长不感兴趣。他说,'文化又不能当饭吃。'"雷妮想问当地的工艺和文化是什么,不过决定先等一等。对于这些问题,她应该已经知道答案。

他们继续下台阶。台阶底下有一排刚洗了晾晒的衣服,有床单和绣花枕套,在太阳下晾干。两个女人坐在塑料椅上,朝明诺博士微笑,其中一个好像在用一片片布料做壁毯,这些布料色彩柔和,有桃色、淡绿和粉色,另一个用钩针编织一样白色的东西。也许这些就是本地的工艺和文化。

第三个女人穿着棕色衣服,戴黑色编织帽,从一扇门过来。

"多少钱?"明诺博士问那个织东西的女人,雷妮明白,他们希望她买那些白色的东西,她买了。

"你织成一件要多久?"雷妮问她。

"三天。"她说。她圆脸,笑得率真,令人愉悦。

"如果你的男朋友不在旁边。"明诺博士说。大家都笑了。

"我们来这里参观要塞,"明诺博士对棕衣女人说,"这位女士来自加拿大,要写一写这里的历史。"他误解她了,所以才带她到处参观,雷妮没打算纠正他。

女人打开门,让他们通过。雷妮现在才看到,她戴着肩章,上面写着:监管员。

"那些女人都住在这里吗?"她问道。

第三部

"她们是这里的女犯人，"明诺博士说，"您买东西的那个，她砍死了一个女人。另一个我不知道。"在雷妮身后，监管员站在敞开的门旁，和两个女人一起开怀而笑，一切都显得那么随和。

他们出来走到走廊上，一边有一排门，另一边是板条窗，俯视大海。他们穿过一扇门，走进另一条走廊，那里通向一些敞开的小房间。

房间久已不用，蝙蝠倒挂屋里，墙上有黄蜂窝，屋角有垃圾，有人在墙上潦草地写，**打倒巴比伦**。**爱一切**。离海最远的这些房间潮湿、阴暗，在雷妮看来，这太像地下室了。

他们回到主廊，他们朝另一头走去，走廊倒也凉快。明诺博士说，她应该想象一下，五百个人住在这里是个什么样子。拥挤，雷妮想。她问这里建房用的是不是原木。

明诺博士打开走廊尽头的门，他们看到一个小院落，一半铺石，四周有墙，院落杂草丛生，在一个角落，三头大猪在拱地。

在另一个角落，有一个怪异的木结构，木板钉得不太牢实，有台阶通向一个平台，四个支撑柱，两根横梁，但没有围墙，刚造不久，但已荒废。雷妮觉得这是孩子的玩具小屋，没完成，不知道现在有什么用。

"好奇的人总喜欢看这个东西。"明诺博士低声道。

现在雷妮明白了，这是绞刑架。

第三部

"您一定要照下来，好写文章，"明诺博士说，"给可爱的加拿大人看。"

雷妮看了看他，他没有笑。

＊　　＊　　＊

明诺博士正在介绍加勒比印第安人。

"早先有几组人做鼻杯，"他说，"用来盛放液体麻醉剂，来访者最感兴趣的就是这个。他们也从臀部吸毒，出于宗教的目的，你知道的。"

"从臀部？"雷妮说。

明诺博士笑了。"在仪式上用的灌肠剂，"他说，"您应该把这个写到文章里。"

雷妮不知道他说的是不是实话，不过这太怪诞了，不可能是真的。她拿不准《面具》的读者喜不喜欢读这种东西，不过很难说，也许它会流行起来，那些抽烟时咳嗽的人也许会喜欢。

明诺博士坚持请她吃午饭，雷妮已经饿得肚皮贴后背，因此没有反对。他们来到一家中国餐馆，那里又小又黑，比艳阳高照的室外还热，天花板上的两台风扇搅动潮润的空气，却没带来凉风。雷妮感到汗水已经湿透了腋窝，顺着胸口淌下。桌子是红色塑料桌，沾着斑斑点点的紫红酱汁。

明诺博士坐在桌子对面，善意地冲着她笑，像本家大伯，

142

他的牙齿地包天，像合拢的手掌。"到处都有中餐馆，"他说，"世界各地都有。中国人就像苏格兰人，不屈不挠，你把他们从一个地方赶走，他们又在另一个地方冒出来。我自己是半个苏格兰人，常常想去参加帮派的集会，我妻子说，所以我很顽固。"雷妮听到他有妻子，不知怎地，松了一口气。他如此缠人，必有所图。

服务员过来，雷妮让明诺博士替自己点菜。"有时我想，我应该留在加拿大的，"他说，"我可以像所有可爱的加拿大人一样住在公寓或复式小房里，给羊治病。我连雪都喜欢。第一次下雪，我只穿袜子，没穿大衣就跑到雪地里，跳舞，高兴得很，可我却回到了这里。"

绿茶来了，雷妮倒茶，明诺博士拿起杯子，转了转，叹气。"对祖国的爱就像一个可怕的诅咒，我的朋友，"他说，"特别是像这样的国家，而住在别人的国家里要容易得多，你不会受到诱惑。"

"诱惑？"雷妮问。

"想去改变什么。"他说。

雷妮感到，他们正径直进入一场她不想开始的谈话。她努力转换话题。在国内，你总可以谈谈天气，可在这里行不通，因为没有什么天气可谈的。

明诺博士朝她俯过身来。"我跟您说实话，朋友，"他说，"有件事我想请您去做。"

雷妮并不吃惊。不管是什么，它来了。"什么事?"她机警地问。

"请让我解释，"明诺博士说，"自我们脱离英国后，这是第一次选举，或许也是最后一次，因为我相信，英国的议会体制在这里行不通，它只在英国行得通，因为他们有这样的传统，另外还有无法想象到的事情。在这里，没有什么想象不到的。"他停下了，吸了一口茶。"我希望您能写一写这个。"

雷妮万万没想到是这种事。不过这又有什么不可以呢? 人们总要和她谈他们喜欢的热门话题。她感到自己目光呆滞，她应该说，很好。好主意。然后皆大欢喜，可她却问："我到底可以写什么呢?"

"您看到的，"明诺博士说，假装不知道她的不快，"我只想让您看。我们把您叫做观察员，就像我们在联合国的朋友一样。"他浅浅一笑。"睁开眼睛看，您会看到事情的真相。既然您是个记者，您的职责就是报道。"

雷妮讨厌职责这个词。在格里斯伍德，职责是很大的。"我不是那种记者。"她说。

"我明白，我的朋友，"明诺博士说，"您是旅行作家，碰巧来到这里，不过您是目前唯一可帮我们的人，再没有别人了。如果您是个政治记者，政府不会想见您，他们会推迟您入境或驱逐您。反正我们国家太小，吸引不了外界的注意力，等外界真正有了兴趣，已经太迟了，他们总是等着看流血。"

"流血?"雷妮说。

"新闻。"明诺博士说。

服务员端来一盘小玉米棒和一些东西,看起来像是冒着蒸汽的橡皮,另一盘是鱿鱼炒青菜。雷妮拿起筷子,刚才她还觉得饿的。

"我们的失业率是百分之七十,"明诺博士说,"人口的百分之六十是二十岁以下的年轻人,一旦人们没有什么可失去的,麻烦就来了。埃利斯知道这一点,他利用外国援助飓风灾害的金钱收买人民。飓风是上帝之意,埃利斯也这么看。他高举双手,恳求老天救救他,果然,可爱的加拿大人送钱来了。利诱还不够,他现在还威逼人民,说谁不投他的票,他就让他失业,还烧掉房子。"

"他公开这么做?"雷妮问。

"通过收音机,我的朋友,"明诺博士说,"至于人民嘛,很多人都怕他,剩下的崇拜他,不是喜欢他的行为,你知道,而是因为他可以肆无忌惮。他们认为这就是权力,在这里,他们崇拜大人物。他用人民的钱为自己和朋友买新车什么的,他们鼓掌赞成。他们看着我,说,'你能为我们做什么呢?'如果你一无所有,你就一无是处。这已经是老生常谈了,我的朋友。我们会有一个老大,之后是一场革命什么的,然后美国人奇怪,为什么这里的人民被杀。他们应该告诉可爱的加拿大人,不要再把钱给这个人。"

第三部

　　雷妮知道，她应该表示愤慨。她记得七十年代早期，记得所有你应该表达的愤怒，那时没有表达出来是非常落伍的。不过现在她觉得这样做是被迫的。愤怒已经过时。

　　"就算我写了，那又有什么用呢?"雷妮说，"我不能在这里发表，我不认识人。"

　　明诺博士笑了。"不是在这里，"他说，"这里只有一份报纸，埃利斯买通了编辑。其实没什么人读。是的，您要在那边发表，这样有帮助，他们关注外界的反应，他们对外国援助很敏感，知道有人在看着他们，有人知道他们在做什么，这样可以阻止他们走极端。"

　　雷妮不知道这"极端"指的是什么。"对不起，"她说，"我看没人愿收这样的稿子，连个故事也算不上，什么也没有发生，这很难引起公众的注意。"

　　"没有什么地方公众是不注意的，"明诺博士说，"可爱的加拿大人还不了解这一点。古巴人在格林纳达建了一座很大的飞机场，中央情报局也在这里，想把历史掐断在萌芽阶段，还有俄罗斯特工。他们都会感兴趣。"

　　雷妮差点儿笑了。中央情报局已经玩完了，这肯定是开玩笑，他不可能是当真的。"我猜他们想要你们的天然资源。"她说。

　　明诺博士瞪着雷妮，露出莫测的微笑，不再那么友善。"您知道，我们有很多沙子，现在没那么多了，不过看看地图，我的朋友。"他不再恳求她,而是给她上课。"圣安托万的南边是圣阿加莎,圣阿加莎的南边是格林纳达,格林纳达的南边是盛产石油的委内瑞拉,美国的第三大进口国。我们的北边有古巴,我们是链条中的一个缺口,谁控制了我们,就可以控制输往美国的石油。从圭亚那到古巴的船装的是大米,从古巴到格林纳达的船装的是枪。没人是闹着玩的。"

雷妮放下筷子,天太热,吃不下。她觉得自己像是无意碰上了某家潦倒的左倾自由主义刊物,封面只有两种颜色,因为没钱弄成三色的。这场谈话持续得太长了,再过一分钟,她就要上钩了。"这不是我的事,"她说,"我不做这种事,我只写与生活方式有关的东西。"

"生活方式?"明诺博士迷惑地问。

"您知道,就是人们穿什么,吃什么,到哪里度假,客厅里放什么摆设,诸如此类的。"雷妮尽可能轻描淡写。

明诺博士想了想,然后露出天使般的微笑。"您可以说我也关心生活方式,"他说,"那是我们的职责,关心生活方式。人们吃什么,穿什么,这就是我想让您写的。"

他擒住她了。"好吧,我考虑考虑。"她无力地说。

"好,"明诺博士绽开笑容,说,"我希望的就是这样。"他又抄起筷子,把剩下的鱿鱼拨到自己碗里。"我要给您一条好建议,您要小心美国人。"

"什么美国人?"雷妮说。

第三部

"那个男人,"明诺博士说,"他是个推销员。"

他指的肯定是保罗。"他卖什么?"雷妮给逗乐了,问道。这是她第一次听到这种提法。

"我的朋友,"明诺博士说,"您真是太可爱了。"

*   *   *

旅馆对面的街上有家小文具店,雷妮走了进去,从放历史浪漫小说的架子旁走过,那些小说都是从英国进口的,随后买了份当地的报纸《女王城时报》,她进店要买的就是这个。是内疚促使她来的:至少这主要是因为明诺博士。

不过,她越来越清楚,她不想做他想让她做的事情。哪怕她想做,也不可能跑遍这个地方,和街上的人谈话。这里的人们不知道干这一行的做法,以为她要勾引他们。她无法进行必要的调查,图书馆里也没有书,这里根本没有图书馆。她是个伪君子,可还有什么是新的?这是格里斯伍德解决问题的办法:如果你说不出什么好事,那就什么也别说。她应该告诉他,我就要死了,别指望我。

她点了茶和饼干,拿起报纸,在人造革长沙发上坐下,其实她真想躺下来睡一觉,如果回到房间,她会这样做的。她努力抵制瞌睡,在这里,人很容易一天到晚就是吃和睡。

英国女人亲自端来茶盘,砰地放在雷妮面前。"不知道他们都跑到哪里去了。"她说。

雷妮希望她走，可她却流连徘徊。"没有水，"她说，"几个小时内应该有水。"她还是不走。

"我可不可以给你提个醒?"她终于说道，"别和那个男人搅在一起。"

"什么男人?"雷妮问。听英国女人的口吻，这似乎有违性道德，雷妮不知道自己为什么被扣上这顶帽子。

"那个人，"英国女人说，"管自己叫博士。"

"可他只想带我去参观植物园。"雷妮说，有一点说谎的感觉。她等着这个女人告诉她，明诺博士真的是臭名昭著的性侵犯者，可她只说，"那些树上有标语，你如果想看的话，可以自己去看。"

"他怎么啦?"雷妮说。现在她又感到了种族偏见。

"他无缘无故地蛊惑人心。"英国女人说。

这一次，饼干是白色的，上面撒了砂糖粒，茶是温吞水，雷妮把茶叶袋拎起来，不想把它留在茶盘里，看上去太像死老鼠了。她想了想，把茶叶袋藏到斑点树下的泥土里。

报纸的评论是关于选举的。明诺博士似乎和卡斯特罗一样坏，而麦克弗森国王更坏，编辑如是说，如果有谁把票投给他们中的任何一个，那他们有可能联合起来，形成一个集团，如此，圣安托万长久以来所珍惜和维护的民主传统将走到尽头。

第三部

　　头版有条新闻是关于埃利斯首相计划建造新糖厂，还有一篇关于修路的文章。上面有一张埃利斯的照片，它和无处不在的海报上的照片一样。加拿大派来的特使刚去参观过他在巴巴多斯的基地，政府大楼举行了招待会。加拿大资助圣安托万为捕龙虾的渔民开办潜水培训班，大部分渔民都住在那里。宋格维尔的居民倘若知道美国额外资助五十万美元作为飓风救援款，这笔钱将用来修理屋顶和校舍，他们会高兴的。那些仍住在临时营地和教堂里的人很快就可以回家了。

　　英国女人回来了，她脸色发白，双唇紧闭，拖着铝制扶梯，扶梯嘎吱嘎吱地刮擦着木地板。"如果你想要什么，就得自己做。"她对雷妮宣布道。她摆好梯子，爬上去，开始把金箔花彩拽下来，她白皙结实的小腿离雷妮的脑袋有两英尺远，她身上散发出浓烈的盥洗气味：温热的肉体，扑面粉，氨水。雷妮正努力阅读关于小偷小摸突然成风的报道，不过英国女人的行为令她感到自己懒惰而自私。没过一会儿，她会主动要求帮忙，然后便难以脱身：英国女人会把那些乱七八糟的假惺惺的装饰花扔下来，她得接住，放进那个破旧的纸板箱里。于是，她折起报纸，拿上装冷茶的茶杯，回到房里。

　　"《对付小偷光临之法》，"报纸如是说，"一、在床头放一把手电筒。二、买一大罐杀虫剂或其他的杀虫喷剂。三、用手电筒照窃贼的脸。四、把杀虫剂喷到他脸上。五、报警。"雷妮琢磨：当你往小偷脸上喷杀虫剂时，他会做什么？不过她没有深究。这种指导和她读到的所有其他类似的东西一样，既一目了然，又令人费解。

她跳到另一个栏目，叫"心灵视角"，想做做填字游戏，不过放弃了，答案在第十页，她知道自己不想看。"主妇之角"除了油炸玉米面糊的菜谱外，什么都没有。"答疑解惑"一栏的主持人是"非凡女士"。

亲爱的非凡女士：

　　我爱上了一个小伙子，我俩都是基督徒。有时他要吻我，可我看过书，说结婚前亲吻不好，因为这样会激起情欲，进而导致性交。可他不觉得婚前性行为有什么不对。《圣经》说，私通是错的，可他说私通不是性交。请您给一个清楚的解答。

　　　　　　　　　　　　　　　　　　　　一个忧虑者

亲爱的忧虑者：

　　亲爱的，爱是自我的完全表达。只要你记住这一点，就不会做错。衷心希望对你有所帮助。

　　　　　　　　　　　　　　　　　　　　　　非凡女士

第三部

雷妮闭上眼睛，用报纸盖住脑袋，她没有力气拉下蚊帐。

哦不要。

*　　　*　　　*

雷妮躺在床上，想着丹尼尔。这没办法，难道不是一贯如此吗？她越早停下来不想，越好，可她仍在想。

如果丹尼尔是头猪，是个讨厌的家伙，愚蠢或自负，甚至肥胖，那要好办些。肥胖是一个很好的借口。不幸的是，丹尼尔瘦瘦的。而且，他也爱雷妮，反正他是这么说的，可这根本不管用。（不过这有什么意义呢？就雷妮看来，爱不爱意义不大。她甚至不清楚他对她的爱是什么意思，或者他指的是什么，这二者有可能不是一回事。）

雷妮曾经花了很多时间想弄清楚丹尼尔说爱她是什么意思，这有些困难，因为他和她认识的任何人都不同。她认识的人谈自己一般从跌到人生谷底开始，历经变化，才回归自我。她第一次对丹尼尔使用这些表述时，不得不加以解释。就她所知，丹尼尔从不会跌到谷底，显然，他也没有必要回归自我。他不觉得自己历经过什么变化。实际上，他对自己根本没有什么特别的看法。这就是丹尼尔和她认识的其他人的区别所在：丹尼尔从不思考自己。

这使雷妮有时很难和他交谈，她问他有关他自己的问题，

第三部

而他不知如何回答。在过去的二十年中，你去过哪里？她想问他。埃托比科克？那更像是堂米尔斯，不过丹尼尔似乎不在意自己住在哪里，不在意自己穿什么：他的衣服像是妻子为他挑选的，这很有可能。他是个专家，只关注一件事，他只知道一件事。

他认为，雷妮知道她不知道但应该知道的一件事。他认为，她生活在一个真实的世界里。他为自己相信这一点而感到高兴，雷妮希望他高兴，喜欢逗他开心，不过担心他迟早会认为，她所知道的事情并不真正值得去知道。同时，他像伍尔沃斯[1]的"五分一角连锁店"里的南美巴塔哥尼亚人，一味关注琐事。雷妮想，他也许正在经历中年危机，他快到那个年龄了，也许他在贫民区从事慈善事业。

有时，他们一起吃午饭，不过不太经常，因为丹尼尔的大部分生活已经被占满。吃午饭时，雷妮玩把戏，这对丹尼尔很有效，别人已经见怪不怪的事情，他仍会感到吃惊。她从顾客的衣服判断他们，当着他的面重新演绎一遍。这一个，她说，我想想，布卢尔街和荣格街[2]的接待员，不过，她希望你不要仅仅把她看成是接待员。眼影膏抹得太浓。和她一起的那个男人，他是律师。旁边那一桌，中层管理人员，很可能是银行的。我会重新设计他那条裤子的翻边，是那个律师，不是另一个。这

1 美国商人，从1879年开始，他成功地建立了全国五分一角连锁店。
2 加拿大多伦多市的两条街，集中了众多世界顶级品牌的商店。

153

第三部

一个嘛，我给他重新做头发。

他的头发没什么问题啊，丹尼尔说。

你不懂，雷妮说，人们喜欢被重新塑造。我是说，你不会觉得自己已经完全定型了，是不是？你不想改变、发展吗？你不觉得还有更多的东西吗？你不想我重新塑造你吗？这是雷妮爱开的一个玩笑，说可以在杂志上写一篇很棒的文章，题目叫《性之翻新》。人们可以把自己的生活看作考试，通过或不及格，答对了，加分。告诉他们什么是错的，更有针对性的，然后建议如何改善，这给他们希望，丹尼尔应该赞成这一点。

你要怎么重新塑造我呢？丹尼尔笑了，说道。

如果要我对你下手的话，雷妮说，我不会重塑你的，你这个样子已经完美。如果你有自我的话，看得出我是一个多好的衬托吗？

丹尼尔说他的确有自我，他说实际上他非常自私，不过雷妮不相信，他没有时间拥有自我。吃饭时他频频看表，偷偷地看，有很多次。"自我在浪漫中回归。"雷妮想。她一直希望看够他了，这样就会开始厌烦他。连她都知道，和丹尼尔谈话就像抱着一堵墙跳华尔兹。不过她没有烦他，部分原因是他身上有很多可了解的。工余时间，他要尽家庭义务，他是这么说的。他有妻子，有孩子，有父母。除了他父母，雷妮想不出其他人的样子。她觉得他父母格外保守、勤劳和自律，不过更像芬兰人。他们就是芬兰人，不太有钱，很为丹尼尔感到骄傲。丹尼

第三部

尔和她一样，只有颧骨像芬兰人。他星期天要陪父母，星期六陪孩子，晚上陪妻子。丹尼尔是个模范丈夫，模范父亲，模范儿子，而雷妮认为自己很早就不模范了，她很难控制自己不去讽刺他，她一旦自己希望也能模范一下，就会不由自主地鄙视起自己来。

不过，她并不嫉妒他的妻子，只是嫉妒他的其他病人。也许我不是唯一的，雷妮思忖。也许有一大排的女病人，十几二十个，每个人身上都割下一点，一个乳房或别的什么。他救了我们所有人的命，他挨个儿和我们共进午餐，他告诉我们所有人，他爱我们。他认为这是他的职责，让我们有所依靠，反正他很享受这样，就像伊斯兰教教徒妻妾成群。至于我们，我们情不自禁，他是世上唯一了解真理的人，他看透我们每一个人，看到了死亡。他知道我们已经得救，他知道我们的身体不是粘得很紧，任何时候都会蒸发。这些身体只是拼凑起来的。

开始雷妮仍相信自己能回归正常。她想，他们有一定次数的见面后，就会产生一段婚外情，自然而然的，人们一般如此。不过，这也没有发生。相反，丹尼尔整个午餐都在认真地、不快地向她解释，他为什么不能和她上床。

他说，这是不道德的，我占你的便宜，而你的情绪并不稳定。

第三部

这是什么，雷妮想，医学博士雷克斯·摩根吗[1]？她认识的人以拿情感冒险而自豪。她不知道丹尼尔是讲原则的明智之士还是一个胆小鬼而已。

为什么这么要紧？她说。一次又不会杀了你。躲在树丛后面，只要五分钟就好。

不会只有一次的，他说。

雷妮觉得自己在半空中悬着，她一直在等待，等着某件事情发生。也许我是一个唯恐天下不乱的怪胎，她想。她认识的人比如约卡丝塔只会把这当作一次经历。经历和别的东西一样，是可以积攒的，你可以分类，积累，然后拿来和朋友作交换，展示出来，加以解释。不过雷妮难以把丹尼尔当作一种经历。再说，到哪里去解释呢？

你会从这种经历得到什么呢？她问道，你想要什么？

一定是想要什么吗？他说，该是什么就是什么。

可到底是什么？她说，它什么也不是，它什么也没有。

他一副委屈的样子，她感到惭愧。他很可能和别人一样，只想逃跑，只要求一点，不要求太多，只要窗子，不要门。

我可以问你同样的问题，他说。

我希望你拯救我的生命，雷妮心想，你已经做了一次，还

1　美国连环漫画中人物，和其女助手结婚。

可以再做一次。她希望他告诉她，她没事，她愿意相信他。

我不知道，她说。她是不知道，她很可能并不真正想要他和自己上床，甚至不想他碰自己。她很可能喜欢他，因为他安全，绝对不会向她提什么要求。

有时他们坐在餐馆一角，小心地把手伸过桌子，拉住。在那些日子里，她至多能忍受这个，之后，她会几个小时地记得他那只手的形状。

*　　*　　*

有人敲门。屋里很黑，晚上不管外面唱什么，都是在她的窗外，都是同一首歌。

还在敲门。也许是服务员，来整理床的，来得太迟了。雷妮扯开湿湿的床单，赤脚走向门口，开锁，拉开，是保罗，单肩倚墙，看上去根本不像推销员。

"你不该这样就开了门，"他说，"可能是坏人呢。"不过他在微笑。

雷妮没穿鞋，觉得有些吃亏。"这次我走运。"她说。见到他，她高兴，他是她在这里最熟悉的人。也许他们可以轻易地跳过昨天，重新开始，就当什么都没发生过一样。这倒是真的，因为什么事都没发生过。

"我想，你想去吃顿饭吧，"他说，"一个有真正好吃东西的地方。"

"我穿上鞋子。"雷妮说。她打开美人鱼灯。保罗进到屋里，关上门，但没坐下，只站着，东张西望，像是进到艺术馆里。雷妮拎起拖鞋和包，走进浴室，看看自己是什么模样。她梳了梳头，加上一点眼线，不能太多。她想换衣服，不过打消了这个念头，这样会显得迫不及待。她出来，他坐在床边。

"我打了一个盹。"雷妮觉得要解释一下床为什么没整，便说道，

"我看到你替洛拉领到箱子了，"他说，"有问题吗？"

"没有，"雷妮说，"就是比我想的大了一点点，现在不知道该拿它怎么办。"她想既然他认识洛拉，她也许能够哄他把箱子拿走。"我不知道要这个箱子的女人住在哪里。"她说，尽量显出一副无助的样子。

"埃尔瓦？"保罗说，"你只要把它拿到圣阿加莎，每天中午都有船，一旦到了那里，谁都可以告诉你她住在哪里。"他没有主动提出帮送箱子。

雷妮关上美人鱼灯，锁上门，两人走过前台，走过英国女人如炬的目光。雷妮觉得就像学生偷溜出宿舍一样。

"吃饭是包括在里面的。"英国女人在他们身后说。

"什么？"雷妮说。

"如果你不吃，也一样要付钱。这是房费的一部分。"

"我知道。"雷妮说。

第三部

"我们十二点钟锁门。"英国女人说。

雷妮开始明白，自己为什么这么讨厌这个女人。其实她讨厌她自以为是，谴责一切，心怀恶意。雷妮对此了如指掌，这是她的经历告诉她的。不管雷妮出什么事，只要是坏事，英国女人都会说她是自作自受。

他们走下石台阶，穿过湿润的小院，步入音乐的夜晚。保罗抓住雷妮的上臂，手指掐进她的肉里。"一直往前走。"他说，领着她走。

现在她明白他为什么这样做了。不远处，在文具店昏暗的灯光下，两个穿蓝衬衫的警察在殴打一个男人。那人跪在坑坑洼洼的路上，他们踢他的肚子和后背。雷妮想到那两个警察穿鞋，而那人没有。她从没见过人挨揍挨得这样惨，只在照片上见过。只要你给什么东西照了相，那就是照片，就会别具一格，而这个不是。

虽然保罗推搡着雷妮，想让她继续走，她还是停住脚步。"他们不喜欢你看。"他说。雷妮不知道他指的是谁，是警察，还是被他们打的那个人？让别人看到自己如此无助是丢脸的。街上还有其他人，像平常一样三五成群，不过他们没盯着看，他们看了，然后移开目光。有些人在走路，人人都在干什么，行人小心地绕开那人，他的身子已经蜷曲起来。

"走吧。"保罗说，这次雷妮动了。那人挣扎着站起来，警察退后，似乎带着些许好奇看着他，就像两个孩子把一只甲虫

第三部

弄残，然后看着它。雷妮想起校园的操场，他们也许要看他往哪里爬，再用石头砸死他。她对此如此专注，这吓坏了她。他抬起头，有血淌了下来，他们肯定把他的脑袋踢破了，他直直地看着雷妮。这让雷妮想起荣格街上的醉汉，他们醉得厉害，站都站不起来，就是这样看着她。这是恳求、求助的目光，还是仇恨的目光？她被人这么看着，通通透透地看了，她被人牢牢记住。

这就是那个老人。他不可能全哑，还能发出一点声音，一种呻吟，拼命要说话，这比纯粹的沉默还令人难受。

他们走到吉普车旁，这次保罗打开车门，扶她上车，他想让她尽快上车。他小心关上门，拉了拉，确认门关严了。

"他们为什么这样做？"雷妮问道。她紧握双手，努力不颤抖。

"做什么？"保罗说。他口气有些严厉，有些恼怒。她拉住他。

"好了。"雷妮说。

保罗耸耸肩。"他醉了，"他说，"或许他在偷东西，给逮住了。我进来的时候，他在旅馆附近晃荡，他们不喜欢有人骚扰游客，这会影响生意。"

"这真可怕。"雷妮说。

"在北边，他们只是被关起来，在这里，他们只是挨一顿小揍。如果是我，我知道该选择什么。"保罗说。

"这可不是一顿小揍。"雷妮说。

保罗看了看她，笑了。"这要看你认为什么才是一顿大揍。"他说。

雷妮闭上嘴。他告诉她，她过的是受人呵护的生活。她表现得如此震惊，为此她生自己的气。看见老鼠会发出尖叫，站在椅子上，拉起裙子，就是这样子的。女孩。

保罗怕她晕车，驾车缓缓驶过黑暗。"你可以开快些，"她说，"我不会吐了。"他笑了，但没有开快。

*　　*　　*

漂木镇的晚上很像它的白天，只是灯光灿烂。心不在焉的钢鼓乐队在奏乐，两对男女在合乐起舞，女人穿的衬衫式样像面粉袋，金发女人用带方形闪光灯的相机照相，浅黑肤色的女人反戴船长帽，一个男人的绿衬衫上印有鹦鹉图案；另一个男人稍矮胖，双腿的前面被烧得很厉害，皮肤片片脱落。他穿的是红 T 恤，上面有超强雄鸡的字样。雷妮认定，这一帮人是刚从威斯康星来的牙医和他们的妻子，刚下飞机。他们的皮肤像没煮过的太平洋油鲽鱼，从北方飞到南方，在阳光的烧烤架上烧烤一下。牙医来这里，牙医的助手去巴巴多斯，这就是区别。

第三部

雷妮和保罗坐在铁桌旁，雷妮点了姜汁汽水，她不会再在吉普车上呕吐，一次就够了。她在想那个挨打的人跪在黑暗的马路上，可想这个有什么意思？除非她不饿。她盯着腿脚僵硬、舞步笨拙的人，钢鼓乐队动作轻快，一人兼二角，这些人瞟了瞟他们，神情轻蔑，又有点漠然。

"从威斯康星来的牙医？"她对保罗说。

"其实他们是瑞典人，"他说，"近来有不少瑞典人。瑞典人回去后，告诉国内的瑞典人，一下子，这里全是瑞典人。"

"你是怎么知道的？"雷妮惊讶地问道。

保罗朝她微笑。"我发现的，"他说，"这不难。在这里，人人都好奇，都想了解别人。这是个小地方，新东西或不同寻常的东西一下就会引起你的注意。例如，有很多人就对你很好奇。"

"我没有不同寻常啊。"雷妮说。

"你来了，"他说，"首先，待在一个错误的旅馆。住在那里的多半是跟团旅行者和小老太婆，你应该住在漂木镇。"他停下来，雷妮觉得自己应该作出答复。

"纯粹是费用问题，"她说，"那是一家廉价杂志。"

保罗点点头，似乎这可以理解。"他们搞不懂，为什么没有男人陪你，"他说，"如果你是坐船来的，他们就知道为什么了，他们会认为你是乘船作短途旅行。姑娘们经常这样，就像用不同的方式搭便车一样。不过你不像。反正他们知道你是坐飞机来的。"一个微笑，再次停下。雷妮想，也许不是他们想了解她，而只是保罗想。她的后背一阵微微发麻。

"既然他们知道了这么多，他们肯定也知道我来这里是干什么的，"她说，保持声调的平稳，"是出差，我在写有关旅行的文章，这不需要陪同。"

保罗微笑。"在这里，白种女人名声不佳，"他说，"首先，她们太富有。其次，她们降低道德标准。"

"得了吧。"雷妮说。

"我只是告诉你他们在想什么，"保罗说，"这里的女人认为白种女人毁掉了这里的男人。她们也不喜欢白人妇女的穿着。当地女人从不穿短衣短裤，甚至不穿裤子，她们认为这有伤风化。如果她们也这样穿衣服，会招来她们男人的一顿狠揍。如果你在这里尝试妇女解放那一套，她们只会发笑，说这是白种女人的事。谁都知道，白种女人天生懒惰，不想做女人该做的事情，所以才雇用黑人妇女为她们干活。"他看着她，那神情既像挑战，又像得意的假笑，雷妮有些恼怒。

"所以你才喜欢这里？"她说，"有人帮你剥葡萄皮吗？"

"别扣我黑锅啊，"保罗微微一耸肩，说道，"那不是我发明的。"

他在注视着她的反应，她尽量保持镇定。过了一会儿，他继续道："他们觉得你也不是记者，不相信你真的在为杂志写文章。"

"可我是的!"雷妮说,"他们为什么不相信呢?"

"他们不太了解杂志,"保罗说,"无论如何,在这里,人人开始说一个人是什么,结果都不是,甚至这个人不是有些人想的那种人。在这个地方,每样事情至少有三种说法,如果其中一种是真的,算你走运,问题是,你得走运才行。"

"所有这些也适用于你吗?"雷妮问。保罗笑了。

"这么说吧,"他说,"你花一万美元,就可以买到一本圣安托万的护照。我是说,这是官方价。非官方的更贵,而且你要找对关系。如果你想的话,可以开私人银行,政府能分到股份的话,就可以助你一臂之力。有些人发现这很方便。"

"你想告诉我什么呢?"雷妮问道。她越来越感到,他请她出来吃饭是有理由的,这个理由和她想的不一样。她凝视他浅蓝色的眼睛,太浅了,太蓝了。她想,这是因为看水看得太多,褪色了。

保罗笑了,带着亲切而威胁的笑。"我喜欢你,"他说,"只是想告诉你,不要过多地搅入地方政治,如果你真的是写有关旅行的文章的话。"

"地方政治?"雷妮吃了一惊,问道。

保罗叹了口气,"你让我想起家乡的有些姑娘,"他说,"她们从中西部跑到纽约,在杂志社工作。"

"怎么说呢?"雷妮惊愕地问。

"首先,你善良,"保罗说,"你又希望自己不善良,希望自己是别的，凶悍或精明之类的，可你善良，你也没办法。天真。
不过你认为，你要证明自己不仅仅是善良，于是卷入了你不该
卷入的事情。你想比别人知道得更多，对不对？"

"我一点都不知道你在说什么。"雷妮说。她觉得被人看透
了。她不知道他是不是对的。也许他是对的，也许她想知道各
种各样的事情，不过现在厌倦了。

保罗叹气。"好吧，"他说，"只是记得，在这里发生的一切
都和你无关。我要是你，会远离明诺的。"

"明诺博士？"雷妮说，"为什么？"

"埃利斯不喜欢他，"保罗说，"有些人也不喜欢他。"

"我和他一点都不熟。"雷妮说。

"你和他吃午饭。"保罗几乎是责备地说道。

雷妮笑了。"我是不是因为吃了午饭，就要挨枪子呢？"

保罗不觉得这有什么好笑。"大概不会，"他说，"他们总是
自己打自己。我们弄点东西吃吧。"

自助餐馆是一个四面透风的棚屋，仿茅草屋顶，一碗碗沙
拉，一盘盘烤牛肉，酸橙馅饼，插有芙蓉的巧克力蛋糕。想吃
多少有多少。现在来的人更多了，盘子里食物堆得高高的。雷
妮看他们都像瑞典人。

她拿着盘子回到桌旁。保罗现在一言不发，心不在焉，仿
佛急着要走。雷妮坐在他对面，吃着小虾，觉得这像是第一次

约会，像连环漫画册上的有龅牙和粉刺的家伙。碰到这种情况，她会不会转而让对方开心，或平息彼此的心气？也许他是情报局特工，他发出的警告，新嬉皮士的发型，迷彩服，在柬埔寨待过，他不该买得起的船，这一切都很吻合。她越想越觉得合理。她天真，但不想给他留下这个错误的印象。也许他最后会把某种怪异的药物放到她的番石榴果酱里。她和明诺博士吃了饭，他会不会因此把她当成危险的颠覆分子？她不知道如何让他相信她本来是谁。他会相信管状串珠链吗？

终于，她向他打听起网球场。她希望事情回归正常，就像新闻中说的，她希望一切变得正常。"网球场？"保罗说，好像从没听说过。

雷妮感到她被调查了，然后打发了。他们宣布她无关紧要，不管是因为保罗相信她或不相信她。不相关和不诚实，哪种更糟糕？就他而言，不管是什么，她已经被抹掉了。至于她，既然他已经没了兴趣，她就要想方设法重新激起他的兴趣。她几乎忘了她的一部分不见了。她意识到她在期待，不过不知道期待什么。一件事情，就是这样，某种事情。她近来已经拥有大量的空白，够她用很长一段时间。

* * *

雷妮和约卡丝塔一起在里士满和斯巴的纳的萨莉·安店试

二手皮大衣。在约卡丝塔看来，这是城里最好的萨莉·安店。其实是约卡丝塔在试衣服，雷妮对二手皮大衣没多大兴趣，她只看埃迪·鲍尔店正宗的细绒大衣。她俩出来买东西，为的是雷妮。约卡丝塔认为，雷妮如果出去买点东西，感觉会好些的。不过她本来就该知道，和约卡丝塔逛街，最后总会待在萨莉·安店里。

不过我不穿海豹皮，约卡丝塔说，这是我的规矩。看看这个，怎么样？

染色的兔皮，雷妮说，你没问题的。

约卡丝塔把口袋翻出来，一个口袋里有一条染色手帕。她说，我真正要找的是插着好看羽毛的黑帽子，你知道那些弧形帽吗？是葛洛莉亚·斯万森[1]戴的。你过得怎么样？

我和这个男人有一腿，雷妮说。她下过很多次决心，不要和任何人谈这件事，尤其是约卡丝塔。

约卡丝塔看了看她。这一停顿有点太久，雷妮猜到约卡丝塔在想，她身上有多少器官没了，被割掉了，在这种情况下，你真的说不清。和一个男人有一腿。怪异。甚至有点粗俗。

妙哉，约卡丝塔说，她就是喜欢用过时的俚语。爱还是性？

不太清楚，雷妮说。

1　美国著名女演员。

第三部

那就是爱，约卡丝塔说。你真走运。我好像不再有神气去追求什么爱了，太累人。

雷妮替她举起一件四十年代末的灯笼袖麝鼠皮大衣，让她把胳膊伸进去。领子边有点旧，不过还不错，约卡丝塔说。这是得意的时间。心在怦怦的一阵小跳吧，梦见做爱了，还有一点说不清的刺激的激情吧？脖颈处有印痕，胳肢窝湿湿的？还没给你买婚纱吗？

没有，雷妮说，他结婚了。

在遇到丹尼尔之前，雷妮从不太注意已婚男人。就凭已婚这一条，就把他们剔除了，这不是因为他们是禁区，而是因为他们显得平庸。和一个已婚男人交往就像在客厅里摆上七幅一套的绢网版画复制品，可以清洗的，只有银行还挂这种东西，而且还不是最好的银行。

不过近来，她从另一个角度看这个问题，也许丹尼尔并不是一抹残阳，也许爱上已婚男人是未来的时尚。就像约卡丝塔提到衣服时说，保存起来。什么都别扔，时间是循环的，迟早流行又会打回头。也许这是生活的实验，先考验考验，可以没完了重新谈判的关系正快速消失。很快，丹尼尔会进来，有限的选择就是进来，别无选择也是进来，七幅一套的绢网版画复制品随着超新潮流又流行了，不过，必须是可以清洗的。

有时已婚好过未婚，约卡丝塔说，他们有自己的生活，不会把你的生活弄得乱七八糟。你们可以下午约会，好好干一场，

第三部

听他怎么说你在他生活中很重要，听他诉说小麻烦，他的抵押
情况，小孩如何把揉成一团的焦糖压到烟草里，他们如何不得
不更换沃尔沃汽车的离合器，然后是晚上你可以和某人出去玩
玩。我以前喜欢披肩，不过你知道，这些小小的超短上衣以前
可是出现在正式的社交活动中的，配上放手帕的口袋，这好
一些。

　　你还没太明白吧，雷妮说，他真的结婚了。他认为自己是
已婚男人。

　　你是说，他告诉你他得不到妻子的理解之类的话，约卡丝
塔说，这可是老生常谈。通常他们的妻子总是从反面理解他们，
这才是问题。这些十年前我都经历过了，那时我还刚在克里德
店当采购员。每次我不得不去纽约，都碰上那该死的管理人，
他认为我很脏，你知道吗？火鸡乡[1]来的笨家伙！我肯定一脸绝
望，因为那时我还没找到有钱人。就我看来，他们的意思是妻
子一般不愿和他们口交。有孩子吧？让我猜猜，两个。

　　三个半，雷妮说。

　　你是说有一个是大脑受伤？约卡丝塔转头照镜子说道。长
度到小腿中央，记得到小腿中央吗？

　　没有，雷妮说，他妻子又怀孕了。

　　当然他爱他老婆，约卡丝塔说，她也爱他，是吗？

[1]　在英语中，"火鸡"也有"笨蛋，不中用的人"之意。

169

恐怕是的，雷妮说。

丹尼尔不说恐怕，他说我想是的。

你是说你不知道？雷妮问。

我们不谈这个，他说，我猜是的，是的。

那就安心好好享受吧，约卡丝塔说。你还有什么好担心的？除了杰克，可他挺酷的。

雷妮不知道杰克到底有多酷。她没跟他提起丹尼尔，不过，两人每次见面，丹尼尔都要问起杰克。杰克怎么样？他总是满怀希望地问，雷妮总是说，不错。她知道书立自己是站不起来的，一个巴掌拍不响。杰克要是受到伤害，丹尼尔就会离开，跑掉，他不想背上整个包袱，她也许是他的蛋糕上的那层酥皮，但绝对不是蛋糕。

杰克是成年人，她说，他喜欢说的一个词是不受限制。

嗯，好吧，约卡丝塔说，棒，两个总比一个好，只要你别发软，别邋遢，别去伤心旅馆。

你还是没明白，雷妮说，什么都还没发生呢。

没发生？约卡丝塔说。

除非你把那些疯狂的拉拉手也算上，雷妮说。承认这一点，她有些尴尬，她知道这很不正常，不过没有以前那么尴尬。事实是，她不知道自己想不想和丹尼尔有婚外情，这可能不是你说的散散心，也不会非常好玩。拉开塞子，释放所有的压抑，就像待在旋转式脱水机里飞过尼亚加拉瀑布，你会习惯这种方式的。

为什么不呢？约卡丝塔说。

我跟你说过，雷妮说，他太顾家了。

两人你看我，我看你。没事儿，约卡丝塔说。怪异。她把手搭在雷妮的肩上，听着，她说，换个角度看可能更糟。我是说，一次婚外情不过是另一次婚外情，还有什么是不同的？就像一根接一根地吃巧克力棒一样。你开始幻想自己成了一个修女，你知道吧，这些幻想挺有趣的，不过这种浪漫什么也不是，他必须很在乎你。有些事说了也白说。

＊　　　＊　　　＊

他们吃完巧克力蛋糕，便直接开车回去，没在那片树林停下。雷妮在前座上摇摇晃晃，努力不表露出失望。停下对她又有什么意义呢？愚蠢，她外婆会这么说的，母亲也一样。她们都会分类，这一点就像雪松柜子一样，会代代相传，当然，放进去的东西会有所不同。

他们来到旅馆，保罗没有碰她，甚至没有在脸颊上亲一下。他吹着口哨，打开车门，下车。他没有抓住她的手，扶她下车，而是抓住她的胳膊，他没有去到她的房间，他站在石台阶下，等她走到楼梯顶，如此而已。

雷妮疲惫不堪地走过绿色木走廊。对今天的事，她应该作

171

何理解呢？她为什么总想刨根问底？他请她吃饭，她得到的就是吃饭。她记得多年前看过一部电影，讲的是原子辐射对动物求偶有影响：鸟儿互不理睬，要么就是不跳舞，反而相互攻击，鱼儿不产卵，只是歪着身子转圈，乌龟任凭自己未受精的蛋在阳光下晒干。也许这解释了动物中新出现的单身现象：过多的致命射线会杀死脑部的松果腺，动物发出的信号全给弄乱了，彼此一头雾水，无法沟通。

她对今晚印象最深的甚至不是保罗，而是那个跪在街上的聋哑人，两个人在踢他，然后看着他，神情漠然，似乎还有些许友好的兴趣。

很久以前，大约是一年前，约卡丝塔说，如果所有的男人变成女人，所有的女人变成男人，我觉得这是个很棒的主意，哪怕只有一天。这样，他们就真正知道该如何对待彼此。我是说，等他们恢复原本的性别后？你不觉得这想法很棒吗？

是个很棒的想法，雷妮说。

那你会投赞成票吗？约卡丝塔问。

可能不会，雷妮说。

这个问题包含着伟大的思想，约卡丝塔说，没人会投赞成票的。

约卡丝塔认为，如果所有的男人都变成女人，所有的女人都变成男人，变一个星期，那将是一个很棒的主意。这样，等他们变回原来的性别后，就知道该如何对待对方了，雷妮说。

约卡丝塔废话多，杰克说，而且瘦骨嶙峋，瘦女人不应该穿 V 形领的衣服。

这有什么不好？雷妮说，难道你不想知道女人希望男人如何对待她们吗？如果知道了，你不就变得不可抗拒了吗？

如果人人都知道了，那就不是了，杰克说，不过首先，这不会发生。女人会说，现在我逮住你了，你这个讨厌的家伙。现在轮到我了，她们全都会变成强奸犯。想打赌吗？

男人会怎么说呢？雷妮说。

谁知道？杰克说，也许他们只是说，哦见鬼去吧。也许他们会说，今晚不想干那事，因为来例假了。也许他们想生孩子。我嘛，没有孩子也没关系，就这样。

那就不止一个星期了，雷妮说。

反正，杰克说，你真的想知道你希望男人怎么对你吗？你知道有谁知道吗？

你指的是任何女人吧，雷妮问。

别挑语法上的刺儿了，杰克说，说真话。告诉我，希望我怎么对你，用二十五个字或不到二十五个字，你说出来，我就照办。

雷妮笑了。好吧，她说，你发誓了？

后来她说，这要看是对谁了。

第三部

*　　　*　　　*

雷妮打开房门，美人鱼灯亮着。有一会儿，她想不起自己
究竟关了灯没有，她发誓关了，屋里有股以前没有的气味。

她看到自己的笔记本摊开在床上，还有她收集的材料、地
图和小册子，整整齐齐地摆在一旁。有人到过这里。雷妮感到有
伏击。她随身带着包，相机和镜头寄存在前台，没有什么值得要
的东西，有吗？她打开衣柜的抽屉，翻找大麻烟卷，也都在。

浴室里，她的化妆包被倒空在洗脸池里：牙刷、牙膏、来
福牌空气清新剂、牙线、那瓶阿司匹林、文稿。两块玻璃天窗
已被从铁窗框卸下，不见踪影，肯定在外面，在阳台上，防火
梯上，地上，谁知道在哪里，反正没办法把它们装回去。这人
就是这样进来的，就像一封匿名信一样溜进浴室。一个穿泳裤
的男人。她想象自己站在那里，拿着手电筒和杀虫剂。天知道
他会做什么，她庆幸自己当时没在屋里。

不过只是一个小偷，还有更糟的事。不管他想要什么，他
很可能想要钱，但没得到，什么都没丢。她翻了翻笔记本，阳
光之地的乐趣，坐在床上。她瞄了瞄床下。

箱子也在，不过被打开了，封带被整齐地划开，一颗颗泡
沫塑料粒抖搂到地板上。也许他偷了心脏病的药跑了。她把箱
子拉出来，打开封盖，把手伸进泡沫塑料粒中。

起先什么也没摸到，接着是两听熏制牡蛎，雷妮把东西放

到地上，之后，她碰到的东西一点都不像听装的东西，它是硬的、铁制的。雷妮一拉，东西出来了，带出散落的泡沫塑料粒。这东西她也只在照片上见过，那是一挺小型机关枪的枪头。

雷妮把枪塞回去，把熏制牡蛎和泡沫塑料粒都塞回去，关上箱子。她不知道英国女人是否有透明胶带。她把箱子尽可能往里推回床下，重新铺好毛线床单，让它垂到地上。

雷妮想，这是一出特别俗气的电影。下面是什么，现在是什么？这甚至连好的午餐谈资都算不上，因为主题只能是她自己的愚蠢。傻瓜、笨蛋、幼稚、轻信，都是因为喝得太多，现在她必须镇定。

一切，尤其是这间屋子，现在都不安全了，可现在正巧是晚上，她没法搬走，也不能向警察报告有盗贼闯入，甚至不能跟英国女人说：她可能天真，但这还不是致命的，说她在机场取箱子时不知道里面装有什么，谁都不会相信。洛拉当然知道，所以她自己不去，让雷妮去取货。还有谁知道？寄箱子的人，也许还有海关职员哈罗德。现在还有另一个人，也许穿着泳裤。一个看不到脸的陌生人，卧室里的某某先生，拿着刀。

雷妮起来，关上浴室门，使劲锁上。她不希望自己睡觉时，有人从浴室窗口爬进来。锁坏了。她又打开衣柜抽屉，拿出洛拉给的大麻烟卷，塞到马桶里，用水冲走。她叠好防晒服，放到包里，把浴室里的东西全拿出来，没脱衣服便躺到床上，关灯。她想有人陪着，想和谁在一起，一个温暖的身体，不管是谁的。

第四部

夏天，雷妮出院后不久，便打电话给约卡丝塔，要和她一起吃午饭。她需要一些支持。支持，她认识的女人相互这样说。以前，雷妮觉得这像是拉紧袜子遮掩静脉曲张。坚定的支持为的是应付生活的危机或你能说出的任何事情。以前，雷妮并不打算有生活危机，也不觉得需要什么支持，不过现在需要了。约卡丝塔接到电话，有点过于吃惊，有点过于高兴。

雷妮像平常一样去餐馆，一脚前一脚后，走在一条并不存在的人行道上，不过保持平衡很重要，举止正常很重要，丹尼尔说，如果你够努力，迟早会感到正常的。

约卡丝塔喝红酒和毕雷矿泉水，她很快把菠菜沙拉一扫而光，开始吃面包。她没有问雷妮怎么样，没有问她任何事情。她礼貌地、刻意地回避与雷妮有关的话题，如果有谁想提起这类话题，那也不是她。

雷妮一点一点地吃着乳蛋饼，看着约卡丝塔瘦削的脸和滑稽演员一般的大眼睛，心想，等自己到了四十岁，会不会也这么怪。她怀疑自己会不会活到四十岁。她希望约卡丝塔把手伸过面包篮和插着蓝丝绸玫瑰的蓓蕾状花瓶，按住自己的手，说一切都会好起来的。她想告诉约卡丝塔，她要死了。

约卡丝塔刚搬进谁的家，还是搬出谁的家？顺其自然呗，约卡丝塔说。她经常搬家，她口无遮拦，滔滔不绝，这让雷妮尴尬得很。雷妮十分在意举止正常。如果她喝得刚好，但不太多，就能做到这一点。

谁知道他们脑袋里在想什么？约卡丝塔说。他们不过是第二瓶酒，不新鲜了。我可不是，我已经不愿去试了。从前是女人难懂，记得吗？哼，不再是啦，现在是男人难懂。我嘛，就是一本打开的书，只想好好享受生活，不要麻烦，只要一点笑声，一点不管你说的什么浪漫，如果他们合我的意，我就拿起小提琴，昏暗的灯光，玫瑰，美妙的做爱，让他们早上刮掉地毯上的肉酱，这要求算高吗？他们是不是怕我的怪名字还是什么的，是不？还记得我们曾经都傻傻的，假装不知道什么叫下流的笑话，经常跷起二郎腿，他们像猪抢夺一块巧克力糖一样，心甘情愿。性冷淡，勾引男人，职业处女，还记得这些吗？还记得裤腰带，记得胸罩垫衬，记得社交活动结束后丢在车子前排上的彼特·潘牌胸罩，而你的胸罩衬圈勒进了他的胸口吗？

这些雷妮不太记得了，不过没说出来，她不想提醒约卡丝塔她都多大年纪了。

很可能还有这样的男人，他们只想女人觉得自己像车子前端的护栅，或烤箱的内侧，要不女人就不是女人，约卡丝塔说。

不过还不是后座，千万不要让人知道你那么容易上钩。

呃，大概两个月前，这个人，一个很好的男人，肩膀很漂亮，他说我们干吗不出去吃饭。我认识他有一段时间，还算喜欢，他不错，没什么问题，不是特别聪明，对尼龙袜也不是特别受不了。我一向并不在意，你知道的。如果机会出现了，嗯，看样子是要出现了，原谅我用词不当，于是我让自己多点"香味"，不要做得太明显，就是买了这件与众不同的针织黑色紧身衣以作备用，记得是蝙蝠袖的吗？

于是，我们出去了，虽然我主动要求付账，不过像是他付的。那是个新地方，在教堂那边，天门冬没有滥生，它们那该死的刺总是掉到你背上。我点了鹌鹑，犯错了，要啃那些小小的骨头，嘴上手上还要显得整洁。不过一切顺利，有不少目光的交流，我们谈他的事业，他干的是房地产，负责打扮市中心的那些房子。他只要赶走那些马克思主义分子就行，他们只租不买。有房子的人不在乎，这只会抬高他们的房价。

所以我有点喜欢他，他叫我去他那里，我们坐在单色宽幅的地毯上喝白葡萄酒，他放唱片，是巴托克的，我觉得对于这种场合，这音乐有点过于沉重，不过没关系，他还想再谈谈自己。好吧，我不在乎多听一点，不过他一直没有碰我。你怎么啦，是不是觉得我有性病，我想问他，不过还是认真听，讲的全是他的两个生意伙伴，他们如何不会表达愤怒。我个人认为，人们如果不会表达愤怒，那挺好的，这世上的愤怒已经够多的了。

就这样，什么事都没有，最后我说，我真的累了，这次见面非常好，不过我得回家了，他说，干吗不在这里过夜呢？我想，你问这个有点怪，不过没说出口。于是我们进到卧室，我发誓，他就是转过身去，后背对着我，脱掉衣服。我简直不敢相信，我站在那里，张大嘴巴，还没搞清楚是怎么回事，他就爬上床的另一边，他真的穿着条纹法兰绒睡衣，你知道我是什么意思吧。他问我要不要关灯，这时我已经变态了，我说关，于是他关了灯，我就在那里，在黑暗中自己脱掉衣服。如果我聪明的话，就不会脱掉衣服，马上走，坐电梯下楼。不过你了解我，阳光小女人，总是怀有希望，于是我爬上床，希望有个充满激情的拥抱，也许他只是不习惯灯亮着，可他说晚安，转过身去，就睡了！

这感觉真他妈的糟。光是看着他的肩膀就想死干那事，看了快五个小时，他睡得跟木头似的。如果一个姑娘这样做，别人会怎么看她？我就是这样。最后只好起来，在他的沙发上过夜。

早上，他悠然自得地走了过来，穿着棕色天鹅绒晨衣，口袋上绣有字母图案，精神焕发，光芒四射，拿着两杯鲜橙汁。他说，昨晚你去哪里了？今早我醒来，你不在了。

他根本没注意，他昨晚根本不知道我走了。

对不起，我说，不过我想我们有语法问题，交流问题，也许是语焉不详。对你来说，过夜是什么意思？我是说，我不是挑剔橙汁，不过我不必为得到一杯橙汁而睡在沙发上，我自己可以做，你知道我是什么意思吗？

呃，原来他有身份危机，天，我讨厌这个。他说，在这之前，他只和年轻一些的女人，脑瓜笨的小女人，容易感动的女人交往、上床，从没和像我这样的女人上床。注意，他指的是年老睿智，也许像猫头鹰一样的女人吧。如果让你选择，你想做哪样，小鸡还是猫头鹰？他觉得，像我这样的人认为他除了性，再没什么别的了。他想得到尊敬，不管是什么。我的天！他想建立长期的、真正的关系。我可以对他说，他像个孩子，还会尿床。也许我还有要了解的东西。

我坐在那里，头没梳，很想去解手，但不想打断他，因为显然他觉得这很重要。我在想，以前我听过这种话，不过一般是女人对男人说的。我简直不敢相信男人会说这种话！我在想，我想和这个人建立长期的、真正的关系吗？然后我又想，除了性，他真的有别的东西可了解吗？

呃，回答是否定的。不过，当时这没关系，是吧？怎么突然又有关系了？我们为什么要开始尊敬他们的心灵？是谁不停地改变规则，他们还是我们？你知道从那以后，我又碰上过几次这种事情？三次！简直是流行病！他们想要什么？

我的理论是，一旦性成了一笔大买卖，在腰之上，在腰之下，各个阶段的成功都印在上面，有如联合吸引力测量仪，他们就想这样，因为这样你可以衡量、评估它，可以取得胜利，你知道吗？我们这一队与他们那一队作战，可以侥幸成功，为了妈咪我们公然与之对抗。于是我们说，你想要它，好啊，我们也想要它，让我们走向同一战场，突然，成千上万的男人一下软了下来。全国各地！这就是我的理论。新的评估就是不要评估，只要你掌控一切。他们不想要爱，不想要理解，不想要有意义的关系，他们还是想要性，前提是他们能弄到。只要你有东西会丢失，只要你挣扎一点点，他们就想要性。如果你只有八岁，那总会有帮助的。你明白我的意思吗？

午饭是约卡丝塔请雷妮吃的，这就是说，她认为雷妮的状态很糟，实际上已经濒临死亡。平时，只要做得到，她都尽量白吃白拿。

我离死还差一截呢，雷妮想说。不过约卡丝塔的这一举动令她感动，毕竟这是一种支持，约卡丝塔已经尽力了，她付饭钱，这可了不起，那相当于到床前探望死因，尽可能逗她开心，让她高兴。谈谈你自己的生活，生活毕竟还要继续，不谈与疾病有关的话题，积极的态度可以阻止失控的细胞分裂，进而产生奇迹。

雷妮独自走回公寓，一脚前一脚后，保持平衡。她回到家，杰克坐在客厅里，粉色膨胀椅旁的地板上放着两瓶嘉士伯啤酒。一般来说，他从不喝瓶装啤酒，他还没起床。

第四部

以前，雷妮会知道他中午跑到这里来干什么，不过，他如果来了，就不会坐在椅子上，他会躲在门后，从后面抓住她。

怎么啦？她问。

杰克抬头看她，他双眼浮肿，近来没睡好，其实雷妮也一样，不过她每次提起自己睡得不好，都发现原来他的睡眠比她还糟。两人在比谁的境况更糟，这真糟，因为两人似乎都没有多少可比的，都在自己身上用完了。

雷妮走过去，吻了吻杰克的头顶，他脸色难看。

他拉起她的手，紧抓不放。我们应该再试试，杰克说。

*　　　*　　　*

如果可以重来，我就不这样做，洛拉说，肯定的。除非我可能不想，你知道吗？三思而行，我母亲常说，不是她不三思而行，而是没有时间。如果他们就在你身后，你不用看，只能前行，你最好相信这一点，因为你不走，那就惨了，是不是？一直走，这是我的座右铭。

我十六岁那年，母亲找到工作，挨家挨户推销雅芳化妆品，下午我回家时，她经常不在家。我害怕鲍勃，不喜欢单独和他待在地下室里，于是放学后，我常和加里在外面闲逛，有时，我们吃完午饭后就溜出去，在他的车里喝上几瓶啤酒，他很爱那辆车。喝完酒后，我们亲吻抚摸，但从不发生关系。人人都以为像我和玛丽这样的女孩总会和别人发生性关系，不过，发生关系的大多数时候是好女孩。她们觉得如果你和这个小子出去，你和他相爱，这没事。有时，他们会被逮住，这是在避孕药或流产成为一件大事之前，玛丽和我会笑死，因为人们总说我们的不是。

在我们那所高中，他们觉得我们粗悍，我们自己大概也是这么想的。我们把眼睛涂得黑黑的，嘴唇画得白白的，觉得自己了不起。不过我从不会喝得太醉，不会让自己过于失态。一旦好女孩惹上麻烦，她们的父母就会把她们送到美国去改邪归正，不过我知道，如果你没钱去那里，后果会怎样，那就得给人做饭洗衣。有个姑娘比我们高几年级，她想用毛衣针打胎，但没有成功。老师告诉我们，这是罕见的疾病，不过人人都知道是怎么回事，消息都传开了。至于我，我知道，鲍勃只要把我扔出门，我肯定身无分文，肯定是这样的。

加里希望我阻止他这样做，他说，他会为此尊敬我。他不是骑着摩托车瞎逛的人，周末也有工作，你要当心的是另一种人，有钱的那种。我们学校没人是百万富翁，不过有人是比其他人有钱，自以为了不起。我从不和他们出去，他们也从不叫我出去，除非是去茅草棚后面那种地方，全看你有多少钱，如果你钱够多，那就什么事都没有，你知道吗？

每次我回得晚，鲍勃就会在那里，坐在餐桌旁，羊毛衫的袖子脱毛掉线的。他看我的样子，好像我什么也不是。他没有抽我，我已经太大了，常让加里把车停在厨房的窗前，我们住在地下室，窗子离街面还有半层，我们亲热地搂抱、亲吻，鲍勃听得见，如果他往外看，还能看得见。

后来我辍学，开始在匹萨外卖店上班，没多大意思，不过能挣钱。我琢磨，很快我就可以搬到属于自己的地方。加里说，我们干吗不结婚呢。当时这也正是我想的，我想结婚，生孩子。不过这件事我要做对，不愿像我妈那样。

很快，我们发生了关系。这没什么，因为就要结婚。这一切发生得很自然，我们没有什么保险的地方，就在他的车后座上，大白天就在我们常去的这座蓄水池后面，一点不舒服，我一直担心有人过来，往车窗里看。做爱没什么好玩的，只有痛，虽然不太痛。我不明白人们为什么对此大惊小怪。那就像我抽第一支香烟，难受得要死，当然，我现在抽烟凶得很。

我们没有纸巾，只能用他放在车厢里的那件旧汗衫来擦车子。他开过玩笑，要在洗车的时候干我，当他看到血，不再笑了，他说，一切都会没事的，他会照顾我。他的意思是，我们就要结婚了。

那天晚上我得去上班，我要工作三个晚上，然后放假两个下午。于是，我让加里送到公寓换工作服。换好衣服后，我到厨房里弄点饭吃，店里有免费的匹萨，可当时我一看到匹萨就难受。一旦你知道他们用什么来做匹萨，你就不太想吃了。鲍勃还是像平常坐在那里，抽烟，喝啤酒。我想，那时定是我妈妈在养着他，因为他好像不再做那些电视生意了。

　　他那些该死的猫立刻进来，开始磨蹭我的腿。它们肯定闻到了，当我是块生牛肉、生鱼或什么的。我来例假时也是这样，我用的是丹碧斯月经棉条，它们把用过的棉条从垃圾桶里扒出来，叼着棉线到处跑。鲍勃第一次看到，骄傲得很，以为他的猫终于抓到了老鼠，叼的正是老鼠尾巴。可等他发现是什么东西时，便大发雷霆。

　　我踢开一只猫，他说，住手。我当什么事也没有，开始打开一盒罐头，那是坎贝尔鸡汤面条。我能感到鲍勃在看着我，突然，我像小时候那样害怕起来。

　　他站起来，抓住我的胳膊，把我拖来拖去。他以前用皮带抽我是家常便饭，现在有很久没这样干了，也很久没有打我了，我没想到他会打我。他甩我一巴掌，我撞在冰箱上，冰箱顶上的碗掉下来，碎了，我妈用这只碗来装用过的灯泡，她打算给灯泡着色，做成圣诞树的装饰，拿去卖，但就像她的别的致富之道一样，这项计划一直没付诸实践。碗碎了，灯泡也碎了，我以为他又要打我，不过他没有，只是低头冲着我笑，灰色的牙齿，吃下的馅饼碎屑还留在上面，牙齿周围是黑色的齿龈。如果说有什么东西我受不了，那就是烂牙齿。他另一只手抓住我的乳房，说，你妈六点钟才回来。他还在笑。我真的吓坏了，因为我知道，他好歹比我强壮。

　　我想大叫，可这个地方人们经常大喊大叫，大家从不多管闲事。我伸手到身后，从餐桌上拿起开瓶器，有尖头的那种，你知道吗？我用力把开瓶器扎到他身体里，同时用膝盖猛顶他的下身，这样，尖叫的就不是我了。他倒在地板上，就倒在灯泡和猫食上，我听到玻璃破碎的声音，我疯了一样跑出去，并不在意是不是真把他杀了。

第二天，我打电话给我妈，告诉她我为什么没回家。她大发雷霆，不是生他的气，而是生我的气。这不是说她不相信我，她相信，这就是麻烦所在。她说，你是自找的，一天到晚招摇过市，这城里的男人这么久都没对你做什么，真是怪了。后来我想，也许不该告诉她这件事的，她的生活中没有多少东西，他虽然不算什么东西，不过她至少有他。你可能不会相信，不过我猜她担心我想把他抢走。她要我向他道歉，不该用开瓶器扎他，不过我没什么好道歉的。

* * *

雷妮发现，在睡着和醒着之间有条界线，她越来越难跨过这条线。现在她靠近天花板，待在白色房间的角落里，旁边是空调，它不断发出嗡嗡声。她可以看见玻璃下的一切，清清楚楚，她的身体就在桌子上，盖着绿布，身边是戴面具的人影，他们在做什么，一个程序，切割手术，不是表皮手术，他们要找的是心脏，在那里的什么地方，挤压，一个拳头张开又闭拢，周围是一摊血。也许她的生命得救了，可谁说得清他们在做什么，她不相信他们，只想让身体复原，可做不到。她像爬过沟壑一样爬过蚊帐的灰色褶皱，沙子跑进眼睛，在光线中眨着眼睛，失去了方向。天还早得很呢。她洗了个澡，这有点帮助，穿上衣服。习惯有镇定作用。

床下的箱子让她非常紧张，她的视线不能离开它，但又不能带它去吃早餐。她把箱子锁在屋里，心想，我一走到拐角，阴谋就会开始，不愉快的事情就会出现。她吃的是松软的炒鸡蛋，一边吃一边担心箱子。她可以丢下它，离开旅馆，可以坐下一趟班机离开，可这样做是有风险的。她还没下楼，英国女人就会跑到她的房间里，这是肯定的，她就是那种好管闲事的人。她保证会让雷妮在机场就被逮住。唯一能做的就是尽快把箱子交给埃尔瓦，然后忘了它。

吃过早餐，她过街来到文具店，买了一卷胶带，回到房间，把箱子封严，尽量做得和原来一样。只要箱子看上去没有打开过，她就可以假装什么都不知道。她让人把茶和饼干送到房间，期间看了看手表，然后去前台，告诉英国女人她今晚要去圣阿加莎，不过要留住房间。

"你知道，这得付房费，"英国女人说，"哪怕你不住。"

雷妮说她知道。她想就饭菜进行一番讨价还价，不过还是放弃了。英国女人就想她来吵架，她用铅笔笃笃地敲着桌边，等着。雷妮可对付不了那咄咄逼人的目光。

她把箱子拖出房间，靠着前台，再回去拿包，从保险柜里领出相机，她没领护照，护照在保险柜里更安全。她走下石阶去找出租车。

没有出租车，只有一个拉手推车的男孩，大约八岁，有可能不止八岁，雷妮犹豫了一下，要了他的车。她派他上楼拿箱子，不到万不得已，她可不想再碰那个箱子。男孩有些害羞，不大言语，他把她所有的东西，连同她的包一起放到车子上，光着脚跑上坑坑洼洼的路。

起初，雷妮觉得他跑得快，是因为他想抢走她的东西。她在后面追赶，已经汗流浃背，有辱斯文。不过她注意到他胳膊细，断定他是拉人力车的，得跑快，才不吃力。他带她走的是一条偏街，夹在两幢摇摇欲坠的木楼间，小路车辙纵横，但太窄、太泥泞，还堆满丢弃的纸箱，汽车难以通行。接着是一间小屋，屋旁是一窝鸡在刨食，然后是一个堆满麻袋的仓库，码头到了。

男孩一次也没回过头，他加快速度跑过平地，直奔船只，肯定是排在最后的那条船。他一到，雷妮就明白了与他同时到达的好处。即使他是诚实的，但其他男孩也有可能会骗人，现在有好几个男孩，一群年轻小伙，拉着手推车跑来跑去，叫嚷着她听不懂的话。他们看到她的手提包顺着码头滚下去，而她

在后面追，一路蹒跚，气喘吁吁，草帽檐噼啪作响，便回头冲
她笑。她绕过一堆堆木筐，一辆辆盖着防水油布的卡车，堆得
像小山一样的水果和叫不出名字的蔬菜，它们被丢弃，正在腐
烂。男孩在船对面停下来，面带微笑等着她，她说不清他笑
什么，其他男孩退后，围成一圈，让她进来。他在拿她开玩
笑吗？

"多少钱？"她问道。

"随你给。"他答道。当然，她从他的笑容和其他男孩的笑
容看出来，她要多给一些。他们兴高采烈，面带嘲意。他们想
帮她把东西搬上船，都来抓她的包，相机包，可她挡开了，她
已经受够了。她把东西堆在码头上，坐在上面，觉得自己像只
母鸡。当然，她决不能离开这堆东西去打听船票和离港时间，
那男孩拉着手推车已经跑开了。她明白了他为什么跑那么快：
他想在船开出前尽可能多拉几趟生意。

雷妮的呼吸恢复正常。没人在看她，没人怀疑她。她记得
杰克有一次超速驾驶，被勒令停在路边，仪表板上的小柜里放
有大麻。要正常一些，他急促地对她说，这才摇下车窗。雷妮
不得不考虑这个问题，正常意味着下车，不管朝哪个方向，走
得越快越好，越远越好。不过她坐在那里，一言不发。这是可
以接受的，不过，内疚如光晕一样笼罩着她。

现在也是一样。她努力要表现得像个记者，做给看她的人
看，也做给自己看。如果她做做样子，照几张相，写几个字，

也许她就相信自己是个记者。这就像扮鬼脸：她母亲常说，你不能扮鬼脸，要不，你的脸就永远是那个鬼样子。母亲管十三岁叫顶嘴的年龄，她曾经这样说她，她便回了一句，你就是这样的吧？不过是压低嗓子说的。

她四下张望，看有什么好写的，一边掏出相机，摆弄镜头。比如那边有条船，拴在码头上，成圈的绳子有手腕粗。船原来是黑色的，现在染上褐色的锈斑，油漆已经风蚀。船头上写着船名：记忆。颜色已经消褪。雷妮看到它，就像看到她乘坐的飞机一样：它真的能浮起来吗？不过，它仍在出航，一天两班，去往远处那片蓝色的地方，再回来。如果它不安全，人们当然不会坐它。

甲板乱七八糟，柳条筐、手提箱和包裹堆在一起。几个人通过舱口和外面的凳子下方把纸板箱扔上船。雷妮拍了一张，对着太阳，抓拍到空中的盒子、抛的人和接的人双双伸出手的样子。她希望这张照片有很好的视觉效果，不过她知道，每次她这样努力，都是无果而终。杰克说，曝光过度。如果圣阿加莎有餐馆，她就拍老太太坐在太阳下剥龙虾，或者剥人能想到的任何东西。她知道那里会有老太婆剥东西，不过不太肯定剥的是龙虾。

一只手搭到了雷妮的肩上，她心一凉。有人监视她，跟踪她，他们已经知道了。那人说话了。"喂。"是洛拉。今天的衣服是樱桃色配淡紫色。她笑容满面，似乎本来就该在这里。

雷妮站起来。"我以为你去圣阿加莎了。"她说。要不了一会儿,她就要发火了。

"哦,呃,我有事耽搁了。"洛拉说。她四下望望,又低下头,已经迅速而漫不经心地查看了箱子。"我没搭上船。反正埃尔瓦好些了。"

两人都知道这是谎话,可她该怎么办呢?如果问太多的问题,她就有可能必须要去她不想去的地方,她也决不能让洛拉察觉她已经知道箱子里装有什么,知道她被利用。她承认的越少,就越好。人们只要玩枪,迟早会走火,她希望这种事情发生时,自己最好待在别的地方。

洛拉瞟了一眼码头,看谁在,谁不在。"看来你已经顺利领到埃尔瓦的箱子了。"她说。

"没问题,"雷妮不动声色,和蔼地说,"我们是不是把它放到货舱里?"

"你带着它吧,"洛拉说,"这里容易丢东西,反正埃尔瓦总是自己来取箱子,如果她要等他们卸货,她就不耐烦,她讨厌站在外面的太阳下等。"

洛拉没有主动接管箱子,不过还是把它放上船,塞在座位下,雷妮的座位下。长木凳嵌在船边。船出港要顶风走,洛拉说。坐这儿你不会弄湿衣服,不会有味儿。"千万别坐在船舱里,"她说,"那会呛死你。如果走运的话,他们只用帆。"

"上哪里买票?"雷妮问。

第四部

"一上船就有人来卖票。"洛拉说着，又一次环顾码头。

没有任何信号，人们开始登船。他们等船摇摇晃晃地靠上来，便跳过一片水，水草在码头下飘摇，有如一绺绺橡胶。轮到雷妮，一个男人一声不吭地抓住她的手提包，揪住她的胳膊，把她拉过去。

甲板上满是人，大部分是棕色皮肤或黑色皮肤，他们坐在长凳上、柳条筐上和帆布盖着的行李上，到处都坐。雷妮想起船只因超载而翻沉的报道。旅馆里的两个德国女人出现了，在找位子。她在珊瑚船上见过的退休美国夫妇也爬上船，他们还穿着肥大的阔腿裤，没坐下，只顾朝天上看。

"总是这么挤吗？"雷妮问。

"这次特别，"洛拉说，"他们要回家投票。明天选举。"

男人们都很随便，雷妮的脑袋旁是他们横七竖八的腿和脚。粗绳子拉到船上，一个头戴油腻白帽、身穿深蓝色上衣的粉脸胖男人从舱口进来，拉过油布盖上正在关闭的舱门。他努力在人们的腿脚和身体间穿过，收船钱。没人发令，更不像是他发令，突然，约十个男人解开缆绳，码头边一片拥堵，人人都在喊叫，船与岸之间的水域越扩越大，一条缝，一片缺口。

在岸上人群的后面，一辆栗色汽车缓缓驶上码头，停下，一个男人下车，又一个，脸上的太阳镜转向船这边。洛拉弯下身子，抓抓脚踝。"该死的跳蚤。"她说。马达发动，船舱立刻充满烟雾。

第四部

"知道我是什么意思了吧?"洛拉说。

*   *   *

圣阿加莎从朦胧的蓝天或大海中显露出来,缓缓上升,缓缓下沉,开始只是一片模糊,然后渐渐清晰起来,一抹荒芜陡直的平顶山崖,旁边是玻璃一般的起伏海浪。这地方干燥,不像圣安托万,那里远望便是一片润绿,城镇外貌是柔和的圆锥体,连绵,朦胧。女王镇现在只是点点白色。一个苍白的椭圆在山坡上,而山坡又位于城镇上方,雷妮认为,那肯定是福特公司了。从这里看,整个地方犹如一张明信片。

马达熄了火,船靠上岸,三张斑斑驳驳的帆扬起,打着补丁,像晾在绳子上的旧床单。它暴露出太多的秘密,黑夜、疾病和贫穷的秘密,令雷妮想起在火车上看到的一排排晾晒的衣物。她上大学时,常坐火车回家过圣诞节,因为那时没有飞机到格里斯伍德。干衣机发明了,不是因为能省力,而是因为可以当作私人财产。她想起母亲红红的指关节,对于有失名誉的事情,她的叫法是:脏衣服,就是不能在大庭广众前张扬的事情。她母亲指关节发红,这是因为在露天晒床单,哪怕是冬天她也要晾在屋外;要用太阳晒,她说。当然,她的床单一向是干干净净的。

第四部

洛拉说今天风平浪静，不过雷妮还是想吐。她缺乏远见，不知道带上药，应该有晕船药。船偶尔嘎吱作响，重重扎进浪谷，一阵阵海浪冲向坐在下风的人们。

坐在她旁边的洛拉从紫色包里掏出一小条面包，掰成小块，嚼起来。她们脚下有四个男人躺在地板上，半个身子靠在帆布盖着的手提箱上，一起喝一瓶朗姆酒。他们刚才已经醉了，现在更醉，不时大笑。酒瓶飞过雷妮头顶，掉到海里，他们又开一瓶。洛拉一声不吭地把面包递给雷妮，雷妮婉拒了。

"如果你感觉不太好，"洛拉说，"这有帮助。别往下看，要看地平线。"

就在她们旁边有另一条船，在雷妮看来，它不过是一条小艇，张着粉红色的帆，上面有两个人在钓鱼。小艇摇摇晃晃，好像很不安全。

"捕鲸就用这样的船。"洛拉说。

"开玩笑。"雷妮说。

"是的。"洛拉说。她又扯下一块面包。"他们会放哨，一旦发现鲸鱼，便上这样的船，拼命划，有时他们真逮到了，那可是大丰收。"雷妮不愿想有人在吃东西。

她们脚下，笑声更欢。雷妮现在发现其中一个就是那个挨揍的聋哑人。他额头上有一条伤疤，除此之外，他和别人没什么两样。他醉醺醺的，咧嘴直笑，满口无牙。穿着阔腿短裤的美国夫妇小心翼翼地跨过他们，朝船尾走去。"小心，老妈子。"

一个人抓住那条长斑的细胳膊，说道。笑声从四条鸡腿一般的白腿旁涌起。雷妮往下扯扯裙子，盖过膝盖。

突然，保罗从船舱里走出来，同样从人们的膝盖中间挤过，小心跨过懒洋洋的身体，朝雷妮和洛拉点点头，却没停下。他低头穿过主帆的下桁，不紧不慢地回到船尾。雷妮没见他上船，看来船还在码头时，他就待在船上了。

突然，她饿了，或者说至少是一种晃荡的空虚，失去重心的感觉，就像肚子饿。她从来不喜欢坐过山车。"我想吃点面包。"她说。

"吃完吧，"洛拉把剩下的一点面包递给她，"会在肚子里胀开的，你知道吧？"她拿出烟，点了一支，把火柴扔到一边。

"能问你一些事吗？"雷妮说。她快吃完面包了，有用，感觉好些了。

"当然。"洛拉看了看她说。雷妮差不多敢肯定，那是开心的神情。"你是不是想知道我是否跟保罗上床？回答是，不过再也不是了。请随意些，随你便。"

这不是雷妮想知道的，她也不喜欢洛拉的这种大度，保罗不是自助餐厅里的菜盘或是空房间，有没有用要视情况而定。"谢谢，"她说，"不过我想问你的完全不是这个。他是中央情报局的人吗？"

"中央情报局？"洛拉说。"他？"她仰头笑了，露出洁白的牙齿。"嗨，真棒！他要是听到会怎么样！他是这样对你说的？"

"不能算是。"雷妮说，她既惭愧又恼怒，转过身看着从船边慢慢滑过的葱绿石崖。

"喂，他要是跟你这样说，"洛拉说，"那我是什么呢？嗨，也许他想吸引你！"她又笑了，笑得雷妮很想摇晃她。笑声停下了。"你知道这里谁真正是中央情报局的人吗？"她说，"往那儿看。"她指了指站在船尾的美国老夫妇。他们穿着卡其布短装，毫无恶意，有些虚幻。两人脑袋凑在一起，像孩子一样急切地翻着他们关于鸟儿的小书本。"他们是，"洛拉说，"两个都是。"

"我不信。"雷妮说。她真不信。这样的人当然是美国中西部天真无邪的象征，根本不是那种人，不过她也不能肯定是哪种人。毕竟她愿意相信保罗是，如果他是，为什么别人不能是呢？

洛拉又笑了。她高兴，仿佛整件事情是她讲的一个笑话。"真棒，"她说，"我喜欢。他们就是的，人人都知道。国王总是知道谁是中央情报局的人。你一旦涉足地方政治，就得知道。"

"他们是不是太老了？"雷妮说。

"情报局拨给这个地区的预算不多，"洛拉说，"嗨，谁在抱怨呢？大家为了让他们高兴，都告诉他们事情。如果他们在报告里没什么可写的，有人就会想，他们老得不中用了什么的，就会派真正厉害的人来。当然，他们应该是支持埃利斯的，那是官方的政策，所以埃利斯喜欢他们，国王也喜欢他们，因为他们真笨，连明诺博士也不太在意他们。有时，他请他们吃午饭，跟他们说什么美国应该怎样做，以避免发生革命。他们全写下来，向上报告，让他们忙去。至于他们自己，干这一行乐趣真不多，因为在冰岛，他们得去翻垃圾箱。那是他们的最后一个岗位。他们对谁都说，他是退休的银行经理。"

也许他就是，雷妮想。洛拉笑得太多了。"那他到底是什么？"她问。她是说保罗，而洛拉接口太快，她一直等着，耸肩和回答都在那里。"一个拥有四条船和一些钱的人，"她说，"有船有钱的人在这里不稀罕，倒是有船没钱的人你要小心。"

雷妮慢慢地吃着剩下的面包，觉得脑子越来越愚钝。或许，她没有问错问题，但问错了人。她知道，自己要装作相信这个回答，那是聪明的，但她就是没法装出来。

洛拉肯定感觉到了这一点，她用没烧尽的烟蒂点燃一支烟，双肘关节撑在分开的膝盖上。"我不是有意要笑的，"她说，"除非你知道这真是好笑。"

船绕弯避风，进港，她们转向气味浓厚的马达。雷妮的周围，人们骚动起来，收拾着小包裹，活动活动腿脚。港口很是热闹：小渔船，巡警汽艇，靠岸的游艇，收拢的船帆，桅杆上飘扬的鲜艳旗帜。记忆号拖着灰色的烟，蜿蜒穿过其中，在前面的码头上，人群拥挤，或挥手，或喊叫。

"他们是来买鸡蛋的，"洛拉说，"还有面包。这里的鸡蛋和面包一向缺货。要是有人头脑灵光，可以在这里开家面包店什么的。"

第四部

"你这么内行啊？"雷妮问。

洛拉看了看她，故作一笑，然后前摇后晃，摆出真理在握、自信满满的姿态。"他的真正身份是什么，"她说，"没错儿，他就是联系人。"

* * *

记忆号轻轻地砰了一声，撞击码头，船边钉着一排拖拉机轮胎，防止船沿发生刮擦。已经有人把船拉靠岸。雷妮周围一片混乱，她动弹不了，头顶上是腿脚，就像一支足球队走过身边，耳旁是喧嚷吼叫，她认为是善意的。为保护自己，她站起来，转而觉得还是坐下的好，洛拉却扯了扯她的胳膊，她前面有个男人跪在地上，要拉那个箱子，她又站起来，有几只手伸向她，她一跳，上岸了。

一个小个子女人就在她身前，不到五英尺高，穿一条粉红棉布裙，上面是红色的火烈鸟，头戴黑色的骑师帽，红色 T 恤上印着白色的字：**和平之王**。雷妮想起她是谁来了。

"你把我的食品带来了？"她不是对洛拉，而是直截了当地问雷妮。她根本没提心脏病的药。脸还是那张脸，不过今天，她的黑发扎成辫子，从骑师帽的两边伸出来。

"在这里。"洛拉说。是在那里，她举起箱子，用一只手平衡。

女人不理她。"好。"她只对雷妮说。她拿起箱子的两侧，举到头上，在羊毛骑师帽上放稳，动作比雷妮轻松得多。她一手扶住箱子，没跟两人多说一句话就走了。雷妮盯着她离去，她本以为会见到一个步履蹒跚的老太婆。一旦她打开箱子，会怎么样呢？雷妮难以相信她知道箱子里有什么，不过，如果雷妮连那对老夫妇是中央情报局特工的话都相信，还有什么不能信的呢。也许这个女人是当地的军火商。

不过，雷妮还是难以想象她打开箱子、解开枪支包装的情景，如果枪需要重新组装的话，她还要组装，然后是什么？把枪卖了？如果是卖了，谁买？在这里，买枪干什么？不过，雷妮并不急于知道这些问题的答案。要是在昨天，她会问，可今天，她知道最好别问。箱子她摆脱了，就是这样，走了。

她四下张望，找保罗，但他已经走了，她发现他还有另一个男人和司机在前面的路上，正爬进一辆吉普车。埃尔瓦头顶一挺机关枪，走在海滩上，仿佛这是再自然不过的事情。

"她真是厉害，"雷妮对洛拉说，"箱子不轻，我想你说过她有心脏病。"她又补了一句。现在安全了，她可以冒险问一问。

"那是另一个祖母。"洛拉说，无精打采地又撒了个谎。

"两人都叫埃尔瓦。"雷妮说。

"是的，"洛拉说，"这里爬满了老祖母，老巫婆，你看她都没跟我说话。她讨厌我和国王在一起生活，也讨厌我们没有孩子。在这里，如果你没有孩子，就什么也不是，她一直这样对我说，她想我给国王生个孩子，这样她就有个曾外孙。为了国王，这是她说的。'你是不是太聪明了，不想要孩子？'她说。同时，她也恨我是白人，不过她认为自己实际上和英国皇室有关系，我的玛格丽特公主，我的查尔斯亲王，上次我听说他们全是白人，嗯？你想都想得出来。"

"也许她只是年纪大了。"雷妮说。

"当然，"洛拉说，"有道理。你在哪里住？"

雷妮还没考虑这个，她只是觉得这里会有旅馆的。

"不过现在是选举，"洛拉说，"旅馆可能住满了人，不过我可以帮你问问。"

两人一走上沙滩，洛拉便脱掉鞋子，雷妮照办。洛拉为她拿相机包，两人沿着铺满沙子的路走在树下，棕榈树。这里的沙滩比圣安托万宽阔，而且很干净。船只被拖到沙滩上，翻过来，朝沙滩的另一头是城镇的边沿地带，一条主干道，两三家外国银行，几家店铺，全是白色的两层楼房，一个教堂，然后是方形房屋，散布在山坡上，有白色，有彩色。

她们来到一座楔入海里的悬崖，撩起裙子，涉水绕过，这边沙滩更大，棕榈树更多，最后是一堵石墙和几级台阶，有块牌子，就是用贝壳在木板上嵌出几个字：酸橙树旅馆。这旅馆比一间屋子大不了多少。

"这里的饭菜不错，"洛拉说，"只是，埃利斯想把他们挤出去，他想买下来，让自己的人住进去。奇怪的是，他们经常停电。"

"为什么?"雷妮说,"他为什么要那样做?"

"政治,他们是这样说的,"洛拉说,"他们是明诺的人。我是这样想的,谁有钱,他就讨厌谁。当然,除了他自己。"

"如果这个人这么可怕,"雷妮说,"那他为什么总是当选呢?"

"我可不知道,"洛拉说,"我去问问有没有房间。"她朝主楼走去。

雷妮站在沙滩酒吧里,周围是低矮的木桌和椅子,都有人。她坐下,把包堆在旁边的椅子上,点了一杯酸橙朗姆酒,喝着酒,看着港口的船只、旗帜,肯定是挪威、德国、法国和其他国家的。

朗姆酒的劲儿上来了,从里到外舒坦她的身体,现在可以放松了。不管是什么样的困境,她终于摆脱了。

她旁边的桌子坐着年轻的一对儿,姑娘穿白衣,棕色头发,皮肤晒得稍黑,男的穿慢跑短裤,鼻子在脱皮,他在摆弄自己的相机,这相机昂贵,但出了故障。"是曝光表有问题。"他说。这些人和她一样,是过客;像她一样,他们想看什么就看什么,没有背负任务,想拍什么就拍什么。

*　　*　　*

酸橙树旅馆前面有个小码头,有个人在那里舞动胳膊,大喊大叫。雷妮观察了一会儿，认为他是在教三个姑娘冲浪，她们就在那里，在港口里。"往上！"那人大喊，像交响乐队的指挥一样高举双手。"屈膝！"不过没用，帆塌下了，姑娘们几乎一齐掉到海里。远处，旅馆里见到的那两个德国女人正撩起裙子，手提箱子，蹚水绕过悬崖。其中一个的太阳帽被吹到水里。

雷妮思忖，洛拉上哪儿去了。她点了奶油干酪和香蕉牛奶三明治，又要了一杯酸橙朗姆酒，回到座位上，把椅子拉开，不让太阳晒到。

"我们可以坐这里吗？"有人问，是个女人。雷妮抬起头，是那对美国老夫妇，穿的是户外短裤，挂在脖子上的望远镜像超大的护身符，两人都拿着一杯姜汁汽水。"这里好像没有位子了。"

"当然可以，"雷妮说，"我把东西挪开。"

不过老人坚持亲自动手。"我叫艾博特，"他说，"这是艾博特夫人。"他拉开椅子，让妻子坐下。她坐下，用婴儿一般的圆眼睛看着雷妮。

"亲爱的，你真好，"她说，"我们在珊瑚船上见过你。我们想，这是令人失望的观光。你是加拿大人吧？我们一向觉得加拿大人很好，差不多就像一家人一样。根本没有什么犯罪率可言。我们只要去加拿大，总是感到很安全。我们去佩里岛看鸟儿。只要有机会，我们就去那里。"

"你们是怎么知道的?"雷妮问。

艾博特夫人笑了。"这是个很小的地方,"她说,"你什么都能听说。"

"不过挺好的。"她丈夫说。

"哦,是的,这里的人很可爱,很友好,不像其他地方。"她吮了一口姜汁汽水。"非常独立,"她说,"我们很快就要回去了,太老了,独立了。这里有些原始,尤其是在圣阿加莎,他们没有多少生活设施。对年轻人来说,这没什么,不过对我们来说,有时就困难了。"

"有时你找不到厕所用纸。"艾博特先生说。

"或找不到垃圾袋,"他妻子说,"不过我们还是舍不得离开。"

"你看不到很多乞丐,"艾博特说,他正用望远镜眺望港口里的什么东西,"不像印度。"

"你们经常旅行吗?"雷妮礼貌地问。

"我们喜欢旅行,"艾博特说,"我们喜欢观察野鸟的习性,不过也喜欢人。当然,这段时间汇率变了,旅行不像从前那么容易了。"

"这话说得没错,"她丈夫说,"美国借钱太多。简单地说,全部的问题就在这里,我们不应该超额消费。"

"这个他是知道的,"艾博特夫人骄傲而温柔地说道,"他是退休的银行经理。"艾博特先生现在仰起头,直望天空。

第四部

　　雷妮断定，洛拉肯定错了。这两个人平淡无味，和善友好，怎么可能是中央情报局的特工呢？问题是，她怎样摆脱他们？他们看样子要坐上一整个下午。雷妮等着他们从艾博特夫人那个背包式大手提包里掏出孙儿的照片来。

　　"你们看到那边的那个人没有？"艾博特夫人指着前面的酒吧，说。那里比雷妮刚来时热闹多了。雷妮没法肯定是哪一个，不过还是点点头。

　　"他是跨国走私鹦鹉分子。"艾博特夫人压低声音说。

　　"走私鹦鹉？"雷妮轻声说。

　　"别笑，"艾博特夫人说，"那是大生意。在德国，如果你能为鹦鹉找到配对，就能赚到三万五千美元。"

　　"德国人的钱太多，"艾博特夫人说，"钱简直就是从他们耳朵出来的，他们不知道该怎么花。"

　　"是圣安托万鹦鹉，"艾博特夫人说，"很罕见，你知道。除了圣安托万，其他地方都没有。"

　　"可恶，"艾博特先生说，"他们给鹦鹉喂毒品。如果我逮到他带着一只这种小鹦鹉，我会拧断他的脖子。"

　　他们的声音透出一种强烈的厌恶，像是在谈论白人奴隶的拍卖场。雷妮尽量表现出在意的样子。

　　"他们是怎么走私鹦鹉的？"她问道。

　　"装在快艇上，"艾博特说，"就像他们走私别的东西一样。我们了解到他的情况，我们把这当作是我们的分内事。他不是这里的人，是特立尼达人。"

"然后向协会报告，"艾博特夫人愉快地说，"这虽然阻止不了他，但可以迫使他放慢行动。不过他不知道是我们干的。他们中有些人是危险人物，我们没有装备，没法对付这种事情。"

"我们这种年纪的人不行了。"艾博特先生说。

"哪个协会？"雷妮说。

"国际鹦鹉协会，"艾博特夫人说，"他们很不错，但不可能随叫随到。"

雷妮琢磨，她最好再要一杯喝的。既然超现实主义正统治这个世界，那么她无妨享受一下。她问艾博特夫妇，是不是也想再来一杯姜汁汽水，不过他们说，他们已经很高兴了。反正天也快黑了。

"该歇着了。"艾博特先生站起来，快乐地说。

*　　*　　*

这是雷妮的第三杯酸橙朗姆酒，她脑袋发晕，但没有太晕。有几次她想到没有船回去，也没有地方可住。她想，海滩总是有的。

天还没黑，不过女招待已经在露天顶篷下摆上晚餐的桌子，在红色的小玻璃灯罩里点上蜡烛。外面的桌子已经坐满了人，港口的人们也来了，酒吧一溜儿坐满了男人，多半是棕色皮肤和黑皮肤，其中有些熟面孔，不过也许看错了。她看到一双靴子，这不会认错，是那个留着南美人小胡子的人。这次他没理她。还有几个白人，皮肤粗糙、暗淡，干枯的头发像是白化病人，这是经常晒太阳造成的。

她正从酒吧往回走，这时，明诺博士来到室外餐厅。他没有顺着沙滩而是穿过旅馆后面的花园走过来。和他一起的还有三个男人，其中两个穿着 T 恤，上面写着"明诺鱼活着"，还画有一条鲸鱼，下面是"投票支持正义之党"。第三个是瘦瘦的白人，他穿的是狩猎装，戴彩色眼镜，稍为拖后。

明诺博士看到雷妮，立刻走过来，另外两个人往酒吧走去，不过第三个人犹豫了一下，跟了过来。

"啊，我的朋友，"明诺博士说，"我知道您还是开始报道选举了。"他露出狡黠的笑容。

雷妮回以一笑。她想，他把这看作是一个玩笑，她能搞定。"从酒吧开始，"她说，"所有的好记者都从酒吧开始报道选举。"

"他们告诉我这是最好的地方。"明诺博士说。在这里，他的口音显得更重，他没那么注意了，雷妮心想，他也喝了几杯。"人人都到这里来，比如，那边是我们的司法部长，他在为自己的失败做准备。"他笑了。"请原谅我的煽动性言论，"他对和他一起的那个白人说，"我的朋友，这是你的同胞。他是加拿大驻巴巴多斯的特派使节，来看看为什么没人参加由可爱的加拿大人主办的潜水训练班。"

雷妮没听清名字，心想，这像是中欧人的名字，一个从事多元文化交流的官员。那人和她握了握手。

"我知道您是记者。"他说道。他有些紧张。

"我只是报道饮食，"雷妮说，想让他放松些，"或这一类的东西。"

"民以食为天嘛。"他礼貌地说。两人都坐了下来。

"我告诉您为什么吧，我的朋友，"明诺博士说，"可爱的加拿大人希望教渔民如何潜水，这样他们就不会得气压病，变成残疾人。他们怎么做呢？他们请来一位专家，可现在是龙虾季节，渔民都出海了。他们养家就靠这钱，非常简单，没有阴谋，告诉他们，下次要先问清楚，问了解情况的人。"

那人笑了笑，拿出一支烟，棕色的，塞进黑色烟斗。雷妮相信这是在做作，代表祖国的人穿狩猎装，这让她尴尬。他以为自己从哪里来呢，非洲吗？他至少可以选择另一种颜色：浅棕色皮肤不该配浅棕色衣服。

"您知道他们是什么样的，"他说，"政府不得不对付掌权的政府，而这样的政府并不总能提供最准确的信息。"

"您会赢吗？"雷妮问明诺博士。

"昨天，"健谈的明诺博士看着那个加拿大人，说，"政府说给我一大笔钱，拉我到他们那一边。他们答应让我做旅游部长。"

"我想您不会接受的。"雷妮说。

"为什么要自取灭亡呢?"明诺博士说,他好像很高兴。"马基雅维利[1]的书我不是白读的。如果他们向我许诺,这说明他们害怕了,他们认为自己可能会输。所以我拒绝了。今天,他们换了法子诽谤我,以前说我是卡斯特罗的人,现在说我只听美国人和种植园主的话。他们应该想个办法打定主意。这让人糊涂:他们也许会觉得我什么也不是,这是真的。如果我们要相信这里的真理,那埃利斯就完蛋了,和平之王也完蛋了,他是这么叫自己的,反正他认为自己获得了真正的宗教。"他站起来。

"明天我要发表一个演讲,是关于垃圾收集问题,还有其他的问题,"他说,"在这些岛屿上,这是我们最紧迫的问题,那就是怎么处理垃圾。您应该出席,我的朋友。"他又赐给雷妮一个笑容,随后离开了酒吧,持中间立场的加拿大人跟在后面。

*　　*　　*

雷妮再次从酒吧返回座位,看到那两个德国女人走上石阶。她们衣服的下摆滴着水,头发松散,一条条,一缕缕,面色苍白得很。两人好像丢了手提箱,一个搀着另一个,被搀的那个一瘸一拐,低声叫痛,两人都在哭泣。她们一走进酒吧,一张

1　尼可罗·马基雅维利(1469—1527),意大利政治哲学家、作家,其著名的《君主论》中提出的现实主义政治理论訾议。

张好奇的面孔立刻围上去，她们努力显得镇定。有人把位子让给她们。

"到底怎么啦？"雷妮问，没有特别问哪个人。所有人都在盯着那个德国女人的脚，那只脚又白又胖，脚趾粉红、肿胀。她的朋友像举着战利品一样举着它。

"她踩到海胆了，"洛拉说，她又回来了，"他们总会这样，应该看清路的。开始疼，但无大碍。"

那女人往后靠，闭上眼睛，脚直直地伸出来。过了几分钟，埃尔瓦从通向厨房的那扇门走出来，不再拿着机枪箱子。她穿红白相间格子围裙，拿着一个酸橙和一支蜡烛。她跪在那只直直伸出来的脚前，挪了挪，瞧着脚趾，然后用那只切开的酸橙擦拭，德国女人尖叫起来。

"别动，"埃尔瓦说，"不是什么大问题，明天就不疼了。"

"不能把它们拿出来吗？"另一个女人说。她急得有些语无伦次。她们的计划中可没包括这一部分。

"它们会折断，你就会中毒，"埃尔瓦说，"你们有火柴吗？"

谁更懂，这毋庸置疑。于是人群里有人拿出一盒火柴，埃尔瓦点上蜡烛，倾斜，将热烛滴到脚趾上，用力擦。"你应该对着它撒尿，"她对另一个女人说，"在这里，碰到这种情况，男孩给女孩撒尿，女孩给男孩撒尿，这样就不疼了。"

德国女人睁开眼睛，瞪着埃尔瓦。雷妮认得这种眼神，只有看外国人才有这种眼神，一丝希望，绝望地抱住幻想，其实连这幻想的意思都还不太明白，你刚才听到的是你从来没有真正听到的。

有几个人笑了，不过埃尔瓦不笑。她抬起另一只脚，没伤的那只，用拇指使劲掐，德国女人倒抽凉气，四下求助：她受到侵犯了，弄错脚了。她一脸惊骇，但极力抑制自己，就像一个来访的公爵夫人，知道不管有多疼，不管多么难受，也不能公开破坏当地的规矩。

埃尔瓦抠得更用力，她现在沾沾自喜，她有听众，所以自得其乐。"你抽筋了，"她说，"我要舒缓你的筋，血就可以把毒带走。"

"我才不让她靠近我，"洛拉说，"她的拇指像铁锤，她一看见你，就可以搞断你的腰。她说她百病可治，不过我宁可病着，多谢了。"

一声清晰的噼啪声。是跟腱，雷妮想。德国女人面部扭曲，眼睛眯起，她决心保持尊严，坚持不喊叫，不呻吟。"你听到那些筋在叫喊吗？"埃尔瓦说，"那是毒气在里面流动。你觉得轻松些了吗？"

"没有房间，"洛拉对雷妮说，"全住满了，现在是选举。"

"要不我打电话到其他旅馆问问看。"雷妮说，一边仍盯着埃尔瓦。

"打电话？"洛拉说。"其他旅馆？"她轻笑一下。

"没有其他旅馆了吗？"雷妮问。

"以前有，"洛拉说，"不过现在都关门了。有一家为当地人开的旅馆，不过我可不想住在那里。姑娘会被大大地误解。我帮你去试试别的地方。"

"已经被控制了，"埃尔瓦对旁观者说，"这是独门手艺，是从我奶奶那里学到的，我小的时候她就教我了，是她传给我的。你感到这肿块了吗？"

德国女人点点头，她仍在畏缩，但已经好些了。

"你小时候，你妈妈揍过你，"埃尔瓦说，"当时你太小，记不得了。淤血沉淀，积成肿块。现在必须把它除掉，要不毒气会化成毒瘤。"她又用两个拇指一齐掐下去。"你年轻，所以觉得疼，现在冒出来了。"

"老骗子，"洛拉说，"让她有机会在游客面前显两手，就高兴得命都不要。他们哪怕不相信她，也要装得相信。反正这里没有医生，他们根本就没有什么选择。如果你扭伤了脚踝，要么找她，要么没人医治。"

"我想这差不多了吧。"另一个德国女人说。她在一旁转来转去，有如一个焦心的母亲。

埃尔瓦轻蔑地看了看她。"做完了我会说的。"她说。那只脚在她手里有如橡皮擦，弯来弯去，嘎嘎作响。

"好了，"埃尔瓦往后坐到脚跟上。"走走看。"

德国女人试探着把两只脚放在地上，站了起来。

"不痛了。"埃尔瓦扫了一眼人群，说。

第四部

德国女人笑了。"真是奇迹。"她说。

雷妮看着，想伸出自己的脚，即便自己的脚什么事也没有，即便这会疼，她也想知道这是什么样的感觉，想得到这双能创造奇迹的手的安抚。她希望不管自己碰到什么事，任何事，都能得到奇迹般的救治。

*　　*　　*

保罗站在厨房门口，一脸悠闲。雷妮看到了他，但决定不打招呼，反正他也过来了。

"还轻松吧？"他对雷妮说，"洛拉说你没有地方住？如果你喜欢的话，我有地方。"

"在船上？"雷妮怀疑地说。她应该先说谢谢的。

"我还有一间屋子，"保罗笑道，"两个卧室，两张床。"

雷妮不敢肯定那是什么样的屋子，不过心想这没什么大不了的。在这个世界上，房间至少还是房间。

"呃，"她说，"如果你觉得方便的话。"

"有什么不方便的呢？"保罗说。

他们穿过花园往回走，花园绿树成荫，鲜花繁艳，有酸橙、柠檬，还有一种果子，红橙色的外壳劈开，露出白色的内核，三颗硕大的黑籽犹如虫儿的眼睛。有很多花草雷妮叫不上名字。

第四部

花园后面有一堵五英尺高的石墙。保罗把她的相机包和另一个包举到头顶，自己爬上去，又伸手拉她，她抓住他的手，她不知道他们要去往何处。

*　　*　　*

雷妮和丹尼尔坐在丹尼尔的车子里，他们很少这样做。现在是晚上，这也不常见。天在下雨，这倒正常，他们每次见面，天好像总是在下雨。

他们刚刚共进晚餐，是晚餐，不是午饭。雷妮不知道丹尼尔还要做出什么奇怪的事情。

呃，怎么样？她对他说。不顾一切地拉一下手？来回换挡？

我知道，我不能给你很多，他说。

他一脸愁苦，她觉得自己应该表示同情，应该安慰他，应该告诉他一切都好。可她却说，你是对的，你是不能给我很多。

丹尼尔看看表，又看看窗外的雨，车辆来来往往，但街上没有行人。他搂住雷妮的肩膀，轻轻吻她的嘴，用指尖轻抚她的嘴唇。

我很喜欢你，他说。

一旦抵挡不住，雷妮说，漂亮话就会毁了你。

我知道我不善表达，丹尼尔说。雷妮不知道自己是不是该

216

相信这话。他又吻她，这次要用力得多。雷妮把头埋到他脖子旁，贴着衬衫的领子。他身上有衣服洗过的味道。这很安全，在车来车往的街上，他很难在一辆停着的车里脱下她的或自己的衣服。

不过她想他脱衣服，想躺在他身旁，抚摸他，让他也抚摸自己。那时她依然相信，抚摸有魔力，可以改变你，改变一切。她想看他躺着，闭上眼睛。她想看他，但不让他看，她想得到信任，想和他做爱，慢慢地做，想做很长时间。她喜欢高潮前的那一刻，那种无助的感觉，希望它持续几个小时，想打开他。然而，她之所在和她之所想有天壤之别，她难以忍受。

她抽开身子。我们回家吧，她说。

我不是不想做，他说，你知道的。

有那么一会儿，他像孩子一样抬起脸。他太可爱了，可爱得令人心疼。雷妮觉得自己心狠。他没有权利像那样恳求她，求得她的怜悯。她不是上帝，不必理解一切。这是件好事，因为她对这很快就越来越无法理解了。很快，她对一切都无法理解了。雷妮喜欢了解万事万物的名字，可这没有名字。

之后你做什么，她问，回家自慰？或者回家就到工作中去寻找刺激。别告诉我你没有，我知道你有。你有空时还干什么呢？

他把手轻轻地放在她脖子后面。你想做什么呢？他说，如果你真的想，我们找家旅馆。我只能待一个小时，我只有一个小时，然后又怎么样呢？这就是爱吗？这就是你想要的一切吗？

不，雷妮说。通常她想要一切，不过总是供货不足。

我不擅长做那种事，丹尼尔说。为此我会不喜欢你，我不想那样。我关心你，关心发生在你身上的事情。我觉得作为你的医生，我可以为你做得更多。这个我比较擅长。他低头看手，那双手正搭在方向盘上。

干吗不是两样都行呢？雷妮说。

我就是这样的人，丹尼尔说，有些事情我就是做不来。

雷妮顿时觉得，丹尼尔真像格里斯伍德的人，不是它过去是什么样，而是它可能会是什么样。他们说一个体面的正派人，总有一系列事情是不能做的，这是平常人的庄重。这种看法没能让她高兴起来。他是正常人，她爱他就是因为这个，这再正常不过。如果这样都不行，那你该做个什么样的人呢。他的谋生方式的确是割下别人身上的器官，一旦他们要死了，就拍拍他们的肩膀。他那双手具有双重功能，不过没人觉得这不正常。他是一个好人，是一道难解之谜。雷妮想知道这是为什么，也许只是习惯所致。

你相信什么？她问他。我是说，是什么东西让你浑身发痒？是什么让你早上起床？你怎么知道哪些事你能做，哪些事不能做？别告诉我这是上帝的意思。也许你有了工作，于是在工作的刺激中知道这些事情的。说出这些话，她觉得像是在唱歌，不过丹尼尔很认真。

我不知道，丹尼尔说，我从来没多想这个。

雷妮觉得浑身发冷，觉得她要死了，丹尼尔知道这一点，却不告诉她。她现在就看出来，在旅馆房间里和他做爱没什么用。两人进去，关门，脱掉湿润的大衣，他坐在床边，她看他低头解鞋带，一副尽职尽责的样子；她可受不了，这太悲哀了。她会说，你不必这样。她会拉着他的双手哭啊，哭啊。

她不再指望丹尼尔来拯救自己的生命。她不再指望丹尼尔，不要指望任何事，这或许才是正确的。

我们回家吧，她说。

*　　*　　*

雷妮躺在床上，躺在他们的床上，浑身僵直，等着杰克从浴室里出来。他们已经谈够了。事实是，她也不知道为什么，就是不想让他碰自己，而他也不是真想碰她，只是不承认而已。

你得试一试，他说，你都不让我试。

你说话就像可以试一试的小马达，她说，我想我能，我知道我能。

你真是狠心，他说。

于是他们决定试一试。她站在敞开的衣柜前，不知道应该穿什么样的衣服去试一试，去面对一场考验，对力量的考验。

她想穿上衣服，也知道她必须穿衣服。这些日子她总是穿衣服上床，不想被人看见，看见她那个样子：受损，切除。

有一次，他送给她一条紫色的连衣裙，按扣装在胯部，是顶级的哥伦比亚料子，很贵。在做爱的关键时刻，两人都解不开扣子，他们搂在一起，滚啊，笑啊，差点翻下床。性感内衣到此为止吧，她说。

她决定穿那件黑色的套装，那是他不久前刚送她的。如果他愿意的话，上面可以露出一部分。她点着几根蜡烛，躺到床上，抬起一个膝盖，动了动身子，感觉不好。

她努力去想是丹尼尔躺在自己身边，希望这样感觉会好些，会放松些。可她做不到。脱了衣服，她就没法想他，只会想到他的手，手指细细的，手背有长期形成的黑斑。在中世纪，人们能绘出灵魂的样子，那是正在离开躯体的灵魂。人们争论了很久，人活着的时候，灵魂到底待在身体的哪一部分。对丹尼尔来说，这是显而易见的：他的灵魂就在他手里。砍掉他的手，他就成了僵尸。

她思忖，他们不让我碰一个男人，而我又不让另一个男人碰我。我可以就此写一篇文章，叫《有创意的独身生活》，《节欲，就要来了》，除非已经做到。下一个该到什么了？升华？制陶业？献身于高尚的事业？

约卡丝塔会建议她自慰，这曾经也有可能成为未来的时尚。

听着，如果其他都不管用了，就用手指来走路吧。不过她对自慰没兴趣，这就像自言自语或记日记。对记日记的女人，她总是觉得不可思议，她已经知道自己想说什么，不可能的事情只能由别人说去。

杰克从浴室里出来，蓝色浴巾塞到腰间。他坐到她身边的床上，轻轻吻她的嘴唇。

我想灭掉蜡烛，她说。

不，他说，亮着吧，我想看你。

为什么？她问。

你让我兴奋，他说。

她没回答。他的手顺着她的右腿往上走，走过肚子，往左腿而下，滑过弯曲的膝盖。然后再来一次，把黑衣服褪下，他没有摸腰以上的部位。顺序颠倒的高中生，雷妮想。他的手伸到她两腿之间，低头吻她的肚脐。

我们要不要来点大麻？他说。

让我放松吗？她问。她的脑袋高高靠在枕头上，她看着他，觉得自己两眼放光，就像一头邪恶的小动物，鼬鼠或老鼠。红色，聪明，小脸尖尖，门牙细小。走投无路，卑鄙无耻。

是的，他说。他把茶罐拿进来，打开，卷起一根大麻，点着，递给她。我爱你，他说，但你不能相信。

相信和幻觉有什么区别呢？她说，也许你就是认为你应该相信，也许我让你觉得内疚。你总对我说，对犹太人母亲来说，内疚感是很严重的。

你不是我妈，他说，这也是万幸。

我怎么可能是呢？她说，我不是犹太人。

没有谁是完美的，他说，你是我的金发非犹太妞。我们都不得不至少有一个母亲，这是必须的。

所以我才成了你妈，雷妮说，我想这就是我的身份危机。知道你是谁，这很好，可我算不上金发。

反正是金边证券[1]，杰克说。

是双关语吗？雷妮说。

别问我，杰克说，我是真的文盲，并为此感到自豪。

可你还是挺起来，还有高潮呢，雷妮说。

尽可能经常吧，杰克说，你看我们是不是把这个配上音乐？

这可不是四十年代的电影，雷妮说。

你可以让我觉得是啊，杰克说。

雷妮觉得自己就要哭了。她无法忍受他努力假装一切和从前一样，无法忍受自己还帮着他一同伪装。她想说，我要死了，可这只会换来一笑，反正她那时看起来不像是要死的样子。

杰克开始摩挲她的左大腿，慢慢往上，又往下。你不舒服

1　有金边的证券意指优质、高度可靠。

吧，他说，我觉得你不想让我这样做。

她在看着他，但不知道如何帮他。我不能相信他爱我，她想。为什么呢？这些话一次一句地进到她脑海里，好像是别人说的。她看到这些句子逐渐形成，升起，迸裂。它们是强壮的青草。

你不必要求自己十全十美，他说。

他弯下身子，又吻她。他用胳膊肘撑住自己，没有碰到她。她想，他这样做是为了我，不是为了他，他不愿这样做。

他抬起她的身子，褪下黑色的缎纹内裤，把嘴凑上去。

我不想这样，她说，我不想要施舍，我想要你进来。

杰克停了一下，抬起她的胳膊，抓住手腕，放到头顶。那就搏斗吧，他说，告诉我你想要。这是他的游戏，诸多游戏中的一个，曾经也是她的游戏，现在她却做不出来。她没有动，他放开她，低下头，脸贴上她的肩膀，身体却软了下来。见鬼，他说。他需要相信她仍然是可以开启的，仍可以搏斗，游戏，勇敢地抵抗他。看到她如此脆弱，他受不了。

雷妮知道，他害怕她，她带着死亡之吻，那标记清晰可见。死亡已经寄生在她身上，她是载体，它会传染。她躺在那里，他的脸贴着她的脖子，她在想一句话，生活不过是另一种通过性传播的社会疾病。有一次，她写一篇关于涂鸦的稿子，在男厕所看到了这句话。她没有怪他。他为什么要和她呆在一起，吊死在她这棵树上呢？

过了一会儿，他抬起头。对不起，他说。

对不起，雷妮说。她等着。你和别人有一腿，是不是？

这不重要，杰克说。

你是不是对别人这样说我？雷妮说，对她这样说我？

听着，杰克说，要么是这样，要么是一块暖暖的湿抹布。你不让我碰你。

碰，雷妮说。就是碰一碰吗？碰有那么重要吗？除了它，就没有别的吗？

她抚摸他的脖子，想着灵魂以何种语言离开身体，它就像中世纪的绘画那样，涡卷一般飘走。

哦求你了。

*　　*　　*

他们上坡，朝腹地走。雷妮想说点不带感情色彩的事情。他帮她拿相机包和另一个包。这是最少的东西了，不过，她还是不应该带这么多。

现在大约五点半，沥青路有些热，但不太热，树木投下阴影。小屋子离大路有一段距离，人们坐在门廊上，女人穿印花衣服，年纪大一些的戴帽子，保罗朝他们点头，他们也点头，没有盯着他俩看，不过在看，在观察。一群姑娘往坡下走，大约十五六岁，有些扎着蝴蝶结，有些头上插着花，头发则挽起扎紧。她们看上去出奇地老土，像是穿着节日服装。她们在唱歌，和谐的三重唱，是圣歌。雷妮心想，她们是不是去教堂做礼拜。

"就在这上面。"保罗说。房子和其他房子一样是水泥的，只稍大一点，刷成了浅绿色，房子底部腾空用许多立柱撑着，下面放着雨水储存箱，坡上用石头砌了一个花园，种着仙人掌和看上去像是橡胶的植物，不过，园门口的灌木快要死了，密密麻麻的黄色藤蔓罩在上面，如大网，如发丝。

"看到那个了吗？"保罗说，"在这里，人们如果不喜欢谁，就把那个弄碎，丢到他的花园里。它会疯长，闷死所有的植物。他们管它叫爱藤。"

"这里有人不喜欢你吗？"雷妮说。

"很难相信有谁不喜欢我哟。"他说着，朝她咧嘴笑了。

屋里干净，太干净了，好像没人住似的。家具仿佛没用过，木头镶边的椅子雷妮在海滩酒吧里见过，在一张这样的椅子旁有一个三脚架，上面有一副望远镜。

"你在看什么？"雷妮问。

"星星。"保罗说。

沙发后面的墙上挂着地图，对面的墙上也挂一幅地图，一个岛屿接着一个岛屿，航海图，探测的地方一一标出。墙上没有照片。厨房在开放式的餐台后面，有一个灶台，一个冰箱，井井有条。保罗从冰箱里拿出冰块，弄了两杯酸橙朗姆酒。雷妮看了看地图，然后穿过双开门，外面是门廊，有一张吊床，她倚在栏杆上，目光扫过马路，看到树林，海港。夕阳西下，一如平常。

床铺得很专业，床单的边角是标准的医院铺叠法。雷妮思忖，他是在哪里学到的，还是有人为他叠的。也许这是空房间，这里够空的。虽然没人和他住在一起，床上却有两个枕头。他解开蚊帐，罩住床。"怎么样，我们吃饭去吧。"他说。

雷妮穿的是白衬衫，裙子也是白色的。她不知道应该先脱哪一样。会发生什么呢？也许脱掉什么都没关系，也许她应该主动提出去睡另一张床。他只说他有房间。

不过她害怕，害怕失败。也许她应该公平，也许她应该警告他。她能说什么呢？我的身体不全在这里？我的身体有一部分没了？她甚至不必解释，失败是容易避免的，你只要走开便是。

接着，她意识到自己并不在乎，不在乎他怎么想她，如果她不愿意，可以不用再见到他。如果她不愿意，谁都可以不见。她一直想抽点大麻，他是干这一行的，肯定有。她想，大麻会有帮助，会让她放松下来，不过她并不需要，她已经觉得轻飘飘的了，一片虚空，像是死过，去了天堂，现在回来把肉身销掉，没什么可担心的，没什么能碰到她。她是游客，刀枪不入。

他站在她面前，在半明半暗的灯光中，浅笑着，看着她，看她会怎么做。

"我以为你不想那样。"他说。

他没有碰她。她解开衬衫纽扣，他在看，注意到了那道疤痕，没了的那部分，那是死神轻吻过的地方，一次预热的吻。他没有转移目光，也没有低头，他见过比她更有死相的人。

"我是幸运的。"她说，

他伸出双手，雷妮忘了以前是否有人碰过自己。没人能永生，谁说你能？有这么多必须行了，有这么多就够了。她现在打开了，她被打开了，有人把她往回拉，往下拉，她又回到肉身中，有一刹那的疼痛，这是一种表现，身体要拼命，要爆发，它在永久滑入最后的疾病和死亡之前最后一次拥抱这个世界。不过同时，她毕竟依然结实，她还在这个地球上，她心怀感激，他在抚摸她，她还可以被人抚摸。

第五部

杰克喜欢摁住她的双手，喜欢抓住她，不让她动弹。他喜欢那样，喜欢把性当作他能赢来的东西。有时，他真的弄痛了她。有一次，他用手臂卡住她的喉咙，弄得她真的透不过气来。危险令人兴奋，他说，承认这一点吧。两人都知道，这是一场游戏。如果不是游戏，如果她真是个漂亮的陌生人、一个女奴或他想要她假装成的什么人，他是绝不会这样做的，所以，她不必怕他。

　　手术前一个月，雷妮接到《面具》杂志社打来的电话。常务编辑基思认为，把色情文学当作艺术形式来写一篇稿子，肯定有意思。激进的女性杂志登了不少反色情的文章，不过基思认为，这些文章笔调沉重，一本正经，缺乏娱乐性。他想要一个女人来写作为艺术形式的色情文学，这样他们可以克服男性做同一工作时遇到的困难。雷妮想知道，他所说的"他们"指的是谁，可他语焉不详。他说，可以的话，结合女性的幻想生活来写，笔调要轻松。雷妮说，她觉得这个话题与男性的幻想生活关系更大，不过基思说，他想要女性的视角。

　　基思为她安排了一次采访，采访对象是一个雕塑家，他居住和工作的地方是一间仓库，离国王西街不远。他用真人大小的模特儿制作桌椅，这些模特儿就像商店里的模特儿，只是用材料来填塞关节，敷以灰泥，使之变得光滑。女人戴上半罩杯文胸，系一块兜裆，手脚着地，成了桌子，如果弄成坐姿，就成了椅子。有一张椅子是用女模特儿做的，她跪着，后背弯曲，手腕捆在大腿上，绳子和胳膊成了椅子的扶手，臀部是给人坐的。

这是一种视觉的双关语，雕塑家说。他叫弗兰克。他曾经制作过这样一座雕塑：一个女人被套上鼻笼，拉着狗拉的雪橇。作品名叫《危险的民族主义》。另外一座雕塑是一个裸体的人体模型，呈跪姿，绑在马桶边，齿间咬着一个杂务工，有如叼着一朵玫瑰。弗兰克说，这叫《分担任务》。

如果一个女人这样做，雷妮说，他们会管这叫刺耳的女权主义。

这是突破，弗兰克说，而且，我不仅仅对女人这样。他给她看另一个男性人体的雕塑：人物坐在旋转椅子里，穿着标准的蓝色细条纹西装。弗兰克在他脑袋上粘了九到十个塑料假阴茎，像辫子一样直直的，又像圣人头上的光环线。这部作品叫《克隆体的性感区》。

这会让人觉得无聊的，雷妮说，你的作品并没有真正让我兴奋起来。

它没有打算让你兴奋，弗兰克说，也不打算冒犯你。艺术是让人沉思的。艺术以社会要对付的问题为题材，使之人人可见，是吧？于是你能看到它。我是说，有主题，就有主题的变体。他们要是想看花卉画，那就去伊顿好了。

雷妮记得，《面具》给过她关于弗兰克的材料，里面就有这些观点。我想我明白你的看法了，她说。

我是说，弗兰克说，归根到底，我和萨尔瓦多·达利[1]又有什么区别呢？

我不知道，雷妮说。

如果你不喜欢我的东西，那你应该去看原材料，他说。

原材料，这是基思的另一个计划。基思说，市警察局有一堆收缴来的东西，叫"P计划"，P代表"色情[2]"，对公众开放。雷妮带上约卡丝塔，不是因为她自己一个人看不下去，她觉得自己什么都受得了。不过话说回来，即便自己受得了，这种事也不像是一个人能做得了的。一旦有人看见你从这种地方出来，就会对你产生误解。再说，这是约卡丝塔的爱好。怪异，人类的独创性，这是你应该强调的，基思说，无限的变化等等。

收缴来的东西存放在警局主大楼两间普通的房间里。首先引起雷妮注意的就是房间，它们如此普通：长方形，毫无特色，漆的是政府楼房常见的灰色。这种房间邮局里也可能有。领他

1　萨尔瓦多·达利（1904—1989），西班牙超现实主义画家，作品以色彩艳丽的风格和探索潜意识的意象著称。
2　P是英文单词 pornography（色情）的首字母。

们参观的警察是个新面孔，年轻，不过热情。他一直说，你们觉得有人这样做是为什么呢？你们觉得这是为什么呢？

雷妮见到了鞭子和橡皮工具，没有感到恶心，还做了笔记。"dildo[1]"的复数是什么？她问警察，s 前要不要加 e？警察说他不知道。雷妮想，也许和"番茄（tomatoes）"一样，要加 es。约卡丝塔说，这些东西看起来都像是医疗器械。她知道在英国，在性超市流行前，性虐待杂志只有花店偷偷卖过。那个警察说，他不太了解这一点。他打开柜子，拿出一样连警察都搞不清楚的东西。这是一台机器，像是小孩玩的地板磨光器，手柄上有一个模样普通的假阴茎。他接上墙上的电源，整个机器立刻在地板上跑来跑去，手柄迅速地上下跳动。

可这是做什么用呢？约卡丝塔好奇地问。

你和我想的一样，警察说。它太短，站着的人根本够不着，也没法坐到上面。反正，看它在屋里跑得那么欢，你是没法跟上它的。我们在这里私下打过赌，如果有谁能说出它是做什么用的，而且没吓着人或令人反胃，我们就给他一百元。

这大概是给非常好动的侏儒用的，约卡丝塔说。

也许是警察弄错了，雷妮说。也许它真的只是地板磨光器，只是手柄有点怪而已。你知道，接下来如果你突然跑到通用电气公司，就会看到会自动弹出的烤箱。

1 英语：假阴茎。

有百分之五十的致命事故发生在家里，现在我们知道为什么了，约卡丝塔说。

不过，那个警察不太喜欢看到她们笑，认为这不妥。他把她们领到第三间屋子，那里装了遮光帘和一台投影仪。他放一些短片给她们看：一个女人和一条狗，一个女人和一头猪，一个女人和一只猴子。雷妮不动声色地看着。有两部性与死的片子，女人被打扮成纳粹的男人扼死、棒击而死或被切掉乳头。不过雷妮认为这不可能是真的，那血是用番茄酱冒充的。

这是压轴戏，警察说。片子里是一个女人的骨盆，只是骨盆和大腿根。女人是个黑人，双腿微微张开，大腿间是平常的毛发，平常的隆起，粉中带紫，一动不动，然后，一个灰色的小东西出现了，湿湿的，从两腿间探出来，那是一只老鼠的脑袋。雷妮感到，这和她所想的现实有天壤之别。她想，如果这是我们还未了解的正常现象，那会怎样呢？

雷妮没等出房间就吐了，吐在那个警察的鞋子上。对不起，她说，不过他似乎并不在意，拍拍她的后背，仿佛她通过了什么考验似的，拉起她，领她走出阴暗的房间。他很有礼貌，没有低头看自己的鞋子。

看来你受了影响，他说，很多女性都有这种反应。这么看吧，它至少不是为变态人拍的。

你的脑袋得修理修理啦，约卡丝塔说。雷妮说，她们或许该走了。她感谢那位警察如此合作。他生她们的气，不是因为他的鞋子，而是因为约卡丝塔出言不逊。

这篇稿子我写不出来，雷妮对基思说。

为什么？他说，对她感到失望。

那不是我的强项，她说，我只能写和生活方式有关的东西。

也许这就是一种生活方式，他说。

雷妮坚持认为，如果不是万不得已，有些事情最好少知道。很多时候，懂得皮毛好过透彻了解。于是，她写了关于安哥拉羊毛衫的重新流行，另一篇是关于仿手工织品的。这缓解了她的难受。平常琐事同样大有说头。

此事过后几个星期，她都很难和杰克做爱，不喜欢他从背后突然抓住她，不喜欢被扔到床上，不喜欢被搂得动弹不得。她没法把这看作游戏。出于某种她怎么也说不清楚的原因，她现在觉得他把她看作敌人。求你别再那样做了，她说。至少这段时间别这样。她不想害怕男人，只想杰克告诉她，为什么她不必害怕男人。

我以为，只要你相信我，这没什么，他说，难道你不相信我吗？

不是你的问题，她说，我不是不相信你。

那是什么问题？他问。

我不知道，她说，近来我觉得自己被利用，不过确切地说不是被你利用。

利用你干什么？杰克问道。

雷妮想了想，说，做原材料。

稍后，她说，如果我的阴道里有一只老鼠，你会兴奋吗？

死的还是活的？杰克说。

是我还是老鼠？雷妮问。

呸，杰克说。你说话像我妈，总是担心床下的尘球。

真的不是，她说。

俗啊，他说，好了，别把我和那恶心的东西搅在一起，你是不是觉得我有点儿变态？你觉得大多数男人都变态？

雷妮说不是。

*　　*　　*

我是在迈阿密碰到保罗的，洛拉说，起初，他对我说他是搞房地产的。我和一个人一起去的迈阿密，那是在我和加里分手后。那时，只要周末有空，我就出去玩。那不是性，不管男人还碰不碰我，我都没法等闲视之。当时我就是这种想法。和加里在一起的感觉当然不怎么样，很像穿过一道旋转门，还没弄清楚是怎么回事，就进去或出来了。你打了个喷嚏，转眼就都结束了，只剩下洗床单。

第五部

也许我就是想这样的，也许我希望能做到拿得起放得下，也许我以为，如果我太喜欢，就会陷进去。我希望这样想，你滚吧，法利，你对我没什么用了。我只要想，就可以转过身，直接穿过那道门，遭到损失的只是你。我觉得你就是想让我这样对你。我看他们大多数人也不太喜欢这样。他们这样做，只因为应该如此。

我想，自己不过是想和一个人待在一起，晚上倒没什么，糟糕的是早上，我不喜欢早上醒来，身边一个人也没有。很快，你只想有人喜欢你，只想和某人一起吃早餐，一起去看电影什么的。我以前说过，只有两样东西是重要的：他好不好，他有没有钱。人好虽比有钱重要，不过可以把它从我这里拿走。在我看来，鱼和熊掌不可兼得，找不到好人，就找个有钱人。有时我说反过来也一样。好人或有钱人不是随便想找就能找到的，你知道吧？

起初，我以为保罗只是个好人。他不像很多男人那样抠门，他随和，不讨厌，你知道吧？后来我才断定他也有钱。这条船是他的，当时他只有一条船。他说，你干吗不在这里呆上几星期，晒晒太阳，放松放松，也没有理由不这么做嘛。一旦我到了这里，才发现找不到离开的理由了。就是在那时，我发现了他真正是干什么的。

我在船上干了一段时间。大多数船有两到三个船员和一个厨师，他们是包船走私的。如果不这样，那才怪呢，船员都会知道他是干什么的，他们跟着他，有佣金拿，他有自己信得过的人。我是厨师，我要是说在船上怎么做饭，你听了肯定受不了。这和在真正的厨房里做饭不一样，不过我还是干了。开始晕船晕得要死，恨不得连五脏六腑都吐出来，不过我想，要是逼不得已，你什么都能适应。一旦你来到大海中央，想离开船只有一条路，是不是？

这里有许多姑娘在船上工作，都是可靠的船，不过你很难真正知道那船是不是可靠的，你要学会不去打听他们在货舱里放什么东西。不管船主是谁，都期望你会与他同舟共济，如果你不想，随时可以下船。不过我从来没有和包租人干那种事，交易没包括这个。他们认为租了船，就租了船上的一切。我会告诉他们，我可以出售自己，但绝不会出租自己。多少钱？他们有一个说，玩屁眼儿。听上去就像性冲动的律师。你买不起的，我说。好笑，我觉得你便宜得要死，他说。也许我漂亮得要死，可不便宜，我说。我就像律师，你买到的是经历。

反正你得包租几次，也许一个月一次，这样你的吃饭问题就解决了。其余的时间我和保罗住，反正就是这么个意思。我们是睡在一张床上，不过他好像少了点什么，就像和某个人待在一起，可他并不在那里，你知道吗？他不在乎我做什么，我做什么他都觉得没问题，和其他男人做任何事都没问题，只要不打扰他。在他心底里，他根本不在乎。你知道当地人是怎么说他的吗？*只做买卖*。他们的意思是，只和魔鬼做买卖，不是指做生意。对不合群的人，他们就是这么说的。

就我看啊，真正能让他兴奋的事情只有危险。他偶尔会做这种危险十足的事情。

比如说吧，我到这里来两个月后，他就做了一件和马思东有关的事情。那是在马思东去美国之前。他和这个女人一起生活。有一天，他到家里来，碰到她和他的一个表弟睡在一起，我忘了是哪一个。如果你认真研究，大家最后都是表兄弟。

当然，马思东痛打了她一顿。如果他不狠揍她，其他男人会笑话他的，女人也会笑话他。使坏就要挨打，他们把这种事叫做使坏。不过他做得太过分，逼她脱光衣服。当然，他发现她干那事的时候，她也没穿多少衣服，然后给她盖上倒钩毛鬣豆。这东西像刺麻，如果你很讨厌一个人，就用这法子对付他。然后他把她绑在后院的一棵树上，就在蚂蚁窝旁边，蚂蚁是扎人的那种。他待在屋里，喝着朗姆酒，听她尖叫。他让她在那里呆了五个小时，最后，她全身肿得像个气球。很多人听见她叫喊，但没人打算去解开她，一来因为她名声不好，二来这是男女之事，他们觉得事不关己。

保罗听说了这件事，便走进后院，割断了绳子。你不能这样做。人人都等着看马思东有什么反应，可他什么也没做。从此他开始恨保罗。这件事后，他去美国参了军，他是这么说的。我希望他呆在那里别回来。

保罗不认识这女人。在我看来，他救她也不是因为人品高

尚，而是因为这件事危险，因为这样冒险有乐趣。如果你问我，
就是有点乐趣。你根本不知道他什么时候会惹上这种事，你洗
头，偶然往窗外看，也许他就在一棵该死的树上晃来晃去，就
像人猿泰山一样。这时候他就像个小孩子。他总是说，他知道
自己在做什么，不过我知道有一天他会玩火过头，惹火上身的。

我不再在他的船上工作，这是原因之一。他太爱冒险了。

那东西是用货船从哥伦比亚寄来的。对政府来说，那不过
是经济作物。没人能拿那些货船有什么办法，一旦它们出到公
海上，也没人能对付得了它们，除非抢劫。人们试过这个办法，
但已经不太安全，他们会反击。美国知道东西在那些船上，他
们什么都用卫星来跟踪，通过马达声追踪大船。这样他们就无
法进入美国。他们把东西弄到这里，到某个岛上，拆开，装上
快艇或私人飞机，这些办法现在用得更多了。他们把东西运到
迈阿密或都通过圣母岛转运出去。不仅仅是美国和古巴想控制
这里。第三股力量是暴民，他们花的钱更多。这种生意保证能
赚上几百万美元，这样他们才能在华盛顿请得起一流的说客，
不让他们进行相关的立法。谁都不想让这个合法化，这样你才
能在自家后院种这个东西，这样市场才会缺货。

埃利斯从没阻止过他们，他们收买了他。不过这种情况会
变的，他或许想占据有利地位。他只是在圣安托万的港口进行
了打击，但一些当地人偷偷在香蕉林后面进行交易，这种交易
还蔓延到捕鱼的拖捞船上。那只是中等规模的交易，大老板们

不想有任何竞争，埃利斯不想让农民自己进行交易，这样他会减少收入。我猜正是那些暴民促使埃利斯进行这些打击的，这样他可以自己按二比一进行转售。

开始他们只租用保罗的船，从这里向北运货到迈阿密，计件算钱。不过他后来亲自去那里，招买自己的人马。他琢磨，既然他自己可以搞批发和零售，何必要去当中间人。不过只有他统统不管，中央情报局，暴民，埃利斯和种种工作，这样做才说得通。不，谢谢，我说。我喜欢自己现在这个样子，不想冒险。只有墓坑是上帝给我的。我告诉他，我还是做游客的生意吧，他们相信我，因为我是白人，是女人，如果他为我买通几个当地的警察，我就做零售，不过绝不做其他的。

我退出的第二个理由是国王。我是在海滩酒吧碰到他的，那是一见钟情，这种情况以前从没发生过。我知道你会觉得这奇怪，因为他比我年轻很多，可事情就是这样。我不知道是怎么回事，也许是眼睛。他直率地看着你，你不由得相信他所说的一切都是真理。当然情况并非一向如此，不过他相信总是这样，他甚至相信共产主义那一套，他真的相信自己可以拯救世界。他不相信的东西，是不会告诉你的。他太可爱了，我就是会迷上这种人。

他不喜欢我和保罗一道在船上工作，他再也不想我和保罗还保持那种关系，他嫉妒得要死。我想这一点也让我着迷。他想全部占有我，不许任何别人染指。他想和我有个孩子，从前

第五部

我一点都不觉得孩子有多重要。

至于保罗，你知道他做什么？他和我握手，仅此而已。我以为自己会哭，没想到却笑了。我想，我们一直都是这样，和他睡觉，还有一切，再没有别的。握手。

＊　　＊　　＊

雷妮半夜醒来，保罗还在那里，她简直不敢相信。他甚至没睡，黑暗中的一个形体，在她上面，撑着肘关节，他在看她吗？

"是你吗？"她问。

"还会是谁呢？"他说。她不知道。她向他伸出手，他是实实在在的，没有走开。

一大早，雷妮听到窗外有咩咩的叫声，便起床去看：是一头山羊，就在屋子一旁，脖子系着链子，链子又系到石头上，这样它不会乱走。她希望它闭嘴。附近有两个男人正用弯刀砍灌木。是园丁。其中一个带着晶体管收音机，哼哼唧唧地播放赞美歌。保罗还在睡，他肯定习惯这样。她梦到床上还有另外一个男人，像是白人，穿着一只袜子或扎着绑带，扎在脑袋上。

等雷妮再次醒来，保罗不见了。她起床，穿上衣服，在屋

243

子里四处看了看，想找他。屋里没人，这可能是家汽车旅馆，里面空空如也，他没有留下脚印。她想到，她刚刚和一个男人过了夜，而她对这人一无所知。做这种事简直太不明智了。

她出门，门廊旁有一棵树，开满粉红的花朵，一群蜂鸟围着它。一切井井有条。阳光太刺眼，石头花园下面有条路，两个女人走在路上，其中一个头顶一根大树枝；树叶，还有蓝色的港口点缀着明信片上才有的船只，今天早上，整个景色连成一线，犹如一面薄纱，它有可能随时缓缓升入空中，露出后面的真相。

身后靠东的树丛后面有声音，凄凉而单调的嚎叫，是一个孩子在叫。这嚎叫没完没了，似乎这是一种自然的话语，几乎像呼吸一样自然。一个女人抬高嗓门，砰砰的击打声，孩子的嚎叫加大力度，但失去了节奏。

雷妮从那台望远镜看出去，望远镜对准了一个船坞。一个穿红色比基尼的女人扎进水里。望远镜倍数很高，连女人臀部上那一团肥肉和肚皮上的条纹都看到了。保罗是不是特别喜欢偷窥远处的肉体？当然不是，不过，望远镜赋予他偷窥的能力，可以看别人而不被别人看到。雷妮觉得尴尬，转过身去。她在吊床上晃来晃去，努力不去思考。她感到被抛弃了。

保罗还没有回来。她进屋，看看冰箱里有没有吃的，东西不多。冰盘里有小方冰块，一听浓缩牛奶，上面打有几个孔，一个小纸袋装满糖，几个发黄的酸橙，一大罐冰水，碗柜里有面条，一瓶朗姆酒，一袋咖啡，几袋特蕾袋泡茶，一听泰特-莱尔牌的金色果汁，一队蚂蚁围着瓶盖起伏。昨天他们没吃晚饭，她饿坏了。

合理的解释是，既然没有吃的，那么保罗就是出去弄吃的了。她希望他给她留了字条，可他好像不是爱留条的人。屋子空荡荡的。她又一次穿过客厅，这里连本书或杂志都没有，也许他把个人物品放到船上了。她走进卧室，朝壁橱看了看：两件衬衫，一支水下鱼枪，面罩和脚蹼，衣架上挂着折叠的牛仔裤。就这些了。

五斗橱里有几件T恤，叠放得整整齐齐，顶层抽屉的背面钉有两张照片，彩色快照，殖民地风格的白色房子，带双开门的车库，绿色的草坪，一个穿仿男式女衬衫的黄头发女人，笑时露出有点暴突的牙齿，头发剪短，贴着脑袋，没烫好的头发又冒了出来，两个小姑娘，一个金发，一个红中带褐，两个都用彩带扎起辫子，肯定是在过生日。母亲的手搭在她们肩上，阳光将阴影投射在她们的眼下，如此，她们虽在微笑，却难掩一丝失望，那是幽灵的失望。另一张照片有保罗，年轻得多，剪着小平头，但肯定是他，衬衫、领带和条纹笔直的裤子，眼睛下也有阴影。

雷妮觉得自己在偷窥，可她已经进来了，继续下去也无妨。这不是说她想借此打探到什么，她就是想了解一下，想找到某种东西，让保罗显得真实起来。她走进浴室，细细看了药柜。

药品的牌子平平常常：一瓶感冒退热片，高洁士牙膏，创可贴，滴露消毒液。没什么特别的。

还有一间卧室，或者她认为这是卧室，门关着，但没上锁：打开它和打开其他门一样容易。它是卧室，至少里面有张床，还有张桌子，上面有样东西，像是收音机，很复杂的那种，还有其他的设备，她说不上是什么。柜子里有一个大纸箱直立着，上面的地址给撕掉了，装满了泡沫垫，其他什么也没有。它看上去很眼熟。

屋里有人，正走过木地板。她感到，虽然保罗对她没有任何禁令，但自己还是闯入了禁区，被当场逮住。不过，在别人的家里东查西探总不是件好事。她走了出来，尽可能轻轻地关上门，幸好有条走廊，她不会被人看见。

不过，来人不是保罗，是洛拉。她穿着鲜艳的粉红衣服，双肩裸露。"喂，"她说，"我给你带来点东西。"她站在厨房的台子旁，从牛皮纸袋里拿出面包、黄油，一盒经过延长保质期处理的牛奶，甚至还有一听果酱。"他屋子里什么都没有，我煮点咖啡，好不好？"

她拿出电水壶、咖啡和糖。东西放在什么地方，她一清二楚。雷妮坐在木桌旁，看着她。她知道，对方对自己如此关心，想得如此周到，她应该心怀感激。然而，她却感到烦恼。这不是她的厨房，她也不住这儿，为什么看到洛拉表现得就像这里是她的家一样，自己会感到烦恼呢？洛拉怎么知道她会在这里？也许她并不知道，也许这只是她的习惯。

"保罗去哪里了？"洛拉问。

"不知道。"雷妮说。她处于守势：难道她不应该知道吗？难道他应该告诉她吗？

"他会露面的，"洛拉轻松道，"保罗就是这样，今天在这里，明天就不见了。"

洛拉拿来咖啡和两个杯子，放在桌子上。雷妮虽然饿得发慌，但不想提吃的，不想告诉洛拉自己没吃晚饭。她什么都不想告诉洛拉，希望洛拉消失，可她却坐了下来，不紧不慢地喝起咖啡。雷妮盯着她的手指，方正的指尖，指甲旁边是啃咬过的粗糙皮肤。

"如果我是你，就不会和保罗搅得太深。"她说。来了，雷妮想，为了我好，她要告诉我什么。依她的经验，人们为你好而跟你说的事情大都不是什么好事。

"为什么？"她说，尽可能露出不偏不倚的笑容。

"我不是说不行，"洛拉说，"见鬼，干嘛不行，这是个自由的国家，只是别搅得太深，就是这样。倒不是他和大多数人搅在一起。来得快，去得快。在这里，事情变化太快。"

雷妮不太清楚这番告诫是什么意思。她是警告她，要她离开，还是仅仅是警告而已？"我想你认识他很久了。"她说。

"够久的了。"洛拉说。

第五部

　　这时，屋外响起脚步声，一道阴影投射在前窗上。这次是保罗，他走上门廊，微笑着进了门，看到洛拉，眨了眨眼，不过笑容还在。

　　"我去买鸡蛋，"他对雷妮说，"你饿了吧？"他自豪地把一个棕色纸袋放在桌子上。

　　"这种时候你上哪里弄鸡蛋啊？"洛拉说，"鸡蛋还没出来呢。"她站起来，放下咖啡杯，雷妮希望她准备离开。

　　保罗咧嘴笑了。"我有关系。"他说。

*　　*　　*

　　保罗煎鸡蛋，煎得很好，没有太干，雷妮给他打了三星和四星之间。他们就着果酱和烤面包片吃鸡蛋。保罗说他有烤箱，不过要启动它，唯一的办法是用削皮刀让它短路。他说，一直想去弄台新的，不过新烤箱要走私进来，近来没有货。

　　吃过早餐，雷妮想自己应该主动去洗碗，因为早餐是保罗做的。"别想了，"保罗说，"会有人来洗的。"他拉起她的双手，让她踮起脚，吻她，他嘴里有黄油面包的味儿。然后，他领她进到卧室里，这一次，他脱下她的衣服，没有太匆忙，手也没有颤抖。她抓起他平钝的手指，那是实干家的手，引着他，他们移步上床，一切毫不费力。

　　雷妮几乎是马上达到了高潮，两人都汗淋淋的，痛快，放

248

肆，快乐，就像在温暖的泥里打滚，她大腿肌肉发痛。他停下来，继续，又停下，再继续，直到她再次高潮。他做爱娴熟，体贴，这是他的强项。也许对他来说，她不过是玩过就扔的性伙伴，一闪而过，也许两人都是一闪而过，过了就没了，洛拉是这样说的吗？不过，这样也行，总算有点什么，有总比没有好。

良久，他们才起来去洗澡，一起洗的。保罗用香皂给她擦背、擦胸时虽然体贴入微，但显得心不在焉，他在想别的事情。她抚摸他的身体，了解他，了解那些肌肉和凹处。她在寻找什么，寻找他身体里的他，在这可见的躯体下的另一个躯体，可找不到，此时此刻，他不在了。

保罗拽着雷妮的上臂，两人走进白色的光线中。她想问他，现在他们要做什么，可没有问，因为做什么都无所谓。顺其自然，约卡丝塔会这样说的，那就这样吧。她浑身慵懒，悠闲自得。未来，除了银行透支，还有其他事情，不过离现在似乎还很遥远。她知道，自己掉进了书里讲得最多的故事中，那就是度假时无缘无故和一个神秘的陌生人有了浪漫史。她的行为就像是老板的小秘，这肯定糟糕，因为对此她心安理得。只要她没爱上他，爱上的话那就不仅仅是小秘了，那是不能接受的。爱还是性？约卡丝塔会这么问，这次雷妮知道答案了。爱是一团乱麻，性是一根直线。她会说，是一根高质量的线。别使劲扯它。

他们往海边走去，沿着沙滩散步。现在他显得冷淡但友好，就像个导游。行囊的一部分。

"看到那栋楼了吗？"他指着一栋棚子一般的低矮建筑说。它是绿色的，有三个门。"几年前，它在当地引起了很多麻烦。埃利斯建的，本来是要发展旅游业的。"

"是干什么用的？"雷妮问道，她看不出这栋楼对旅游业能起到什么鼓励作用。

"现在他们用它来存放渔网，"保罗说，"它原来是厕所，公共厕所。男人、女人和游客都可以用。下船的游客如果想上厕所，这里就有。可这里的人觉得厕所不应该建在沙滩上，太公开，他们认为这不体面，便用石头填满里面，游客先干的。"他笑了。

"他们不喜欢游客吗？"雷妮问。

"这么说吧，"保罗说，"有了游客，物价会上涨。今年选举的一大议题是糖的价格。他们说糖价太高，人民买不起。"

"这无妨，糖对你不好。"雷妮说，她多少相信吃粗粮好。

"那要看你不得不吃的其他东西是什么。"保罗说。

* * *

海滩上乐声飘来，是木笛和鼓。一群人沿着沙滩一路走来，好像是游行。现在是上午，人们仍举着火把，火把是用浸透煤油的布缠到棍子上做的，雷妮闻出来了。孩子们尾随大人或围着他们，配着音乐的节奏蹦啊，跳啊，两个孩子拿着一面旗，那是旧床单做成的，上面写着和平之王：他为你而不是你为他工作。队伍前面是埃尔瓦，她扬起下巴，与其说在游行，还不如说在漫步。她一手拿着一个白色珐琅便壶，一手拿着一卷厕纸，高高举起，仿佛它们是战利品。

雷妮和保罗让到一边，让队伍过去。队伍的末尾是马思东，仍脚踏靴子，后跟陷到沙里，艰难行进。他看到他俩，但没认出来。

"那是什么意思？"雷妮问，"那卷厕纸。"

"是针对政府的，"保罗说，"选举后他们要上厕所。"

"不明白。"雷妮说。

"他们会吓得屁滚尿流，"保罗说，"大概是这个意思。"他又一次满足了她的愿望。

他们沿着沙滩朝城里的主干道走去。游行队伍现在也往回转。人们驻足观看，一辆车也停了下来，两个戴太阳镜的男人坐在前排，还有一个在后排，他穿黑色西装，像个殡仪员。

"司法部长。"保罗说。

保罗说，因为选举，许多店铺关了门。人们三五成群，到处聚集，传递酒瓶喝酒，阳光在酒瓶上闪烁。有些人朝保罗点头，但没朝雷妮点头，他们的注意力滑过她，在她周围打转，看见了她，但只从眼角扫视她。

两人走上山坡，进了一条偏街，嘈杂声持续不断。他们往北走，这声音变成一种颤动，没完没了的心跳。金属的声音，一种像马达的声音。

"发电厂，"保罗说，"用油发电，这是城里的贫民区。"

他们走进一家名叫"真品商场"的商店，保罗要了保鲜牛奶，那女人给他去拿。她约有四十五岁，双臂肌肉发达，脑袋小而光洁，头发用柠檬绿的塑料夹子卷起。她从柜台下面拿出一个棕色纸袋。"这是为你留的。"她说。

"鸡蛋。"保罗说。他付了钱，雷妮不敢相信这么贵。

"既然鸡蛋这么难买，"她说，"为什么没人建个养鸡场？"

"你得用船进饲料，"保罗说，"这里没有，这饲料比鸡蛋还贵。再说，鸡蛋是从美国进口的。"

"这和养鸡有什么关系？"雷妮说。保罗只是笑笑。

"他们抓到那个小偷了，"他们朝门口走去，那女人对保罗说，"警察今天把他带到船上。"

"那他就走运了。"保罗对她说。

"走运？"雷妮等他们来到商场外，问道。

"他还活着，"保罗说，"上个月他们抓到另一个人，在村里偷猪，他们连问都不问，直接打死。"

"警察呢？"雷妮说，"真可怕。"

"警察不可怕，"保罗说，"可怕的是被他偷了猪的人们。这个还算好，他只偷游客的东西，如果偷的是当地人，他们会踢爆他的脑袋，要不就把他扔进海里。在他们看来，偷窃比杀人还严重。"

"真不敢相信。"雷妮说。

"这么看吧，"保罗说，"如果你生自己女人的气，把她砍了，这可以理解。你可以说，这是激情犯罪，可要偷东西，你得事先计划。他们就是这样看的。"

"这很常见吗？"雷妮说。

"偷东西吗？"保罗说，"自从游客来后，才多了起来。"

"砍自己女人呢？"雷妮问。

"比你想的要少，"保罗说，"他们一般揍人或划个口子，不会砍人。"雷妮想到了烹调书。"开枪根本没有，和其他地方，比如底特律吧，不一样。"

"这是为什么？"雷妮对社会学颇感兴趣，问道。

保罗看了看她，仿佛她是一个迷人的傻村姑。他这样看她不是第一次了。"他们什么枪都没有。"他说。

*　　*　　*

雷妮坐在酸橙树海滩酒吧白色的椅子上，保罗把她留在这里，停泊在这里，隐藏在这里。他说，过几天他有一条船要进来，他有些事情要办。雷妮感到被忽视了。

他离开前问她，你需要什么东西吗？

大多数商店都关门了吧，她说。

是的，他说。

我要读的东西，她带着一丝恶意说。如果他有本事，就让他试试吧。

他听出来了。要什么特别的吗？

你觉得我喜欢什么就要什么，雷妮说。

这至少让他想着她。她坐在木桌旁，吃着烤奶酪三明治。还有什么比这更好的呢？有什么不对吗？她为什么想走，哪怕不是回家，反正就想离开？保罗不爱她，这就是为什么，可是想走应该与这个无关。

期望别太高，昨晚他说。

对什么期望太高？雷妮说。

对我，保罗说。他仍在微笑，还是那么镇定，可她不再觉得这令人宽慰。相反，她发现这是一种症状：他铁石心肠。他吻了吻她的前额，似乎她是个孩子，似乎在向她道晚安。

接下来你要告诉我，没有那么多可期待的，雷妮说，是吗？

也许是的，保罗说。

直到保罗告诉雷妮，不要期望过高，她才知道自己期望什么。现在，她的期待是那么广阔，感伤，飘忽，多彩，神秘，可笑。

我在这里干什么？雷妮想。我应该带上自己的身体，跑走。既然我不应该从另一个男人那里指望什么，那我就不再需要男人。

她是个游客，可以有多种选择，她总有地方可去。

＊　　＊　　＊

"请问打扰您吗？"这是声明，带着提问的力量。雷妮抬起头，是明诺博士，他穿着白色衬衫，领口敞开，手里掂着一杯咖啡。他没等她作答，就坐了下来。

"您在您美国朋友的家里还快乐吧？"他狡黠地说。

雷妮认为个人隐私应该受到保护，闻言不禁恼怒。"你怎么知道我在那里？"她问。她感到自己像是在男生体操馆的楼梯口和人亲吻，却被高中老师当场逮住。这种事情她从来不做。

明诺博士微笑，露出斜七歪八的牙齿。"人人都知道，"他说，"对不起，打扰您了，不过有些事情我现在必须告诉您，和您写的那篇文章有关。"

"哦是吧，"雷妮说，"好吧。"他该不会还相信她打算写这篇文章吧，现在不会，将来也不会。不过，他显然是相信的，他充满热情，信心十足。这是信仰所致。"我没带笔记本。"她说，越来越觉得自己在骗人。

"您会记得的,"明诺博士说,"请继续用午餐吧。"他连看都没看她,他在瞭望周围,看有什么人。"我们在关注选举的进行,我的朋友。"他说。

"已经开始了?"雷妮说。

"我不是指结果,"明诺博士说,"我是指这个政府的动作。埃利斯要赢了,我的朋友,不过,不是光明正大地赢,您明白吗?这就是我想让您说清楚的,那就是埃利斯将得不到人民的支持。"他的口吻一如平常那样有分寸,但雷妮知道,他一点不平静,他在暴怒。他坐在那里,瘦瘦的两只手互相搭着,放在木桌上,不过肌肉绷紧,像是在竭力控制自己,手不要动,不要抬起,不要挥击。

"投埃利斯票的人都是他买通的。首先,他们用风灾得来的外国援助款来买通人民,"他说,"这一点我可以证明给你看,我有证人,如果他们不怕站出来的话。他还把盖屋顶的材料、下水管和捐献的东西分发出去。在圣安托万,这种贿赂是有效的,不过在圣阿加莎这里,这一套不管用。在这里,人们从埃利斯那里拿钱,不过还是投票给我。他们觉得这个玩笑开得好。埃利斯知道这套把戏在圣阿加莎这里行不通,他知道人们支持我,于是便在投票人的名单上捣鬼。今天,支持我的人去投票,才发现自己的名字没有登记在册,连我的一些候选人也被撤下,人们无法按自己的意愿投票。'对不起,'埃利斯的人对他们说。'你不能投票。'你知道他用什么人来替代?死人,我的朋友。

投票人的名单上有一半是死人。这个政府是死人选出来的。"

"可他怎么能那样做呢？"雷妮说，"你的党在选举前没看名单吗？"

明诺博士露出他一贯的狡黠的笑容。"我的朋友，这里不是加拿大，"他说，"不是英国。在那些地方适用的规则在这里不适用。不过，我会做可爱的加拿大人会做的事情，我会走上法庭，挑战选举结果，要求重新选举，我会要求进行独立的调查。"他浅笑一下。"我的朋友，在这里和在那些地方一样，结果是一样的，什么都不会改变，只是在那里需要的时间长一点。"

"那您干吗还要劳这个神呢？"雷妮问。

"劳神？"明诺博士说。

"如果这里像您说的那样腐败，"雷妮说，"您干吗还要去做这些事情？"

明诺博士沉默。她的话对他有所触动。"我同意您说的，我做这些事也许不合逻辑，劳而无功，"他说，"可这就是为什么我要做。你做，因为人人都告诉你说这不可能成功，他们无法想象事情会改变。我有责任去考虑改变这一切。他们知道，哪怕有一个人这样想，对他们都是危险的，我的朋友，您明白吗？"他还要说什么，可从厨房门口那边传来尖叫声，在船坞工作的人们坐在桌边张望，站起来，那里已经聚集了一群人。

雷妮站起来，想看看是怎么回事。是洛拉，她一手搂着埃尔瓦，埃尔瓦紧闭双眼，无声地哭泣。她身上那件印有和平之王的 T 恤衫沾有红色的斑块，她脸上满是污痕，灰不溜秋，呈暗红色。

*　　*　　*

洛拉坐在桌前，抬起一条腿，脚踝搭在膝盖上，面前是一杯酸橙朗姆酒和一满杯冰块，一个白瓷盆里满是深红色的水。埃尔瓦坐在她身旁，双手搁在腿上，还在哭。洛拉正用一块从旅馆弄来的蓝色毛巾替她洗去鲜血。

"是不是该让她躺下来，"她对雷妮说，"你看怎么样？"

"老天，"雷妮说，"出了什么事？"

"我不太清楚，"洛拉说，"没看到，发生得太快了。一分钟前，国王还在投票站外面，和大家说话，接下来就是一片喊声，是两个拿枪的警察和司法部长，他们挤进来，开始殴打国王，不知道为什么。"

"他没事吧？"雷妮问。

"连这个我都不知道，"洛拉说，"不知道他去了哪里。他会露面的，一向如此。"

"她是发生了意外事故，被撞倒了，还是别的什么？"雷妮问。

"她？"洛拉说，"才不是，她掐司法部长的脖子，差点没把他掐死。他们用枪托敲她的脑袋，逼她放手。"

"我能帮什么忙吗？"雷妮问道。她觉得有点不舒服：白色水盆里的鲜血令她恶心。也许她可以去找创可贴，借此脱身。

"给我拿些烟来，"洛拉说，"在酒吧那边，本森-黑吉牌的。也许我们该把她送回家。"

"马思东，"埃尔瓦说，"总有一天我要杀了那小子。"

"什么？"洛拉说，"她说什么？"

"马思东惹起的，"埃尔瓦说。她不哭了，眼睛也睁开了，"我听见他说话，他骂司法部长，他干吗要那样做？"

"狗屁！"洛拉说，"马思东觉得人人都要为革命去死，他的革命，那是他的意思。为了让别人去死，他什么事都做得出。但愿他脱掉那双难看的牛仔靴，我敢说他睡觉都穿着。他从美国回来后，就当自己是上帝送给我们的礼物。他在那边参了军，人就变了。他看电影太多，现在以为自己是个英雄。如果国王当选了，马思东就是司法部长。见鬼，你能想象得到吗？"

"我觉得好些了。"埃尔瓦说。她从杯子里拿出冰块，抛到嘴里。

"她还在流血呢。"雷妮说，不过埃尔瓦已经稳步走开，像是什么事都没有。"你该陪她回去吧？"

洛拉耸耸肩。"你怎么知道她愿意我陪她呢？"她说，"她一向我行我素。等你到了她这个年纪，在这个地方，谁说什么你都不信。"

"她有地方去吗？"雷妮问道，"有人照顾她吗？"

"她有女儿,"洛拉说,"她有孙儿,不是她需要照顾,而是他们需要她照顾。在这个地方,当祖母的有做不完的事。"

旅馆的一个年轻女工出来,把盆子拿走。雷妮觉得稍好一点,因为没有真正的鲜血了。人们回到自己的座位,声音又变得正常起来,太阳照在港口的船舶上。洛拉拿到了烟,她点燃一支,从鼻孔里喷出烟雾,沮丧地长叹一声。

"整件事都是马思东的主意,"她说,"国王参加选举,他从没想过这是为自己。马思东对外宣称为上帝选举,要不有谁会投他的票呢?没人喜欢他,大家都喜欢国王,所以他不得不游说国王为他选举,而国王觉得马思东的屁股一片阳光灿烂,别人说什么他都不信。你有什么办法呢?"

"你觉得他能赢吗?"雷妮问。

"天,我希望不,"洛拉说,"我希望他输,希望他输得很惨,以后再也不要去想什么选举了,这样我们或许可以回到正常的生活。"

*　　*　　*

雷妮拖着沉重的脚步朝保罗的屋子走去,她还能去哪儿呢?她希望等她回去时,保罗能告诉她,她还有去处,可她没法提出这样的要求。她只是一个房客,一个客人而已。

路上没一处是阴凉的,沥青火烫,几乎要熔化了。在这个时候，没人坐在屋檐下，不过，雷妮还是感到有人在监视自己。上坡到一半，一群女学童赶上她，十到十二个人，有胖有瘦，都穿着沉重的黑裙和长袖白衬衫，头上扎着白色蝴蝶结，大都光着双脚。她们什么也不说，什么也不问，其中两个一边一个抓起她的手，其他的笑着，围着她打转，端详她的衣服、拖鞋、背包、头发。

"你住在这里吗？"她问其中一个，拉住她右手的那个。她大约六岁，雷妮只对她说话，她倒害起羞来，不过没有松手。

"你有一块钱吗？"左边的那个问她，可一个稍大的孩子制止她。"真不害臊。"她说。

"你们是表姐妹吗？"雷妮问。其中一个努力解释：她们中有些是姐妹，有些是表姐妹，其他的和一些人是表姐妹，和别的不是。"她和她同爸爸，不同妈妈。"她们来到保罗的门前，不等雷妮开口便放开她的手：她们已经知道她住在这里。她们看着她走上台阶，在她背后吃吃地笑。

雷妮没有钥匙，不过门没锁。保罗说，就在前不久，你还是绝对不用锁门的，而他还没有养成锁门的习惯。她走到吊床前，坐下，摇晃，打发时间。

半小时后，一个棕色皮肤的矮小女人走进门来，她穿绿色衣服，上面有黄色的大蝴蝶。她朝雷妮点点头，但不再理睬她。她擦桌子，洗碗碟，揩干，放好，擦干净炉面，打扫地板，然后走进卧室，拿出床单，来到屋子一侧的花园里，用一个红色的大塑料桶洗起来，是手洗的，水从水箱伸出的一个小水龙头流出来。她漂净床单，拧干，晾起，又消失在卧室中。整床，雷妮猜。她在吊床里拧过身来，看着。她应该大胆去做重要的事情，可她做不到，太不自在了，几乎能嗅到为做了爱和吃过饭的人打扫卫生是什么感觉。她感到自己多余，人人都看不见她，人人都看见她，在那里，有些东西是那么明显，但人人视而不见。女人从卧室里出来，拿着雷妮粉色的比基尼内衣裤，那是前天换下的。想必是要拿去洗。

"我来洗。"雷妮说。

女人轻蔑地斜瞟了她一眼，把衣服放在厨房的台柜上，又点点头，走下台阶，出门。

雷妮站起来，锁上门，为自己调了杯饮料，躺到床上，躺在蚊帐里，想打个盹，这时，有人碰了碰她的脖子。保罗，一个无名的陌生人。

*　　*　　*

在下雨，雨点重重地打在锡屋顶上，像有人在轻快地敲打大头钉，窗外硕大的叶子在风中摆动，有如在地板上拖拽厚重的布料。那里有什么东西松开了。

第五部

　　雷妮既满怀渴望，又情绪低落，似乎这是最后一次。这间空荡荡的屋子越来越让她想起车站，终点站，一个说再见的地方。保罗太温柔了，这是一个即将开赴前线的男人的温柔，一个迫不及待的男人，等着我，这话该是他说的。他自己倒没打算这样做，不过她不知道他要去哪里。他什么也没说。

　　"如果我是个高尚的人，"保罗说，"就该告诉你乘下班船去圣安托万，坐下一趟飞机去巴巴多斯，赶快回家。"

　　雷妮吻了吻他的耳畔，他的皮肤干燥，有咸味，耳际的头发已经灰白。"为什么要这样？"她说。

　　"这样安全些。"保罗说。

　　"对谁安全，你还是我？"雷妮说。她以为他在说他俩的关系，以为他要承认什么了，这让她高兴了些。

　　"你，"他说，"你牵涉太深，这对你不好。"

　　雷妮的吻停了下来。她想，牵涉太深。他朝她微笑，那双极蓝的眼睛俯视着她，她不知道要不要相信他的话。

　　"搭飞机去吧，女士。"他非常甜蜜地说。

　　"我不想回去。"雷妮说。

　　"我希望你走。"保罗说。

　　"你想甩掉我吗？"雷妮笑道，有些害怕。

　　"不是，"保罗说，"也许我只是犯傻，也许我希望自己做了一点好事。"

　　雷妮觉得自己可以拿主意，不需要别人来为她操心。无论是好事还是坏事，她绝不想受制于保罗。

她考虑过回去，坐掠地飞行的飞机去巴巴多斯，在雾气弥漫的机场候机，身边都是秘书一类的人，刚到的或转机的，孤独，满怀希望，怀着朦胧的希望，然后是单调的喷气式飞行，然后是机场，一条直线，枯燥无味。屋外会很冷，灰蒙蒙的，风中会有柴油味儿。在这里，人们脸庞平坦，开阔，而在那边，人们穿着冬衣，低头弓背，在人行道上急行，他们脸窄，面色苍白，塞进长长的鼻子里，鼻子就像老鼠的鼻子，谁都不会朝别人多看一眼。她还能指望什么呢？

*　　*　　*

杰克走过来，拎起他的外套、书和照片。楼下，他的新女士的车在等着，他自己的车出了故障。他没说那位新女士是否在车里，雷妮也没问。女士是他自己的用词，近来才用的。他没把雷妮叫做自己的女士。

他跑了几趟，上楼，下楼。雷妮坐在厨房的餐桌旁，喝着咖啡。炉灶上面的挂钩现在少了东西，罐子和煎锅没了，在墙上留下浅黄色的晕圈，模糊的油迹。从现在起，她得自己决定一日三餐吃什么，以前是杰克负责的，连什么时候轮到她做饭都是他决定的。他把各种各样的东西带回家：骨头、起皱的旧香肠、蒙着粉霉、还发臭的可怕奶酪，他坚持要她尝尝。生活是一部即兴作品，他说，挖掘你的潜力。

　　雷妮的潜力已经挖掘光了，没什么可剩的，不是为了杰克而被掏光的。他尴尬地站在门口，拿着一只深蓝色袜子，问她是否看见另一只。家庭生活的影子依然还在，犹如悬浮在阳光下的灰尘，一道挥之不去的气味。雷妮说她没看到袜子，他可以去浴室里找找，洗衣机后面。他走出去，她听到他在东翻西找。她不应该待在这里，而是走开，他们应该把两人的东西分开放。

　　她努力不去想那位新女士，嫉妒她是不对的。她不知道那位新女士长的什么样。对雷妮来说，她只是一个没有脑袋的躯体，穿黑色睡衣，或者没穿。在杰克看来，她自己或许也是这样。女人是什么，杰克曾说过，带着阴道的脑袋，或带着脑袋的阴道？这要看你从哪一头开始。他们都知道这是个玩笑。那位新女士在她面前伸展，一种未来，一个空间，一片空白，杰克投入其中，夜复一夜，就像当初投到她怀里一样，每次都如此极端，酷似大结局，似乎他在一头扎下悬崖。对这一点，她依然怀念。她不知道，把自己投入另一个人的怀抱，进入其身体，进入一片黑暗，会是什么样的感觉。女人做不到这一点，相反，只有黑暗投入到她们身上。雷妮无法把这一行为的急迫性和盲目性联系在一起。这对她来说也是急迫和盲目的，包括今天这样的结果，包括她坐在餐桌旁一动不动的扎眼姿势。

　　杰克又出现在门口，雷妮不想看他，她知道自己会看到什么，那是他看她时看到的东西：挫败。从前他们想如此大的失败是不可能的，现在成了现实。不过，既然他们已经不提挫败，挫败又从何而来呢？没有附加条件，没有承诺，他们是这么说的。那一直以来还有什么成功可言呢？

雷妮想告诉他拿绳子的男人的事情，耍个花招，因为这只会使他感到内疚，她就是这个目的。如果杰克看到自己出于玩笑而臆造出来的幻想变成了现实，在光天化日下游荡，咆哮，爬来爬去，他会怎么想呢？他说他知道游戏和真相的区别。一种是欲望，一种是需要。她却混淆二者。

雷妮什么也不说，也没站起来搂住杰克的脖子，也没和他握手。她不想要怜悯，于是什么也不做，只是坐在那里，双手紧握咖啡杯，似乎那是裸露的眼窝，强大的电流，她无法动弹。这是自由吗，是悲伤吗？他们变成了什么，两具死亡的躯体，没有了欲望，没有了需要，你还能做什么，她应该怎么想，还有什么事是能做的？她绞紧双手，试图平静下来。她想到外婆，也像这样绞紧双手，低头对着沉闷无趣的圣诞节火鸡，祈祷。

好好过，杰克说，这就是全部的问题。他无法承认她没有好好过。带着伤痛去玩游戏，没有乐趣。不仅了无乐趣，而且颇不公平。

*　　*　　*

杰克走了，永远地走了。第二天早上，雷妮没有起床，这

266

似乎没什么意义。她躺在床上，想着丹尼尔。的确，丹尼尔是她的幻想：是缺乏幻想的幻想，是正常人的幻想。想起丹尼尔，她心有所慰，就像小孩吸吮拇指一样。她想着他早上醒来，翻过身，关上闹钟，和怀孕的妻子做爱，她不去想他妻子的长相。他做爱细心，体贴，不过有些匆忙，因为是早上，他还有事情要做，他妻子没有达到高潮，不过对此两人都习惯了，他们仍然相爱。等改天丹尼尔时间充足些，她会达到高潮的。他洗澡，喝上一杯咖啡，黑咖啡，不加糖，他妻子把咖啡递进浴室，在他刮胡子时看了看镜子，她看他的时候，根本什么都没看见。丹尼尔穿上衣服，穿的是那些平常的衣服，系上鞋带。

下午三点，雷妮打电话给办公室里的丹尼尔，她认为他会在那儿。她把自己的电话号码留给护士：说事情紧急。以前她从没这样干过。她知道自己在耍花招，不过想到丹尼尔，不管她的家乡习俗留给她什么样耍花招的本事，她都能使出来。丹尼尔的指甲如此干净，耳朵粉得可爱，他太好了。

十五分钟后，丹尼尔回电话，雷妮竭力想给他留下这样的印象：有人想自杀。她没有明确说出来，她做不到，不过她知道，自己能引诱丹尼尔的唯一办法就是给他一个英雄救美的机会。她在哭，这倒是真的。

她希望丹尼尔握住自己的手，轻拍后背，安慰她，和她在一起。他就擅长这个，至于其他事情，她已经不抱希望。她穿上衣服，整理床，刷牙，梳头，至少到此为止她要做个好孩子。

等丹尼尔来了，会奖励她一颗金色小星星的。

他敲门，她开门，他就在那里，可她看到的不是往日她熟悉的丹尼尔。生气和害怕，还有别的，一种需要，但不是欲望。她做得过火了。

别再这样做了，他说，到此为止。

她觉得，他知道她是什么心思。运气不够好。

过了一会儿，雷妮躺在自己的床上，床多少整理过了，丹尼尔正在穿鞋。她能看到他脑袋的侧面，弯着的腰。事实是，他的确需要从她这里得到什么，这她既不相信，也无法原谅。她一直指望他不是这样的人：她才应该是那个急需帮助的人，而不是反过来。他为自己感到羞愧，这是她最不愿看到的。她觉得自己像是丹尼尔的假期，可他认为自己是无权度假的。她觉得自己像是一根被攥在手里的稻草，觉得他正在下沉。她觉得自己被强奸了。

终点就是这个意思，她想，适应它吧。

* * *

两人做完爱后，雷妮系上毛巾，来到厨房，那里有一条沙色的蜥蜴，大大的黑眼睛，正在追捕蚂蚁，它们排着队朝碗橱爬去，那里有金黄色的果子露。雷妮吃了三片夹果酱的面包，喝了半品脱的保鲜牛奶。保罗说，在这里有些人认为，纸箱上写着"长期保质",那么你喝了,身体就能长期保质。

她回到卧室,跨过在地板上乱成一堆的衣服。保罗躺在床上,手枕脑后,两腿叉开,看着天花板。雷妮钻进蚊帐里,蜷缩在他身边。她舔着他肚子的凹处,潮湿,有咸味,但他一点都不怕痒。她又抚摸他,揉着,他眨眨眼,浅浅一笑。他的胸毛是灰色的,雷妮看到这成熟的标志,颇感安慰:看来人人都会变化,变老,萎缩,不过在某种程度上说,这不是衰败,而是过去,是时间给他染上了岁月的色彩。

她想听他说说他妻子。肯定有妻子,这样的房屋,这样的草坪,这样的衬衣式连衣裙不可能是别人。不过她不想承认自己翻过衣橱。

"你结过婚吗?"她问。

"结过。"保罗说。他没有转移话题,于是雷妮继续问。"出什么事了?"

保罗微笑。"她不喜欢我的生活方式,"他说,"她说这里没有安全保障,她不是指经济上的。到过远东后,我想回去,安定下来,可一旦你日复一日地那样生活,有人把你敲成碎片,你也懵然不知。这种生活似乎是假的,你无法相信它。我就是不喜欢为了过冬而调试汽车,也不喜欢诸如此类的事情。甚至对我的孩子,我也不太感兴趣。"

"看来你是个危险的怪物,"雷妮说,"所以你贩毒?"

保罗微笑。"也许吧,"他说,"也许是因为钱吧。贩毒比搞房地产赚钱，是美国的第二大进口商品，最大的是石油。不过我不会去冒不必要的险。"他抓起她的手，往身下移，闭上眼睛。"所以，我还活着。"

"你经常梦见什么？"过了一会儿，雷妮问。她想知道，这有些危险，因为这意味着她感兴趣。

保罗等了一下才回答。"不太多，"他终于开了口，"我想我已经不再做梦了，也不再有时间做梦。"

"人人都做梦，"雷妮说，"为什么男人总不愿说出自己梦见什么呢？"

保罗转过头来看她，笑容仍在，不过紧绷了起来。"这就是为什么我不能去美国做生意，"他说，"等我回到那里，女人们都这么说话，一开口总是：为什么男人总不能。"

雷妮感到自己遭到了误解，受到了责备。"这样说有什么不对吗？"她说，"也许我们真想知道。"

"这样说没什么问题，"保罗说，"她们想这样说，尽可以这样说，但没有法律规定我要听。"

雷妮继续抚摸他，但受到了伤害。"我问了，对不起。"她说。

保罗把一只手放到她身上。"我不是对女人有什么意见。"他说。雷妮在心里补了一句：只要她们安分守己就行。"只是这么多年来，你看着人不断死去，女人，孩子，男人，每个人，因为挨饿，或因为他们抱怨挨饿，有人就杀了他们，你就没有时间去想一大群健康的女人坐在一起争论要不要刮掉腿毛。"

雷妮被打败了，于是撤退。"那都是多年前了，"她说，"他们现在已经谈别的问题了。"

"我就是这个意思，"保罗说，"问题。我曾经相信问题。我第一次去到那边，我相信人们要我相信的所有问题。民主，自由，一整套鬼话。在很多地方，这些诡计不太灵，没人知道该怎么办，你什么都不能指望，没有一样东西是永恒的，许多东西都是暂时的，问题不过是借口。"

"为什么？"雷妮问。她的手还放在他身上，但停止了抚摸。

"除掉你不喜欢的人，"保罗说，"只两种人：有权的和没权的。有时他们交换位置，如此而已。"

"你属于哪一类？"雷妮问。

"我吃得好，所以肯定是有权的，"保罗说着，咧嘴笑了，"不过我是独立经营，自由职业者，像你一样。"

"你没把我的话当真，是不是？"雷妮悲伤地说。她想要他真心谈话，谈他自己。

"别开这样的头，"保罗说，"你在度假呢。"他翻身压住她。"等你回家了，我就把你当真了。"

从前，雷妮是能预测男人的。她能准确说出某个男人在某个时间里会做什么。那时，她知晓这一点，满有把握，自己只需等着，然后他就做了。从前，她认为自己知道大多数男人是什么样子的，他们会对自己有何反应。她曾经认为，大多数男人都会这样，现在她没了把握，不再预测下一步会发生什么。

她张开双臂，搂住他。她要再试一下，也许这样能知道得多一些。

*　　*　　*

保罗从冰箱里拿出两条鱼，一条鲜红，一条蓝绿相间，有着鹦鹉一般的喙。他蹲在花园里的水龙头旁，用一把黑柄大刀清理鱼。雷妮躺在吊床里，闻到了鱼的气味，不是她喜欢的气味，这让她想起自己还没去过当地的海滩。她希望躺在沙子里，让阳光冲洗自己的头脑，把一切都冲走，只留下白色的光。不过，她知道这样做的后果：头痛，皮肤就像文火炖出的洋李干。她竟然只穿着短裤。

一条藤蔓爬过门廊，硕大的奶油色花朵如杯子一样，如梦如幻。两只蓝绿相间的蜥蜴站在门廊的栏杆上，注视着她。下面的马路没人。

保罗把鱼放在门廊上，爬上附近的一棵树，摘下一个木瓜。雷妮看着，不由想起童子军，接下来他或许会向你炫耀他打结的本事。

太阳下山，步伐很快，天渐黑，雷妮进到屋里，保罗正在煮鱼，用洋葱和一点水来煮，他不要她帮忙。

第五部

　　他们面对面坐在木桌前，雷妮把大半鱼肉都给他。他甚至
还点了蜡烛，一只绿色的大蝉站在一支蜡烛上，刚刚开始唱歌。
保罗把它拎起来，它在挣扎，被扔出了门外。

　　"这么说，你认为我是中央情报局的。"他又坐下，说。

　　雷妮与其说尴尬，不如说吃惊。对此她还没有准备，她放
下叉子。"我想是洛拉告诉你的吧。"她说。

　　保罗在拿她开心。"说来也巧，"他说，"我们也认为你是情
报局的。"

　　"什么？"雷妮说，"你们肯定疯了！"这次不是吃惊，而是
愤怒。

　　"从我们的角度来看吧，"保罗说，"你得承认，这里是合适
的前线，旅游文章，相机。这种地方一般写不出什么旅游文章。
你联系的第一个人恰好又最有可能在选举中击败政府，就是明
诺。看在眼里的人都不会管这叫巧合。"

　　"可我不认识他啊。"雷妮说。

　　"我只是告诉你事情看上去是什么样子的，"保罗说，"找到
谁是中央情报局特工，这是当地的一个游戏，人人都在玩。卡
斯特罗喜欢让游客充当特工，现在什么人都在如法炮制，而中
央情报局喜欢用非美国人当特工，当地人和外国人，这样更容
易隐蔽。我们知道他们另外派了人进来，肯定已经到了这里。
这里总有一两个这样的人，干我这一行的就想知道是谁。"

　　"这么说，艾博特夫妇至少不是吧，"雷妮说，"我觉得不

是，他们太老，人也和善。"

"事实上，就是他们，"保罗说，"不过他们已经被召回。下一个要来的会更加活跃，可能是任何人。"

"可我，"雷妮说，"得了吧！"

"我们得查清楚。"保罗说。

"谁是我们？"她说，"是洛拉吧。"事情变得清楚了。她差不多是一下飞机就被他们选中了。先是保罗在旅馆的餐厅里，那不过是眉目传情，接着是第二天与洛拉在珊瑚船上相遇。两人轮流监视她，肯定还有人一直跟踪她，向他们报告，让他们了解她的行踪。

"洛拉随叫随到。"保罗说。

"谁搜查了我的房间？"雷妮问。不可能是他，他当时正在漂木镇和自己共进晚餐。

"有人搜查你的房间？"保罗问。雷妮搞不清他的惊讶是真是假。

"什么都翻了，"她说，"包括那个箱子，放在你那间没人住的卧室里。"

"我不知道是谁，"保罗说，"不过我倒是想知道是谁。"

"既然你们怀疑我是情报局的，为什么让我去领那个箱子？"雷妮问。

"首先，"保罗说，"他们对毒品生意不太关心，他们只想知道你是干吗的，这样可以利用你为他们服务。除此之外，他们什么都不关心。警察才在意这种事情，不过在机场逡巡的那些警察又是另外一回事。他们见洛拉太多次了，这是我们处理的第六个箱子。我们需要另外的人，我不想去，用一个女人总会好些，她们不容易被怀疑。如果你不是特工，那没什么坏处，当然，除非你被抓起来。如果你是特工，你已经知道箱子里面是什么，不过还是要去领箱子，你不会因为拒绝而失去联系。不管是什么情况，我都会得到枪。"

"枪是你要的？"雷妮说。

"干我这一行，你需要这东西，"保罗说，"人们朝你开枪，你得有能力还手。我有一些枪是从哥伦比亚运来的，你可以经常到那里弄枪，枪的序号是归档的，不过他们是美军装备，军事援助，你可以从不老实的将军手里买到，他们想顺便挣点钱。不过我丢了那条船，也失去了联系人。埃尔瓦是临时安排的。她真有一个女儿在纽约，让她带着钱飞去那里比较容易，那些人喜欢现金。她并不知道钱是用来干吗的，也不知道箱子里是什么东西。"

"失去是指什么？"雷妮问。

"船沉了，将军被打死了，"保罗说，"我正在找替换的人，不过要花一点时间。"

"谁朝你开枪啊？"雷妮问。她尽量不把这件事看作有什么浪漫的。小伙子玩玩枪，如此而已。他告诉她，那是炫耀，难道不是吗？不过，她忍不住想知道，保罗身上是不是有弹孔，有的话，她倒想瞧一瞧。

"谁又不想朝我开枪呢？"保罗说，"我是独立经营，他们不喜欢我这样的人，他们想要垄断。"

雷妮又拿起叉子，举起鱼，把骨头剔出来。

"这么说，这一切都是为这个。"她说。

"一切什么？"保罗说。

"这该死的一切，"雷妮说，不由自主地咬牙切齿起来，"你们在检查我。"

"别傻了，"保罗说，"这大都是马思东的主意，一说到中央情报局，他就满心狐疑，就像得了偏执狂。他想要我们尽快把你弄出这个地方，我自己从来就不相信他的话。"

这不是雷妮想要的回答，她想要他说，她对他重要。"为什么不相信？"她问。

"你太扎眼了，"保罗说，"你做什么事都在光天化日之下，你太善良了，太天真了，太容易上手了。反正你太想要了，一个女人要是装的话，我看得出来。"

雷妮小心地把叉子放到盘子里。她被人抓到了把柄，她的性欲，不知道这是为什么。"我洗碗。"她说。

*　　*　　*

雷妮把茶壶里的热水倒到水槽里。保罗在第二间卧室里，门关着。他说，他要想办法知道谁会赢得选举。他告诉她，这

第五部

是地方政治，与她无关。她能听到含糊的声音，静电的劈啪声。

她把碟子里的鱼骨头刮掉，这时，门廊响起脚步声，很多的脚步声，她始料未及。她用洗碗布擦擦手，走到卧室，敲门。"保罗。"她叫道，觉得自己像个无助的家庭主妇。

雷妮在卧室里，她想待在这里，保罗也想她待在这里。外面，客厅里正在开会，喧嚷嘈杂。选举结果出来了，埃利斯得七席，明诺得六席，国王得两席。雷妮会加总数，客厅里人人都会这个加法，不过到目前为止，六和二还只是六和二。

可这和她没有关系。保罗说过的，她也相信这一点。她读着他为她弄来的书。天知道是从哪里弄的，因为都是些老旧的书，四十年代戴尔写的侦探小说，封面是贴着钥匙孔的眼睛，封底是犯罪现场，第一页是人物表，千篇一律。书页发黄，有水渍，有霉味儿。雷妮看人物表，努力猜测谁被谋杀，然后一直读到谋杀案发生，又努力猜是谁干的，然后翻到故事结尾，看自己是不是猜对了。她对复杂的线索和推理没什么耐心。

"你们就让那混蛋赢吗？"是马思东，他几乎在尖叫。"你们让他糊弄你们吗？这么多年来，他一直出卖人民，你们也要出卖人民吗？"

明诺博士在发表演讲，他的声音时高时低，时低时高。毕竟，他经验更丰富，席位也更多，哪怕没选上，也将是反对派的领导人。他为什么要让国王得势？他不能让正义党朝卡斯特罗的方向摇摆。

"卡斯特罗！"马思东咆哮。"你们全都对我说卡斯特罗！国王不是卡斯特罗！"

为什么在这里开会？雷妮问。我是中间人，保罗告诉她。雷妮希望他们把声量放小一点。她对谋杀者猜得不是很准，不过对谁被害猜的倒是八九不离十：两个金发姑娘，清晰透明的皮肤，嘴巴像两道血红的深沟，衣服下面的胸脯鼓胀鼓胀的。还有两人都红发蓬乱，眼睛里是两团绿色的火焰，皮肤像发皱的奶油，仔细地安放在地板上或床上，有如静止的生命，没有全裸，衣服发皱，暗示发生了强奸，虽然在四十年代没有什么强奸，喉咙有惨白的指甲印——他们喜欢惨白——或者伤口仍在流血，最好是在左胸。死了但没被糟蹋。私家侦探（两个脾气暴躁的爱尔兰人，一个希腊人，两个普通美国人）发现了她们，详细描绘尸体上的每一个细节，不时夸大其词，就像他们用舌头舔过这身体。因为人死了，那肌体显得如此无助。人人都对犯罪表示了极大的愤慨，虽然是受害者激起了这样的情感。雷妮觉得这种虚伪的愤怒特别无知，很老旧，有如吻一个人的手。

*   *   *

过了一会儿，雷妮听到拉动椅子的声音，接着安静了。保罗进屋，开始脱衣服，像是什么也没发生一样。他先剥掉 T 恤，丢到地板上。这动作对她来说已经很熟悉了。雷妮数了数：他认识她已经五天了。

"出了什么事？"她问道，"他们在做什么？"

"讨价还价，"保罗说，"明诺赢了。十五分钟前，他成了新的总理。他们全都嚷嚷着要成立一个党。"

"马思东放弃了？"

"不是，"保罗说，"确切地说，他没有放弃。他说这样做是为了人民，至于人民是谁，大家意见有些不同，不过你应该想到的。"

"国王像是放弃了吧？"雷妮问道。

"国王什么也没做，"保罗说，"是马思东替他放弃的。马思东要当旅游部长了，他们硬把司法部长给国王做，所以马思东才没有拼命反对，他想看看现在的司法部长脸上是个什么表情，他俩互相仇恨，恨得要死。"

他消失在浴室里，雷妮听到他在刷牙。"你好像不太高兴。"她叫道。

保罗出来，拖着脚步，沉重地朝床铺走来。他比她想的要苍老。"我为什么不高兴？"他说。

"明诺博士是个好人。"雷妮说。这是真的，他是个好人，就算他的这种好令她紧张，那也不是他的错，这就像和某个正在节食的人在一起，她总是特别想吃巧克力奶油慕思和真正的生奶油。

"好人有时够讨厌的,"保罗说,"这种人难对付。他是个政治家,所以是个实用主义者,他们不得不这样,不过他不像大多数人那样实用。他相信民主和公平竞争,英国人把这些思想和板球一起留在了这里,他真的相信这些鬼话。他认为使用枪支是作弊。"

"你怎么看?"雷妮问。她又回过头来采访他了。

保罗坐在床边,似乎不情愿上床。"我怎么看并不重要,"他说,"我是中立的。现在重要的是另一边的人怎么看,埃利斯怎么看。"

"埃利斯是怎么看的呢?"雷妮问。

"那得等等看,"保罗说,"他不会喜欢这个结果的。"

"那国王怎么样呢?"雷妮问。

"国王是个信徒,"保罗说,"他为信仰提供证据,他认为你需要的就是这个。"

终于,他还是上床了,从蚊帐下面钻进来,塞好蚊帐,这才转向她。他累了,肯定是的,雷妮突然发现,他们很像城郊居民,只需加上一套条纹睡衣裤、心脏病和一幅画,那就齐全了。不过,他不会给人这种印象,那是她自己的渴望所致,是伪装的。她知道一些他所不知道的事情,她知道自己就要离开了。她要乘明天下午的船走,只需把从现在到那时的时间填满就行。也许她会跟他说她头疼,这样可以睡一睡。

第五部

不过，你不做爱的话，这又能给别人带来什么好处呢，这值得怀疑，或理论上是这样的。她欠他的：是他把她的身体还给她，不是吗？虽然他不知道这一点。雷妮向他伸出双臂，毕竟，这可以是某种安慰，某种善意。

"你经常梦见什么？"雷妮问。这是她最后的愿望，她真的想知道。

"我告诉过你了。"保罗说。

"可你没说实话。"雷妮说。

保罗有一会儿什么也没说。"我梦见地上有个洞。"他终于说道。

"还有什么？"雷妮说。

"没有了，"保罗说，"就是地上有个洞，土已经挖好，洞很大，周围有树，我朝它走去，旁边堆着一堆脱下的鞋子。"

"然后呢？"雷妮继续问。

"然后我醒了。"保罗说。

* * *

雷妮听到声音了，后来才意识到那是什么。起初她以为在下雨，是雨，又不仅仅是雨。保罗已经下床。雷妮走进浴室拿一条大毛巾裹住身子。有人在不停地捶门，还有别的声音。

她来到客厅，看到保罗僵直地一丝不挂，洛拉浑身湿透，搂着他。

雷妮张大嘴站在那里，提着裹身的毛巾。保罗和洛拉推来搡去，保罗推开她，抓住她，摇晃她，她在哭。"哦老天爷，哦天啊。"她说。

"怎么啦？"雷妮问，"她病了吗？"

"明诺被枪杀了。"保罗说，声音从洛拉的脑袋上传过来。

雷妮浑身发凉。"不可能！"她说，仿佛有人告诉她火星人已经着陆，这肯定是假的，有人故意开玩笑。

"他们在背后朝他开枪，"洛拉说，"从脑袋后面开枪，就在大路上。"

"谁会这样做呢？"雷妮说。她想到那些人，那些跟踪者，戴太阳镜的人。她努力想自己能帮上什么忙，也许她可以给洛拉沏杯茶。

"穿上衣服吧。"保罗对她说。

洛拉又哭起来。"太肮脏了，"她说，"那些混蛋，真想不到他们会这么过分。"

*　　*　　*

明诺博士躺在客厅那口封好的棺材里，棺材是朴素的黑木，安放在厨房的两张椅子上，一张椅子撑起棺材的一头。棺材顶上有一把剪刀，张开的。雷妮琢磨，这可能是一种仪式，她不懂的仪式，要么就是什么人忘在那儿了。

雷妮和女人待在客厅里，她们有的坐在椅子上，有的坐在地上，孩子们要么在她们腿上睡着了，要么靠墙站着。现在是凌晨一点。厨房里也有女人，她们在煮咖啡，摆好碟子，盛放她们带来的食物；房门敞开，雷妮能看到她们。这里真像格里斯伍德，真像她外婆的葬礼。不同的是，在格里斯伍德，人们在葬礼结束后吃东西，在这里，葬礼没开始就吃。在格里斯伍德，人们要在教堂里唱颂歌。在这里，人们想唱什么就唱什么：一个人开了头，大家便加入进来，和谐的三重奏。有人在吹口琴。

明诺博士的妻子坐在棺材旁的主位上，她哭啊，哭啊，并不打算掩饰自己的泪水，没人对此不满。这也和格里斯伍德不同，在那里，抽泣、往手帕里擤鼻涕没问题，不过不能哭得如此张扬，把悲哀暴露无遗，把一张泪脸展示出来，这不体面。如果你一直这样，他们就给你一片药，告诉你上楼，躺下。

"怎么会这样？"明诺的妻子说，一遍又一遍地说，"怎么会这样？"

埃尔瓦坐在她身边，握着她的手，用自己的双手轻轻揉着，揉着手指。"我看着他来到这个世界上，"她说，"现在又看着他离开。"

两个女人端着盘子从厨房出来，盘子上有一杯杯咖啡。雷妮拿了一杯，又要了些香蕉面包和椰子饼干，那是她的第二杯咖啡。她坐在地板上，双腿快失去知觉了。

她深感内疚和无能，因为无能而内疚。她想到用棺材埋葬的所有历史，都荒废了，一个洞就打穿了它。在她看来，这样去死非常俗气。现在她才明白他为什么要她写这个地方：写了，这种事情就不太可能发生，发生在他身上。

"我们要做什么吗？"她朝洛拉低语，洛拉坐在她身旁。

"谁知道啊？"洛拉说，"我以前从没参加过葬礼。"

"葬礼要多久结束？"雷妮问。

"整个晚上。"洛拉说。

"怎么会这样？"明诺的妻子又说。

"他的时候到了。"一个女人说。

"不是，"埃尔瓦说，"这里有叛徒。"

女人们不安地动了动，有人开始唱起歌来：

"信心就是福，耶稣是我的，

哦预先享受神的福泽，

完全得救，来自天穹，

沐浴在他的仁慈里，迷失在他的大爱中。"

雷妮有点不舒服。屋里太热，太拥挤，充满桂皮、咖啡和汗水的气味，它令人窒息、难受，纠结着情感，越来越像格里斯伍德，她快受不了了。她是因为什么死的？癌症，赞美天主。

他们总说这样的话。她站起来，往门廊走去，尽量不碰到别人。她走出门外，这样舒服多了。

男人们在外面，呆在三面环屋的门廊上，他们喝的不是咖啡。在昏暗的灯光下，酒瓶闪出亮光，从一只手递到另一只手。还有更多的人，下面的花园里有一群人，有些人拿着火炬，有人在说话，语气激烈，嗓门越来越高。

保罗也在外面，站在一旁，他那张白人面孔尤为突出。他看到雷妮，便把她拉到自己身边靠墙的地方。"你应该和女人待在里边。"他说。

雷妮认为这不是责备，而是提醒她社交礼仪。"我透不过气来，"她说，"那边怎么啦？"

"还没结果，"保罗说，"不过他们气得要死，明诺是圣阿加莎的人，这里有很多人都和他有关系。"

有人把一张椅子拿到门廊栏杆前，一个人爬了上去，往下看着一张张仰视的脸，是马思东。人们安静下来。

"是谁杀了这个人？"他说。

"埃利斯，"有人叫道，人群齐声附和，"埃利斯，埃利斯。"

"叛徒。"马思东几乎吼起来。

"叛徒，叛徒。"

马思东举起双手，合唱停下。

"还有多少次？"他说，"还有多少，还有多少人要死？明诺是个好人。我们要等到他杀完我们所有的人，杀完每个人吗？

我们一直请求，很多次，可一无所获，现在我们要强攻。"

叫嚷，愤怒的欢呼，然后传来一个清晰的声音："推倒巴比伦！"黑暗中，人们开始移动。马思东弯下腰，又站起来，手里多了一支小型冲锋枪。

"见鬼，"保罗说，"我跟他们说过不要这样干。"

"干什么？"雷妮问，"他们要做什么？"她感到心跳加快，她不懂这是为什么。牵涉太深。

"他们枪不够，"保罗说，"就这么简单。我不知道国王在哪里，他得制止他们。"

"如果他制止不了呢？"雷妮说。

"那他得领导他们。"保罗说。他从墙边挤出去。"回我的屋子吧。"他说。

"我不认识路。"雷妮说。他们爬进一辆吉普车。

"洛拉认识。"保罗说。

"你怎么办？"雷妮问。

"别担心，"保罗说，"我没事。"

* * *

她们挑偏街走，洛拉在前，雷妮在后。洛拉认为，她们必须避开大路。下过雨，这里一片泥泞，可她们不再小心地挑路走，绕过满是水的大坑，没时间了，路也看不清，唯一的光亮来自路边不时出现的一间间小水泥屋子。这条路荒废了，只能从更远的两条街朝海边走。她们听到吼声，砸碎玻璃的声音。

"银行的窗子，"洛拉说，"肯定是的。"

她们穿过一条偏街，过一会儿看到了火炬。"我的格言是，别让他们看到你，"洛拉说，"在黑暗里玩游戏对人人都公平。他们事后会道歉，可谁在乎呢？不管他们还会做什么，总会平反几起旧的冤情。"

她们听到枪声，时断时续。过了一分钟，房子里亮起微弱的灯光，随即又熄灭，压抑的嘈杂声在空中颤动、渐远。"那是发电厂，"洛拉说，"他们会占领那里和警察局，在圣阿加莎只有两个警察，看来这不是什么难事。在这里，再没有什么鬼地方可占领的了，也许他们会砸碎酸橙树旅馆，然后喝酒不给钱，直到喝醉。"

"我什么也看不见。"雷妮说。她的便鞋沾满泥巴，裙子下摆滴着水。她与其说害怕，不如说嫌恶：砸窗子，青少年犯罪，如此而已，这些小小的骚乱。

"来吧，"洛拉说。她摸索着找到雷妮的胳臂，拉着她一道走。"再过一会儿他们就到这里了，他们会追逐埃利斯的人，我们走小路。"

雷妮跌跌撞撞地跟着她，完全失去了方向，不知道她们身在何处，这里连星星都不一样，没了月亮，时间过得很慢。湿漉漉的花朵沉沉地压着枝头，拂过她身上，空气的气味很陌生，她推开树叶，在小径的湿泥上滑倒。下面是大路。穿过灌木丛，她看到移动的光亮，还有手电筒、火把和匆匆走动的人群。这倒像是在过节。

　　她们终于来到保罗的屋子，一片漆黑。

　　"见鬼，"雷妮说，"我们出门时锁了门，保罗拿着钥匙，我们得破门而入了。"

　　可洛拉已经来到门前，推开。"门是开的。"她说。

　　她们进屋，一双锋利的目光猛然出现在眼前，雷妮几乎尖叫起来。

　　"只有你们啊。"保罗说。他放下手电筒。

　　"你他妈的怎么在我们前面回来了？"洛拉说。

　　"来取吉普车，"保罗说。他对雷妮说，"收拾东西。"

　　"国王在哪里？"洛拉说。

　　"在那下面，当英雄呢，"保罗说，"他们用晾衣绳绑了那两个警察，正要宣布独立哩。马思东在起草宣言，他们打算用我的无线电发出去。他们要求格林纳达承认他们，有人还提出要占领圣安托万。"

　　"你开玩笑，"洛拉说，"他们他妈的要怎样做呢？"

　　"坐渔船去，"保罗说，"加上他们抢到的船，抢到什么就坐什么。他们在警察局抓到了一群瑞典游客，那两个德国女人正在闹得不可开交，他们扣留了他们，人质。"

"你不能制止他们吗?"洛拉问。

"你以为我没试过吗?"保罗说。"他们再也不听我的了,他们认为自己已经赢了,情况已经失控,去卧室,"他对雷妮说,"收拾你的东西,那里有支蜡烛,我带你去圣安托万,你可以坐上午的班机离开。如果你是个聪明人的话,"他对洛拉说,"和她一起走,你的护照还有效。"雷妮任凭他对自己发号施令。毕竟这里是他的地盘,他的事情,他应该知道下一步该怎么办。她希望他真的知道。

她摸索着穿过走廊,进到卧室里,没多少东西可收拾的,这里就像是旅馆,同样的空荡,同样有那种用过但没真正住过的、忧郁的氛围。床是乱的,被抛弃了。她都忘了自己在上面睡过。

*　　*　　*

吉普车停在屋前的路上,他们匆匆走下石头台阶,手电筒发出强光,照着他们的双脚。

保罗有一支小型冲锋枪,他不经意地拿着它,像拿着一个饭盒。在雷妮看来,这枪像是玩具,是那种不能给小男孩在圣诞节玩耍的玩具,她不相信它能开火,即使能开火,打出的也不过是橡皮子弹。她害怕,不过连这种害怕似乎也不合时宜。他们其实没有真正面临什么危险。她想寻找恼怒的感觉,也许

第五部

她应该有的感觉是：她在做事，有人打断了她。

他们正要爬进吉普车，保罗举起什么东西，把它扔进黑暗的石头花园中。

"是什么东西？"洛拉说。

"我毁了无线电，"保罗说，"我已经和我的船联系了，它们没进港。我不想有谁与圣安托万联系，不想我们到那里时有欢迎队伍。"

"谁会这样做呢？"洛拉说。

"我大概知道是谁。"保罗说。

马达发动，前灯亮起，车子顺路而下，路上空无一人。保罗没把车径直开到城里，而是停在一堵石墙前。

"下海滩，在码头边等着，"他说，"大约十五分钟后我到那里接你们，我去弄条船。"

"你的船都出海了。"洛拉说。

"我没有说是我的船，"保罗说，"我去发动车子。"

他从来没像现在这样年轻，充满活力。雷妮想，他喜欢这种事情。正因为这样，因为他们喜欢这样，我们才陷到一堆麻烦中。

他扶她们爬过石墙，把雷妮的背包递给她。她费劲地扯过相机，觉得滑稽：来这里照相算个什么事儿啊。

"别说话。"洛拉说。雷妮看清了他们所在的位置：酸橙树旅馆后面的花园里。他们找到那条路，一路摸下去。旅馆黑乎乎的，一片沉寂。几扇窗子后有烛光在闪烁。酒吧里空无一人，院子里散落着碎玻璃。他们听到有人唱歌，在海滩上，在进城的路上。那是男人在唱，不是赞美歌。

潮水已退，海滩上有一些地方是湿的，波浪闪出奇异的光亮，雷妮想看一看，她听说了，这是磷火。

"躲到码头下面去。"洛拉低声道。

"我的天。"雷妮说。她讨厌螃蟹和蜗牛。

"走啊。"洛拉几乎是厉声说道。情况显然十分严重。

码头的地基是裂开的岩石，波涛还没有磨平它们的棱角。岩石和码头的木板条之间只有两英尺高的空间，她们弯腰弓背，蹲挤在一起，雷妮仍抓着自己的背包和钱包，不知道她们在躲谁。

月亮升起，几乎是满月，灰白色的光穿过木板条，投下道道阴影。雷妮想道，若能洗上热水澡，吃点东西，那该多好。她琢磨和谁一起吃饭好，也许是约卡丝塔吧，吃饭时把这个故事告诉她。不过，这连个好故事都算不上，不过是在海关被截，因为这就是她碰到的最大的麻烦事。

终于，她们听到了汽车的马达声，车子转过来，发动，向她们移动。

"是他。"洛拉说，她们从码头下面钻出来。

马思东坐在平台空地的木椅上，一条腿弯着，脚踝搭到膝盖上，亮出那双靴子。他用冲锋枪直指他们，两个男人沉默地站在他身后。

"你们想往哪里跑呢?"他说。

圣安托万警察局的摩托艇系在酸橙树旅馆的码头边,在起伏的波浪中轻轻地上下摇晃。保罗坐在圆木桌旁,面对马思东。他浑身湿透,是游到摩托艇时弄湿的。两人面前有一瓶朗姆酒,每人有个杯子,还有一挺冲锋枪,桌下还有冲锋枪,伸手就够得着。酒吧那边有两个男人,有个女人和他们在一起,女人酩酊大醉,躺在离他们不远的空地上,身下是摔破的杯子,她在自顾自地哼着曲子,裙子捋到大腿上,她不断张开、合拢双腿。雷妮和洛拉坐在另外两张椅子里。

保罗和马思东在为她们而争执。保罗想带雷妮去圣安托万,马思东不肯,他不希望任何人离开海岛,而且,马思东还想要枪。马思东说,保罗答应过还有枪给他,他们已经付钱了,他应该发货了。他是中间人。

"这个问题我已经跟你说过了,"保罗说,"你应该等着,下个星期就有货。"

"我们怎么等得了呢?"马思东不耐烦地说,"他们在圣安托万听说明诺被枪杀了,怎么都会把责任推到我们头上的。"他狡猾地提出,保罗交出冲锋枪,便可安全离开,但保罗狡猾地拒绝了。

雷妮现在看清了自己的状况:她成了讨价还价的物品。关

第五部

于骑士的真相突然变得明朗起来，淑女不过是个借口，真正的问题是龙。假日浪漫情史到此结束，她想。亲吻不过就是亲吻，约卡丝塔会这么说，如果你没惹上战壕口腔牙龈炎，那就算走运。

她听着，努力弄明白他们的意思。她觉得自己像个人质，而作为人质，她的命运又奇怪地与她无关，其他人为她拿主意。她要是待在这里，一定会那么糟吗？她可以躲到酸橙树旅馆里，说自己是个外国记者，要发报道，不管是什么报道。不过，保罗也许想走，离开这里，也许他拿她来做借口。

"你觉得我现在很重要啰。"她对马思东说。

"别烦他。"洛拉低声说道。马思东看了看雷妮，这次是认真地看了看她。他动作很缓慢，外表很平静，可他是兴奋的，月光下，他两眼发光。他看她，只看到碎片，肢解。接着，他又不理睬她了。

"你给枪，就可以带她走，"他说。

"没门儿。"保罗说。

现在人更多了，从城里顺着海滩走来，有几个手持火把，其中一个走到桌子旁，把手放在马思东的肩上。

"我准备好发表广播讲话了。"他说。雷妮想，这人肯定是国王。她从没见过他。他的脸淹没在阴影中，可声音显得年轻，比她想的要年轻，听上去仿佛只有十九岁。

"我要是你，"保罗说，"就不会那样做。"

阴影中，国王的脑袋转向他。"为什么？"他说。

"你知道下一步会发生什么吗？"保罗说。

"我们的革命已经胜利了，"国王说，那是一个孩子在平静而自信地背诵课文，"格林纳达已经承认我们，他们上午就会送来人和枪。"

"你从哪里听说的？"保罗问。

国王只显出轮廓的脑袋转向马思东。

"收音机。"马思东说。

"是你亲耳听到的？"保罗问国王。

马思东推开椅子。"你说我是个骗子。"他说。现在人更多了，围成一个圈，气氛紧张起来。

"坐船去格林纳达，"保罗对国王说，"带上能带的所有东西，现在就走，天亮前走，如果你走运的话，他们会同意你待在那里。"

"你是革命的敌人。"马思东说。

"胡说，"保罗说，"你不过是想找个借口打死我，就像打死明诺一样。"

"你想跟我说什么？"国王说。

"想一想吧，"保罗说，"他是新来的特工，你已经中计了，从一开始就是。"

短暂的沉默。雷妮闭上眼。一样无比沉重的东西压到他们身上，她差点喘不过气来。她听到夜之声，有节奏的滴水声，

第五部

海涛翻滚，一如往常。接着，一切开始动了起来。

哦上帝，雷妮心想。有人改变了频道。

*　　*　　*

雷妮走在圣安托万的码头上，她安全了，现在将近黎明。这里的电厂没有出故障，还有一串微弱的灯光照路。她在汽艇上颠簸了一个半小时，不是随着波浪起伏，而是直接冲进浪涛里，直接的撞击，令人昏晕得陡然下降，又如过山车抬起，砰隆，骨头嘎吱作响，脊椎撞上脊椎，肚子里的胃自顾自地晃晃荡荡，她晕眩、恶心。她坚持着，努力想一些平静的东西，仰起头，盯着月亮，盯着下一波浪涛，海水移动时闪光，磷光幽幽，尽管有风，她还是浑身冒汗，不知道什么时候会呕吐，努力不要吐。毕竟，她获救了。

不能慢一点吗？她冲着保罗叫道。

那样更糟糕，他回叫道，冲着她咧嘴笑。现在连他都发现她可笑了。

船进码头，他放空马达，真的把她和她的行李扔到海滩上，然后掉转方向，向海上驶去。没有亲吻告别，这没什么，现在她不想有任何东西碰她的嘴。他们只碰了碰手，就这样。她忘了谢他，这是唯一让她感到不安的。

他没有回圣阿加莎，而是朝南驶去。他说，他去和自己的一条船碰头，还有其他的港口停船。

洛拉怎么办？雷妮问。

她自有机会，保罗说。她想和国王待在一起，我不能为了洛拉和圣安托万的所有警察作对，她可以照顾自己。

雷妮什么也不明白，只知道她在这里了，六点钟有一趟航班，她想赶上这飞机，她无法一直走路，只好坐在码头上，把头埋到膝盖中间，希望脚下的晃动能停下来。

她能听到汽艇的马达声渐去渐远，成了夏虫的嗡鸣。接着，另一种声音传来，非常响亮，有如电视里的警匪片，它穿过旅馆的墙壁，冲击耳膜。雷妮捂住耳朵。过一会儿，她感觉好了些，准备去日落酒店，取回护照，看看能不能弄到一杯咖啡，不过可能性不大，然后坐出租车到机场，然后走掉。

她坐在那里，一直到可以走，可以稳步地向前，然后开始走路，附近只有几个人，男人，其中只有一个想拦住她，直截了当地问她愿不愿上床，听到她说不，他还是和蔼可亲。这里没有战争，也许他们连听都没听说那边出了事，似乎一切正常。接着，更多的人跑过她身边，朝码头跑去。

有灯光，附近有公鸡啼叫。好像过了很久很久，她终于走到日落酒店，穿过拱门，爬上楼梯，现在她要为没在酒店待的时间和没吃的饭签字付钱。她懒得去争论，只把一切记在账上。享受现在，过后付账。

英国女人起床了，穿的是暗绿色仿男式女衬衫，像往常一样站在柜台后面，或许她根本就没睡过觉。

"我想离店，"雷妮说，"请给我护照，在保险柜里，我想叫辆出租车。"

英国女人看着她，那是心满意足、统治一切的眼神，只有喜欢给人带来坏消息的人才有这种眼神。"你想坐早上的飞机吗？"她说。

雷妮说是的。

"取消了，"英国女人说，"所有的航班都取消了，机场关闭。"

"真的吗？"雷妮问，浑身冰凉。

"我们现在是紧急状态，"英国女人自豪地说，"圣阿加莎发生暴乱，不过你肯定都知道了，你不是刚从那里来吗？"

雷妮躺在床上，这总算是张床，她连衣服都没脱便倒在上面，可太累了，睡不着。现在她得待在这里，待在日落酒店，待在这个黄色肉汤一样的屋子里，直到有飞机离开。她感到孤立无援。

屋里满是日光，门原来是关着的，锁上的，现在打开了。两个警察站在门口，咧嘴笑，举着枪。他们身旁是那个英国女人，双臂抱在胸前。雷妮坐起来。"怎么啦？"她问道。

"我们要逮捕您。"粉色皮肤的那个警察说。

"为什么?"雷妮问。她觉得自己应该表现得像个愤怒的游客。

"怀疑。"另一个警察说。

"怀疑什么?"雷妮说。她还半梦半醒。"我什么也没干。"不可能是那个装有机枪的箱子,他们没提到它。"我在写旅游文章,你们可以打电话向杂志社核实。"她补了一句。"在多伦多,叫《面具》,上班时联系。"这话连她听起来都觉得不像是真的。多伦多存在吗?他们不会是第一个怀疑她的人。她想到自己空白的笔记本,那里没有证据。

两个警察走上前,英国女人看着她,雷妮想起,自己在哪里见过这样的目光,那是在很久以前,在一个噩梦中,那是十足的快乐。恶毒。

第
六
部

"我觉得这是犯傻，"洛拉说，"我一向认为这是犯傻。在我看来，谁愿意为祖国去死，那是大傻瓜。我是指任何国家，眼前这个嘛，哼，为这个国家去死，那是傻到极点。见鬼，它不过三英里长。我想他们全都发了疯，可你能告诉他们什么呢，嗯？

"我跟国王说过，你也许觉得埃利斯只是个老酒鬼，你也许觉得他不会伤害任何人，因为他不露面已经有二十年了，不过你要是觉得他会不声不响就让你上台当政，那你就是疯了。可后来马思东开始跟他谈什么为人民大众的利益做出牺牲，这些鬼话国王每次都信。他为人温和，心肠软，这种话容易打动他。不过马思东要是当上领导，我才不想成为那个国家的一员。他不是笨蛋，他知道他正在努力让我看起来像个自私自利的白人婊子，什么都不在乎，只想和国王鬼混。

"也许我应该一走了之，可实际上我认为他们只是闹着玩儿，晚上搞点小偷小摸，秘密集会什么的，像圣地兄弟会那样，你知道吗？绝没想到他们会真正做出什么大事来。

"改变制度，马思东常常这样说。我为什么要改变制度？我说，为我自己工作就好了。去你的政治把戏，我对他说，在我看来，如果把那些政客，不管是什么样的政客，如果把他们统

第六部

统放到他们该去的疯人院里，这个世界要好得多。如果你愿意，可以对国王说那些废话，不过别对我说，因为我知道你真正想要什么。你想开枪杀人，而且对此高兴得很，还要人人都告诉你，你做的是对的。你对此很有快感，你让我恶心。

"我一向知道，马思东只要有机会，恨不得马上给我一刀子。谁讨厌他，他就想捅谁一刀子。他是个卑鄙的家伙，不过我想，如果你想发动一场战争，你得找这样一个人，他不在乎杀人。不打烂鸡蛋，如何煎鸡蛋？

"他们就是人手不够，也还没准备好，他们很长时间都不会准备好。保罗跟马思东说过，他恨不得马上就当上卡斯特罗。这话对他有影响，因为他的野心就这么大。如果保罗没为他们弄来一些枪，他们连枪都没有。这也是马思东的主意，就是买枪。保罗不知道他是个特工，我觉得他不知道，等明诺被杀了才知道。

"如果你想躲到山里，那做不到。保罗说。两架直升机就能把你解决掉，就是这样。这是干燥的岛屿，你知道没有遮掩，只有灌木丛，不过他们似乎认为这已经够用了。除掉埃利斯，目的就是这个。没人否认这不是件好事，可还有真正的生活，你知道吧？我是说，我曾想过像小鸟一样飞翔，可从没有从屋顶上跳下过。我听说有个人在卫生间里把自己炸飞了，因为他坐在马桶上，点了一支烟，把火柴扔进了马桶，而他老婆刚把一些脱漆剂倒在里面。我是说，生活就像这样。有时我想，呃，他们也会这样做。你知道为什么吗？他们够疯狂的。有时，发疯的人能做其他人做不到的事情，也许因为他们相信这一点。"

雷妮不知道自己的护照在哪里，没了护照，她觉得自己仿佛一丝不挂，她无法证明自己就是自己所说的那个人，不过她相信其他人还是相信秩序的。到早上，他们一旦在这里见到她，一旦想起来她是谁，就会让她走的。

洛拉拍了一下自己。"混蛋，"她说，"他们喜欢一些人，不喜欢其他的人。你觉得自己习惯了他们，可一点都不。我们头上好歹有了一片屋顶，更糟的事情还多的是哩。"

雷妮决定不去想这些更糟的事情是什么。

* * *

"在警察局开了几枪，"洛拉说，"不过没那么厉害，发电厂没人，警察扫荡了全岛，这不算难，岛不大，他们只要看到谁是躲着的、跑着的，甚至走在路上的，全都逮起来。他们知道谁是主谋，还想把所有相关的人都抓起来，不过这就意味着岛上人人有份儿，在这里，人人都是相关的。

"他们用那种黄色尼龙绳把人捆起来，人们常用这种绳子系船和绑东西。他们把三四个人绑成一堆，像扔货物一样把他们一堆堆扔到船上，扔到货舱里。对女人，他们只把她们的双手绑在身后，两个一组，让她们站着。我们到圣安托万，码头上已经有一大堆人了，收音机整个上午都在播这个事情，讲共产主义什么的。他们把一群群男人拖下船，街上的人们尖叫，吊死他们！杀了他们！那场面像是在摔跤。

"警察把我们带到大车站，放到地下室里，那里是水泥地板。他们把男人捆成一长队，至少有五六十人，然后揍他们，棍打脚踢，痛打他们。女人他们也打几个，但打的不多。我当时不在那里，他们把我带进另一间屋里，问我国王的情况，他们已经把他弄到这里来了。

"接着，他们给这些人浇上几桶冷水，关起来，他们又湿又冷，没处撒尿，没东西吃，然后被带到这里；没有起诉他们，因为他们还没想出罪名来。司法部长继续在收音机里讲话，说没有发生任何暴力事件，人们只是在逃跑时摔倒、被割伤和撞伤。他们宣布全国处于紧急状态，这样一来，做什么都是合法的。他们随便拿走你的东西，还有宵禁，没人知道这会持续多久。

"他们说明诺是被反叛分子打死的，他们说是国王杀了他。从收音机里听来的新闻，和别人告诉他们的新闻，相信哪一个不都是一样吗？他们相信埃利斯，因为相信他比较容易。

"对埃利斯来说，现在好极了：他不喜欢谁，都有借口拿来开刀，加上多少年来没有谁顶撞他，他更可以随心所欲。想想他会得到那些外国援助。飓风不错，不过动乱要好得多。

"我们是走运的，其他人全是七八个关在一间牢房里，有些人还不知道自己为什么到了这里，这些持枪警察突然冲进他们的屋子，抓住他们，他们都不知道出了什么事，一头雾水，其实他们只是倒霉碰上了。"

* * *

她们呆的那个房间五英尺长，七英尺宽，高高的天花板，墙壁冰凉、潮湿，石头摸上去滑溜溜的，像是上面长了什么东西，可能是霉菌。因为墙湿，雷妮的衬衫后面润润的。自她来到这里，这是第一次感到冷。

地上是石地板，也是湿的，只有她们坐的那个角落是干的，远处那面墙嵌着带栅铁门，外面是走廊，亮着灯，灯光透过栅栏照到她们身上。有人在墙上写：**推倒巴比伦监狱，爱全人类**。在对面墙上更高的地方，有个格栅小窗。透过这扇窗，她们看到了月亮。屋里除了一个桶，一无所有。桶是红色塑料桶，新的，空的。其用途很明显，不过两人都还没用过。

"你觉得他们会把我们关在这里多久？"雷妮问。

洛拉笑了。"不耐烦了？"她说，"如果是这样，别告诉他们。反正，重要的不是你在这里呆多久，而是他们对你做什么。"她吸了口烟，吐出烟雾。"嗯，就是这样，"她说，"热带天堂。"

雷妮不明白他们为什么没拿走洛拉的烟，特别是火柴。不过这里没有什么东西可烧的，只有石头。

雷妮希望有一副牌或一本书，什么书都行。现在够亮，可以看书了。她闻到从洛拉那里飘出的烟味儿，还有淡淡的闷味儿，陈旧的香水味儿，除狐臭的清香剂味儿，这些气味从两人身上散发出来，她开始头疼。只要能住进假日酒店，让她干什么都行。她渴望看午夜电视剧，对于现实，她眼下已经受够了，她需要爆米花。

"什么时候了？"洛拉问。

"他们拿走了我的手表，"雷妮说，"应该十一点左右吧。"

"这么快啊？"洛拉说。

"我们还是睡一睡吧，"雷妮说，"真想他们把灯关上。"

"好啊，"洛拉说，"你困了？"

"没有。"雷妮说。

* * *

她们在刮桶底。雷妮认为是桶底，而洛拉认为这是她生活中的一个故事。她就是这样说的。"我生活的故事，"她说，闷闷不乐，却又不失骄傲，"你可以把它写进书里。"不过这是个避免恐慌的办法。如果她们能一直聊下去，雷妮想，那就还好。

洛拉掏出烟，点上一支，从鼻子里吹出烟雾。"想来一支吗？我还剩下两支。哦，我忘了，你不抽烟。"她停了一下，等着雷妮说点什么，到此为止，一直是洛拉在说话，雷妮努力在想自己生活中有什么会让洛拉感兴趣的东西。现在，她的生活就像约卡丝塔借给她看过的一本书，非常新潮，它叫《死于洗衣机》，不过书里没有提到洗衣机。在第六十三页，主人公从悬崖摔下来，接下来的书页是一片空白。

雷妮跟洛拉谈起那个带绳子的男人，她相信洛拉能发挥出更有分量的故事，至少是斧头连环谋杀案。

"恶心，"洛拉说，"疯人院都不应该让这种人进去，倒是应该在他们腿上吊上几块水泥，直接扔到港口里，你知道吗？让他们在外面呆上二十年，他们又会重操旧业。我就认识一个这样的人，他想把我绑在床上。我说，没门儿。如果你想绑什么人，我倒有些建议，不过不要从我开始，找个胆小鬼试试，一步步来。他回来了吗？"

"没有。"雷妮说。

"只要没有暴力，"洛拉说，"我倒希望是老套的、明明白白的强奸。"

雷妮感到，两人的交流中断了，接着她意识到，没有任何预兆，洛拉开始谈发生在自己身上的事情。

"天，"她说，"你怎么办？"

"怎么办？"洛拉说，"他有刀，他没把事情包括我在内弄得一团糟，我算是走运了。我窗上的锁不牢，我骂死自己了。"

雷妮看出来，洛拉喜欢吓唬她，喜欢看她一惊一乍的样子，仿佛她在展示什么东西，介于某种技能和残缺之间，就像可以自由拧动的关节，或无比的勇气，战争的伤疤或决斗的伤疤，反正是幸存的骄傲。

雷妮明白她期望自己做何反应：先是恐惧，然后是同情。可她难以做到。相反，她不会欣赏故事，这令她沮丧。洛拉的故事更好听。

*　　*　　*

雷妮注视着洛拉的嘴巴一张一合，研究那曾经完美现在沾染了烟渍的牙齿，那是一部无声电影。她在想，自己不太喜欢洛拉，从来就没有真正喜欢过她，实际上，她讨厌她。除了同坐一间牢房，两人毫无共同之处。在这里，没人可看，只能看她；没话可听，只能听她说。等她们出去了，雷妮会更不喜欢她。

"不过，我的天，你听我说，"洛拉说，"我们在这里，屁股一坐，谈男人，操男人，原谅我的法语，就像在高中一样，只是那时不是男人，是男孩。"

"你觉得我们还能做什么呢？"雷妮语带讥讽。毕竟，都是因为洛拉，她们才被抓进来的，可洛拉浑然不懂她的意思。

"如果坐在这里的是两个男人，"她说，"你以为他们会谈女人吗？他们会挖地道或从背后掐死守卫，你知道吗？就像电影里那样。"她站起来，伸伸懒腰。"我想撒尿，"她说，"至少我们不用撒在地上，不过很可能已经有人这样做了，闻得出来。"
她蹲下来，扯下内裤，将紫色的裙子向外展开在红色的桶外围，
犹如一顶帐篷，雷妮盯着墙，听着液体冲击塑料桶的声音。她
不愿去想洛拉用什么来擦，只有两种选择：手或衣服。

　　雷妮屈起双腿，她觉得冷。如果躺下的话，身上会湿的，
于是她们仍然背靠墙坐着。从门外射进来的光一直那么亮，没
法睡。她把额头顶到膝盖上，闭上眼睛。

　　"要是我顶你一腿高，"洛拉说，"你肯定能看到窗外。"

　　雷妮睁开眼睛，一时不明白这话是什么意思，只知道要做
一件什么事。洛拉半弯下腰，十指紧扣成杯状，雷妮搭上右脚，
洛拉起身，雷妮努力抓住栅栏，身子往上一提，她的脑袋够到
了窗口。

　　这像是个院子，一面有墙，另一面是楼房。她的眼睛几乎
与地面齐平，地上长满野草，在月光下成了一片白色的森林。
绞刑架从草丛中赫然耸立，就像一座被抛弃的废塔。雷妮知道
她们在哪里了。院子的三面是陡峭的悬崖，下面就是大海，她
们所在的楼房是第四边，隐约有猪的气味，外面空无一人。

　　"外面什么也没有。"她下来后，说道。

　　洛拉搓搓双手。"你比我想的要重。"她说。

　　她们再次坐下。过了五分钟或半个小时，头顶上有声音，
就在窗外。一阵急跑，吱吱的叫声。

第六部

"是老鼠，"洛拉说，"这里的人管它们叫椰子鼠，它们大都吃椰子。"

雷妮决定转移自己的注意力，她闭上双眼，她知道自己不能去想一些东西。比如说，她缺乏意志力，还有可能发生在自己身上的事情。

她能感到洛拉的胳膊顶着自己的胳膊，这令人宽慰。她想到冰箱，清凉，洁白，里面存放着平常的东西：酒瓶，一盒盒牛奶，一袋袋食品，纸袋里的咖啡豆香喷喷的，成排的鸡蛋安静地待在壳里，真空吸尘器，镀铬水龙头，浴缸，商店里全是浴缸，粉彩纸包着的香皂，各种英国香草，小的日常用品。

* * *

洛拉还在喋喋不休，不过雷妮已经心不在焉，她越来越饿，也不知道什么时候才是早上。他们肯定会拿东西来给她们吃，他们必须这样做。她的肚子在抽搐，但愿这只是饥饿所致。

她两眼发涩，没睡够，心烦，这都要怪洛拉。她还想睡，而且渴了，就像在回家过圣诞节的路上，被暴风雪困在巴士车站里过了一整夜，离城里还有一半路，快餐店关门，卫生间不能用，气味难闻，车子要等到天明才有，也许到那时也不一定有，他们得等到风势减弱，才能艰难跋涉，人们哈欠连天，瞌睡不断，几个孩子在发脾气，咖啡机出了故障。一个女人和她同坐一张长椅，穿栗色大衣，鬈发，她要是闭嘴不说话，这一切或许还能忍受。可运气不好，她就是没完没了地唠叨，三轮脚踏车，小儿麻痹症，交通事故，积水手术，急性阑尾炎手术，猝死，抛弃妻子，姑姊，表兄弟，姐妹的男人，致残的事故，复杂得解不开的亲戚关系网，悲伤却又充满奇异活力的祷文，颇带几分欢快，似乎这个女人为自己能够忍受痛苦，能够记得这么多无关联的灾难而感到由衷的高兴。真心的表白。雷妮不理她，研究起睡在对面长凳上的女人的衣服，她脑袋歪向一边：缀着圣诞节铃铛、银铃和小小的塑料圣诞老人的羊毛衫紧紧裹住她硕大的乳房。

"你没在听我说。"洛拉责备道。

"对不起，"雷妮说，"我真的很累。"

"也许我该把嘴闭上一会儿。"洛拉说，语含委屈。

"不，继续说吧，"雷妮说，"真的很有意思。"也许他们很快就会提审她，难道这不是要发生的吗？她可以解释一切，她可以告诉他们为什么这是个错误，为什么她不该呆在这里。她所要做的就是坚持，有些事迟早会发生的。

* * *

雷妮正在一条街上走，街边是红砖房子，那是她生活的街道。大而方的房子结实，有些有门廊，有些带塔楼，门窗线条板漆成了白色，华而不实。这些人照看他们的房子，为自己的居所而骄傲。雷妮的外婆说，他们有房子自豪症。

母亲和外婆和她在一起。今天是星期日，她们去教堂。现在是秋天，树叶变色，或黄，或橙，或红，她们走过时，几片树叶飘落到身上。空气清凉，几近寒冷。能回家，她很高兴，有安全感，可没有谁注意她。她双手冰凉，她举起手，看着，可它们躲开了。有些东西不见了。

我们走吧，母亲说，注意台阶。放松吧。

我不想死，外婆说，我想一直活下去。

天空暗淡下来，起风了，树叶沙沙落下，红色的叶子掉在外婆白色的帽子上，叶子是湿的。

*　　*　　*

她们头顶上的窗口越来越亮，现在变成了一个炎热的方块。雷妮觉得自己看到雾气从地板、从墙壁、从红桶上升起。走廊的灯仍亮着，洛拉仍在睡，脑袋后仰，顶住她倚靠的角落，嘴巴微开，在打鼾。雷妮已经发现，她睡觉时还在说话，胡言乱语。

终于，走廊里有人走动，金属的敲击声。有个警察来了，身穿双色蓝衣，腋下别着枪套，打开门。雷妮摇醒洛拉，心想，她们是不是要立正，以前在公立学校，老师进门，都要起立的。

第六部

还有一个人和这个警察在一起，他穿着劣质的灰衣服，拎着一个桶，这桶是红色的，和门边那个晃来晃去的桶一模一样，两个锡盘叠放，还有两个锡杯。他进来，把桶、盘子和杯子放到地板上，就放在第一个桶旁边。警察站在走廊外。

"喂，你好，斯坦利。"洛拉揉揉眼睛，说。

那人冲着她腼腆地笑，他被她吓着了，退了出去。和他在一起的警察好像什么也没听到，又锁上门。

两个盘子里各有一块面包，涂了薄薄的黄油。雷妮朝桶里望了望，桶底覆盖了一层棕色液体，她希望这是茶。

她把桶里的东西捞了一点在锡杯里，拿上，连同盘子一起端给洛拉。

"谢谢，"洛拉说，"这是什么？"她挠挠大腿，上面有红斑，像是给什么咬了。

"早茶。"雷妮说。这好歹还算是英国传统。

洛拉尝了尝。"你蒙我吧，"她说，"你没弄错桶吧？"她把茶啐到地板上。

茶是咸的。雷妮想，他们搞错了，把盐当成了糖。她把茶倒回桶里，慢慢地嚼着面包。

*　　*　　*

牢房里热了起来，雷妮开始出汗，桶里的臭气四处弥漫。

雷妮琢磨，什么时候才能不管这气味。人可以习惯任何东西。

她不知道有权的人什么时候才来，这人是能让她说上话的人，能让对方明白自己存在的人。只要他们知道她在这里，知道她是谁，就会放她出去。那个警察看起来没什么权力。她相信自己有权获释，不过她知道，不是人人都这样看的。

从太阳的位置看，现在将近中午，又有两个警察来到门外，一个穿黑衣，一个穿褐粉色的衣服。他们看上去比头一个要友好些，笑着打开门。

"拿上桶，跟我们走。"穿粉色衣服的那个说。雷妮认为他们在对自己说话，便走上前来。

"请问能不能见见长官。"她说。

"我们没对你说话，"穿黑衣的那个粗鲁地说，"是她。"

"喂，你好，萨米，"洛拉说，"拴好你的马。"

她拎起尿桶，跟着他们走了出去。

洛拉去了很久。回来时，带回了一个干净的桶。雷妮一直想着警察会对她动粗，问道："怎么样了？"

"没什么，"洛拉说，"就是去倒尿，那边有个坑。我在那里看到一些人，他们也是一样。"她把桶放回原处，走到干燥的角落，坐下来。

"国王在我们楼上，"她说，"他们打算安排我去见他，可能一两天之内吧。"她对此十分高兴，激动不已。雷妮心生妒意，她也想有这种感觉。

"他们搞定马思东了,"洛拉说,"没想到吧?"

"噢,"雷妮说,"他在这里吗?"

"我是说他死了,"洛拉说,"有人开枪打死了他。"

"是圣阿加莎的人吗?"雷妮问。她想象马思东穿着滑溜溜的皮靴,跑过灌木丛,爬上山坡,身后有九个或十个人在追赶他。警察的船开进港口,他们想等时间充裕时再抓他。

"不是,"洛拉说,"他们说是警察。埃利斯。"

"我以为他是为中央情报局工作的,"雷妮说,"我以为他是个特工。"

"说法多了,"洛拉说,"中央情报局,埃利斯,那有什么区别?反正埃利斯不想让他到处说自己是怎样策划这一切的,埃利斯想让所有人都相信那是真的。没有什么比革命更能让美国人舍得花钱,他们已经这样做了。他们告诉我,加拿大刚刚给了埃利斯一大笔现金,广播里是这么说的。外国援助。他可以用这笔钱去做毒品生意了。"她停下来,盯着雷妮。"有人说是保罗开枪打死了明诺。"她说。

"你不会相信吧。"雷妮说。

"谁知道呢。"洛拉说。

"他为什么要那样做呢?"雷妮问。

"中央情报局,"洛拉说,"他就是那个把枪带给马思东的人,是吧?"

"得了吧。"雷妮说。

洛拉笑了。"你原来就信过一次嘛,"她说,"我只是告诉你他们是怎么想的。猜猜还有什么?"

"什么?"雷妮问,其实她不想知道。

"他们认为你是个间谍。"洛拉说。她咯咯笑了,有点儿侮辱的意味。

"是谁这么想的?"雷妮问道,"警察吗?"

"人人都这么想,"洛拉笑道,"只是,他们还不知道你为谁工作。"

"你是在哪里听到这些的?"雷妮说,"真是可笑。"

洛拉看了看她,笑了,从裙子口袋里掏出刚弄到的烟,是本森-黑奇牌的,还有一盒瑞典火柴。"在我听到这些话的地方,"她说,"我告诉过你我做得神不知鬼不觉。"

雷妮厌烦了猜来猜去。"怎么着?"她说。

"我会做生意,记得吧?"洛拉说,"于是我做了一笔交易。"

"到底跟谁啊?"雷妮难以想象,问道。

"那两个警察,刚才来过的那两个,"洛拉说,"莫顿和萨米。我知道他们早晚会到这里来的。他们花了点时间才弄到这里的差事,现在他们负责管理我们。他们不想让我们和其他人待在一起。他们为我在圣安托万和别人做了交易,他们是我的保护伞。这件事除了保罗,没人知道。他们恨不得瞒过这里所有的人。"她点燃一支烟,把火柴扔到潮湿的地板上。"他们正在出货，他们知道什么时候有什么东西进来，知道有枪和大麻一起从哥伦比亚运进来，他们知道埃尔瓦的箱子里装了什么，他们不是全部知道，但知道得已经够多的了。他们不说，要是说了，那些事不全都露馅儿了吗？埃利斯可不喜欢这样。他觉得那是背叛。做一点小交易他可以理解，但这么大就不行了。做交易他们就会丢饭碗，就得走人，所以，我把他们玩得团团转。"

"他们能把我们弄出去吗？"雷妮问道。

"我不想逼他们太紧，"洛拉说，"我不想让他们太紧张，他们已经够紧张的了，而且他们想让我待在这里，这样他们看我看得紧一些。他们不想让任何人把我抓走，逼我交待。谁知道呢，稍稍放点火，一切都会炸起来。他们得好好照顾我，他们知道我不会一个人下地狱的，这点我跟他们说过了。如果要下地狱，我得捎上个把人。"

"怎样才能不让他们把你一声不响地埋葬在这后院里？"雷妮问她。

"根本不会，"洛拉说。她觉得这想法很可笑。"那不过是虚张声势罢了。我告诉他们，我在外面有人，正在找我呢。"

"真的？"雷妮说。

"呃，"洛拉说，"至少有保罗吧，不管他在哪里。"

两人都不想谈这个。

第六部

*　　*　　*

　　她们在吃午餐，冷米饭和鸡背肉。雷妮想，这肉是煮过的，但没煮够，粉色的肉汁流出来。洛拉狼吞虎咽，还舔了舔手指。雷妮感觉不太舒服。

　　"我吃不了，你吃吧。"她说。

　　"干吗要浪费呢？"洛拉说。

　　"是不是叫他们拿去再煮煮？"雷妮说。

　　"叫谁呀？"洛拉说。

　　这雷妮还没想过，不过肯定可以叫谁的。

　　"知足吧，我总是这样说的，"洛拉说，"留得青山在，不怕没柴烧。很多人在家里还吃不上这么好的东西呢，就这样想吧。"

　　雷妮努力这样想，但不太成功。洛拉已经开始吃雷妮剩下的鸡背肉。她把一根骨头对准桶扔过去，没中，在裙子上擦擦手，指甲发灰，周围的皮肤啃咬过。雷妮转移目光。现在，除了原来的气味，她们还闻到吃过的鸡骨头的气味。

　　"我们要不要问问他们茶的事？"雷妮问。

　　"什么？"洛拉张大嘴巴，问。

　　"茶里的盐，"雷妮说，"可以跟他们说弄错了。"

　　"见鬼，别，"洛拉说，"那不是弄错，那是规矩，他们故意这样做的。"

第六部

"为什么要这样做？"雷妮不解。饭菜差她可以理解，可茶里放盐没道理，是心怀恶意。

洛拉耸耸肩。"因为他们有权嘛。"她说。

*　　*　　*

黄昏，她们吃晚饭，一片面包，咸茶，水闻起来像腐臭的黄油，每人一满杯。蚊子来了，格子窗外有猪在活动，上面是院子。雷妮看着窗外，一个怪模怪样的猪鼻子拱进来。

两人什么也没说。雷妮能闻到她们两人身上的气味，没洗澡的肉体，还有桶里的恶臭。洛拉暂时没了烟，正在啃手指，雷妮斜眼看她，这真是个讨厌的习惯。她们两个都累了，精疲力竭。她搞不清今天是什么日子，她们从进来那天就应该在墙上划道道，计算日子。也许今天她的机票到期了，二十一天的旅游期限。也许现在有人在找她，也许她会得救。如果她一直抱着这个信念，那么就会真的得救。

她希望他们很快就来救她。她在衰弱，她知道这一点，因为她现在成天梦见食物，不是真正的食物，不是和熏肉和蘑菇拌在一起的菠菜色拉，不是一杯干白葡萄酒，而是桑德斯上校鸡肉，汉堡包，塞满了代用巧克力和旧椰肉的炸面包圈，难喝的浓咖啡，不知放了多久。残渣剩饭，一想到这些，她就流口水，还有薯条，地铁报刊亭卖的糖果，玛氏巧克力，罗恩特里的糖衣葡萄干，她默默地重复着这些东西，充满了快感。她怎么会这样呢？她沿着荣格街梦游，走进一个又一个幻觉。只供应基本食品的快餐吧。也许她精神错乱了。

她的思绪一下跳到七巧板，最高的那一层，带平边的板块，那里总是天空，一块嵌入一块，再嵌入另一块，紧密相连，纯净的蓝色。

*　　*　　*

"要是可以的话，"雷妮说，"给我们弄把梳子来吧。"

"我试过了，"洛拉说，"人们用梳子割腕自杀。他们只要做得到，就不想让人死在这里，有些教堂或什么的会多管闲事。"

"弄把牙刷怎么样？"雷妮问。

"你有钱吗？"洛拉轻轻笑了一下，说。

雷妮看着她。她现在更瘦，脏兮兮的，除此之外，再没有别的形容词可用。白衬衫灰蒙蒙的，紫色的裙子又湿又腻，黑色的眼圈，两人身上都有味儿，洛拉腿上有处溃疡，一直没愈合。她头发蓬乱，雷妮知道自己的模样也好不到哪里去。她认为，她们应该做运动，可洛拉一听她提出这个想法，便说，"为什么呀？"雷妮没力气自己一个人运动。她真正想要的是一把牙刷，一面镜子，一个能把她们弄出去的人。

"我可以把头发编起来。"她说。

"什么?"洛拉说。她越来越容易走神。

"我可以帮你把头发编起来,"雷妮说道,"这样至少不会乱了。"

"好吧。"洛拉说。她坐立不安,烟又没了,指甲周围的皮肤都被咬破了。"真希望我们在这里能得到一点消息,"她说,"他们说的你不能什么都信。我厌倦这个地方了。"

雷妮忘了洛拉以前是否抱怨过,这是个不祥之兆。雷妮开始摆弄洛拉的头发,就像扯开一缕缕羊毛。

"慢慢来,"洛拉说,"至少我们没长虱子。"

"还没有。"雷妮说。她们笑了,一阵傻笑,不知道为什么,就是停不下来。等她们停下来,雷妮继续弄头发,把头发编成两条拳曲的长辫。"你经常梦见什么?"她问洛拉。

"很多,"洛拉说,"在一条船上,我母亲,有时我梦见有了个孩子,只是不知道该拿他怎么办,你知道吗?我觉得我还是喜欢孩子的。等我从这里出去,把国王也弄出去,或许我们会要个孩子。不过在这里,如果你过了二十五岁才有孩子,他们会觉得很好笑。埃尔瓦会喜欢的,她总跟我唠叨,要我为国王生个儿子。"

雷妮编好了一根辫子,开始编另一根。"如果我们有珠子,"她说,"我可以帮你弄个拉斯特法里风格的辫子。"

"锡纸,"洛拉说,"有些姑娘在辫尾绑上锡纸。如果你出去了，能不能为我做点事？"

"你怎么觉得我会比你先出去呢？"雷妮问她。

"哦，会的。"洛拉说。她语含沉思，充满宿命，似乎这是人人皆知的事实。

听到这话，雷妮不但高兴不起来，反而一阵心焦。她把两根辫子盘到洛拉头上。"喂，"她说，"你看上去像德国的挤奶女工，只是没有东西把辫子别住。"

"告诉别人我在这里，"洛拉说，"告诉别人这里发生的一切。"

雷妮放下辫子。"该告诉谁呢？"雷妮问。

"不知道，"洛拉说，"某个人。"

洛拉的脸上有道道泥痕，也许过后她们可以用咸茶水为对方洗脸。

* * *

雷妮已经忘了人们应该怎么思考问题。她努力回忆自己以前是怎么想问题的，但做不到。我们有过去，现在，未来，全都不管用。现在既不快乐也不真实，思考未来只会令她失去耐心，她像是呆在飞机上，飞机绕着机场一次次盘旋，只是盘旋，却不降落。人人都抓着座椅的扶手，努力不去想坠机。她厌倦了这种恐惧，它没完没了，没有尽头。她需要有一个尽头。

她努力去想某个她爱过的人，努力去想自己爱过某人。这不容易。她努力构想出一个身体，杰克的身体，如她从前一样，不过她几乎想不起他的模样。她怎么知道他曾经存在过呢？没有证据。身体的行动，爱的行动，还剩下什么？一次转变，一种结果，一条痕迹，一只在夜晚穿过大海的手，磷光闪闪。

至于保罗，只剩下那双过于湛蓝的眼睛。她们不太谈保罗。按洛拉说，没听说起他，收音机也没说起。他消失了，这意味着任何事都可能发生。雷妮不愿去想港口里在她身后响起的喧闹声：机枪开火，爆炸。她不愿去想保罗死了，那样获救的希望将彻底破灭。她宁可什么都不知道。也许她是他碰过的最后一个人，也许他是最后一个碰她的人，最后一个男人。

她的思绪跳到她曾和约卡丝塔一起上过的瑜伽班。感受宇宙的能量，现在放松，从双脚开始，告诉你的脚，我的脚，放松。现在把心思注入脚踝，告诉你的脚踝，我的脚踝，放松。身随心动。

她想到了丹尼尔，边吃早餐边听新闻的丹尼尔，其实他心不在焉，因为他对世界大事几乎一无所知。丹尼尔在上下班高峰期遭遇堵车。丹尼尔没有听天气预报，结果弄湿了脚。正在做手术的丹尼尔，一具身体横陈在他面前，他双手做出切开口子的动作。丹尼尔俯身在上，握住一个金发女人的手，他刚切除她的乳房。他想治愈病人，想帮助他人，想人人都好好的。他对她说，你还活着，他说这话满怀善意，口是心非，拥有催眠师的力量。你非常幸运。泪水顺着她的脸颊无声地淌下。

第六部

丹尼尔裹在一个玻璃泡里，穿过白天，就像登月的宇航员，就像温室里的稀有植物：鲽鱼。在玻璃泡里，他的生活才有可能。正常。在外面，他会变成什么样呢？没有食物或空气。平常人的体面，突变，怪胎。现在她身在外面，在往里看。

从这里看，很难相信丹尼尔这个人真正存在过，当然这个世界不能同时包容两个地方。他是海市蜃楼，必要的幻觉，她抚摸护身符，摸了又摸，为了让自己保持清醒。

以前，她会去想自己的病：伤疤，残疾，切除的肉体，身上小小的牙痕。现在这些引不起多大兴趣，连她都没什么兴趣。现在主要的事情是在她身上还没发生什么事，没有人对她做任何事，她未受伤害。真的，她也许正在死去，果真如此的话，可以说她是在慢慢地死去。其他人要快得多；晚上有尖叫声。

雷妮睁开眼睛。一切如旧。就在她头顶上，在高高的天花板上，几只黄蜂在筑巢，它们飞过格子窗，飞到蜂巢，又飞出格子窗。"西班牙人杰克"，洛拉这样叫它们。她想起了哪次战争？

就当你真的在这里，她想。现在：你会做什么呢？

*　　　*　　　*

又一个早上，在这里，连时间都有了形状。守卫来了，他们有名字，萨米和莫顿。她现在搞清了哪个叫萨米，哪个叫莫顿，莫顿穿粉色衣服。雷妮不是主角，仍不知道该说什么话，于是让洛拉去对付他们。她们有了发刷，虽然还没有梳子，但有总比没有好。雷妮想要指甲锉，但知道最好不要开口，指甲锉太像武器了。洛拉不需要指甲锉，反正她的指甲总是被咬到根。

"试试问他们要口香糖。"雷妮对洛拉说。有香烟，肯定有口香糖。嚼口香糖，就像刷过牙一样，她觉得自己的嘴快要腐坏了。洛拉拎着桶出去了。

她走的时间比平时长，雷妮开始担心起来。她心底里暗暗担心洛拉控制不住自己，发起脾气，会做什么或说什么，那微妙的平衡便被打破，她俩将陷入危险的境地。她觉得自己的自制力更强些。

洛拉回来了，她一如平常，没有伤口或瘀痕，毫发无损。她把空桶放到地上，坐到上面。雷妮熟悉那气味，体温，草，鱼蛋。洛拉用裙子一角擦了擦，站起来。

"我弄到了你要的口香糖，"她说，"下次我想办法弄点草纸。"

雷妮一阵厌恶，觉得洛拉应该多一点自尊。"不用了，谢谢。"她冷冷地说。

洛拉看了她一会儿。"见鬼，是什么吃了你?"她说。

"你比一盒口香糖要值钱。"雷妮说。她想问，他们有多少人，一个还是两个? 一次是一个还是两个? 躺下干，还是站着干的？可这不礼貌。

洛拉迷惑了一会儿，然后笑了。"我他妈的当然了，"她说，"两盒。我自己也弄了一盒。"

雷妮什么也没说。洛拉坐下来，打开口香糖。"像你这样的女人让我恶心，"她说，"屁股关得紧紧的，你不会为救你外婆去干这种事吧？"

"我们说点别的。"雷妮说。这毫无意义。她们共处一屋，还是个小屋，没法出去。她所能做的就是避免冲突。

"妈的，为什么不呢？"洛拉嚼着口香糖，说，"说说有什么错？你凭什么认为这和一个男人把手指伸进你耳朵里不同？"

"是不同。"雷妮答道。

"那只是有时候。"洛拉说。

雷妮转开头，非常恶心，她不想看洛拉污秽的双手，啃咬过的手指，不想看着它剥开香烟盒，把香烟夹在干燥的嘴唇间，夹在嘴角。

可洛拉在哭，喉咙里一阵阵抽搐，眼睛闭得紧紧的，雷妮不敢相信她会哭。"他妈的，"她说，"他们把国王关在这里，口口声声让我去看他，但就是不让我去。我该怎么办啊？"

雷妮有些尴尬，她低头看自己的手，这双手应该能给她安慰、同情。她应该走到洛拉身边，张开双臂拥抱她，拍拍她的后背，可她做不到。

"对不起。"她说。像你这样的女人。她活该。那是分类架，她嵌在里面，正好合适。

洛拉不哭了，她抽泣一下，用手背擦擦鼻子，有那么一点怨气、愤慨和宽恕。"你是怎么知道的?"她说。

* * *

雷妮弯下腰，跌跌撞撞地走向塑料桶，蹲下来。疼痛突如其来，她能感到汗水顺脊背淌下，晕眩。她讨厌疼痛，那是对她的侵犯，非法抢占，病菌统治一切，出卖了身体。

虽然地板是湿的，她还是躺倒了，闭上双眼，脑袋剧烈涨痛，像个西瓜，粉色而柔软，还在膨胀，她要炸开了，要死了，她需要水，哪怕是漂白水，哪怕是五大湖的毒液。此时，她需要的自我嘲讽精神已不复存在。只要是水，她都要，从机器上弄下来的一点冰块，糖和气泡都行。她不必为自己的所作所为而感到内疚，发生在她身上的这一切毫无道理。

"你怎么样?"洛拉问。她碰了碰雷妮的前额，手尖在额上留下凹痕。她的声音像是从遥远的地方飘来。

雷妮拼尽全力，"让他们叫个医生。"她费劲地说道。

"为什么?"洛拉说，"这不过是旅行者腹泻，旅行的人管这叫墨西哥腹泻。人人早晚都会得的。听我的话，你会活下去的。"

第六部

*　　*　　*

又是夜晚。有人在尖叫，在很远的地方，如果把这声音调低，听上去就像是在开派对。雷妮把声音调低。现在就算走廊的灯亮着，她也能睡着，睡得非常安详。到此为止，没有人对她做任何事情，她要抱着身体睡。尖叫声停下，这更可怕。

雷妮再次梦见那个拿绳子的男人，一次又一次。现在他是唯一和她呆在一起的男人，跟随她，一直在这里，等着她。有时她觉得是杰克，脸上蒙着袜子，爬进窗户，只是开玩笑，和他以前一样。有时她觉得是丹尼尔，所以他有一把刀。可两个都不是，也不是保罗，不是她以前见过的任何人。那张脸一直在变，不让她认出来，他可能本来就是隐形的，她看不见他，所以才如此可怕。他没有真正在那里，他只是一道阴影，无名的、熟悉的、灰色的眼睛，那双眼睛里反射出她自己那双灰色的眼睛。

洛拉在摇晃她，想摇醒她。"我的天，"洛拉说，"你想让这里的每个警察都来砍掉我们的脑袋吗？"

雷妮说对不起。

*　　*　　*

雷妮从炎热和光照的角度判断出来，现在是中午，接着米饭来了。她现在到底有多依赖它，这个小锡盘。一天结束，它变空了，骨头刮到红色塑料桶里，此时，又一天的等待开始了。她的生活缩减为一个声音，沉闷的钟声。

外面的院子里在发生什么事。突然响起粗粝的声音：叫嚷，曳步而行和叮当声。然后是一声尖叫。洛拉站起来，盘子掉下，饭菜洒泼。"天啊，"她说，"他们要杀人。"

"没有啊。"雷妮说。没有听到枪响。

"来吧。"洛拉说着，弯下腰，双手合拢，伸出。

"我们不能看吧，"雷妮说，"他们会看到我们的。"

"说不定是国王。"洛拉说。

雷妮把盘子小心地放到地上，踩上洛拉合拢的手，抬起身子，抓住窗格子。

院子里有人，五六个穿制服的男人，两个穿蓝色制服的警察，还有一群人，胳膊似乎绑在一起，被强摁跪下，跪在干草和缠结的铁线上，警察手里拿着棍子，还是刺牲畜的尖物？跪下的那些人头发长长的，黑色的长发。起先雷妮还以为是女人，后来才看到他们腰以上赤裸，没有乳房。

其中一个还戴着类似茶壶保温套的羊毛帽子，一个警察一把扯走帽子，头发哗地露出来。一头猪惊慌地蹿过拱门，在或站或跪的人群中东拐西弯。警察笑了，有两个拿着赶牲畜的尖棍追它，其他人看着。猪冲过绞刑架下的平台，又蹿回拱门。跪着的人转过脑袋，目光一路跟随它。

第六部

雷妮看清了，一个警察手握来复枪，举起，她以为他要开枪，打死那一排所有的犯人。他犹豫，是不是让他们相信自己就要死于枪下？可他卸下刺刀，拿着它在人群后慢慢走，漫步而行，不紧不慢，屁股一扭一扭的，享受着这一切。他没有开枪，因为上司有令。他这样做，因为他喜欢。恶毒的家伙。

那个警察揪住队伍中第一个人的头发，几乎是爱不释手地拧成一股，抓满一把，突然把那人的头猛拉向后面，只见那人喉咙的肌肉顿时绷紧。割喉，这比枪杀更残忍。

不过，他只是割头发，把头发剪掉，不过如此。另一个人拿着绿色的垃圾袋跟着他，接住剪下的头发。杀人还弄得如此整齐，令人心寒。

"是什么事？"洛拉问，"他们在干什么？"

他现在剪到第二个人，院子里静得出奇，中午的太阳当头照下，一切都是明晃晃的，人们的脸上汗珠闪烁，恐怖和压抑的仇恨，警察的脸也是亮闪闪的，他们在控制自己，他们喜欢这样，这是仪式，和做手术一样，他们在贯彻一项政策。先前那个警察又像抓小鸡脑袋一样抓住一个人的脑袋，那人的头发是灰的，他还是用刺刀剃发，可剃得粗心大意，那人嚎叫起来，叫声怪异，张开的嘴里没有牙齿，血从脸上淌下。拿刺刀的人把头发塞到袋子里，手在衬衫上擦擦。他是个吸毒者，而折磨人又是一种致瘾的麻醉品。很快，他会得寸进尺。

跪倒的人还在嚎叫。另外两个人似乎就等着这一刻，他们走过来，其中一个一脚踢向叫喊者的肚子，另一个将红色塑料桶里的水泼向他，那人向前倒下，但没碰着人行道，因为绳子把他和其他人系在一起，一个警察用刺牲畜的尖棍戳向他两腿之间，他尖叫一声，猛地抽回身子，那声尖叫不像是人发出的。

"把他拉起来。"负责的人说。他们把他拉起来，继续剪发。受伤者的脸和雷妮的脸在一个水平面上，血水汩汩地流。她知道是谁了，是那个聋哑人，只会发声，不会说话，他看到她了，她无处可躲，惊慌不已，他希望她做点什么，求情，哦求求你了。

"让我下来。"雷妮说。她们能做的只是不要惹火烧身。她靠着墙，在颤抖。这太粗野了，这血可不是拿调味番茄酱假装的。在这里，没有什么是不可想象的，没有把老鼠放到阴道里，那只是因为他们还是业余的，还没想到这一招。她害怕男人，这很简单，很有道理，她害怕男人，因为男人可怕。她见过拿绳子的男人，现在她知道他的长相了。她身体的内部被翻了出来，这里和那边不再有什么不同。雷妮第一次明白，这个地方她是出不去了，永远不。她无法幸免，没人能够幸免。

"天哪，怎么回事？"洛拉问。她双手放在雷妮的肩上，声音还是压得很低。

"国王不在那里，"雷妮说，"他们在剪那些人的头发。"

她跪下来，捡起洛拉掉在地上的鸡肉，掸掉上面的泥土，放回到洛拉的盘子里。"把它吃了吧，"她说，"我们需要吃东西。"

*   *   *

中午，两个守卫像往常一样又来了。今天，其中一个是新来的，也是个年轻人，瘦瘦的，瘦长结实的胳膊，脸庞像李子一样光滑，天真的眼神。雷妮看了他一眼，看出他对这里的情况一无所知。莫顿很紧张，抱起双臂，几乎要碰到他的手枪。情况已经不在他的控制之下，同伴的天真让他紧张。

他们打开牢门。洛拉很警惕，不过还是弯下腰，拿起臭烘烘的红色塑料桶。

"今天该她了，"莫顿用另一只手指了指雷妮，"每次都是你干。"

雷妮对此没有准备，她知道将要发生在自己身上的事情，可还没有准备，不过洛拉走到她身前，她敢挑战他。"为什么？"她问道，"萨米在哪里？"

"我不在乎是哪一个。"那个男孩说。他听出了门道，也想要一份，他知道是什么事，但不知道为什么。

"闭嘴。"莫顿说。他害怕被发现，这个年轻小子脑袋好使，会想出来是什么事，可他是个傻瓜，会说出去的，也许不是故意的，可总会说漏嘴。他想要雷妮，不想要洛拉，这样更安全些，他是这样想的。"萨米的奶奶病了。"他对洛拉说。

"是啊，"年轻小伙子说，"她病得厉害哩。"他紧张得咯咯直笑。"你要萨米干什么？我也一样棒啊。"

"我去。"雷妮说。她不想争吵，要出问题了。

"不。"洛拉说。带栅栏的门半开着，她猛地拉开门，挤到走廊里。"国王是不是出事了？是不是？你不想让我知道，你不想告诉我。哦见鬼。你们把他关在哪里？"

她拽着莫顿的胳膊，出汗的是他，而不是她，她全身紧绷，发冷。年轻小伙子看着他俩，摸不着头脑，又咯咯笑起来。"国王？"他说，"那个大个子，和平之王？天，他根本不在这里。"

"闭上你那该死的嘴。"莫顿对他说。

"你跟她说他还活着？"小伙子说，"他死了好久了，天。"他把这看成是个笑话。雷妮不知道他是不是心如铁石，这有可能。

"什么时候？"洛拉平静地问。她没有理睬莫顿，只对小伙子说话。她放下双手，不再拽着莫顿的胳膊。

"你干吗要告诉她这个？"莫顿憎恶地对他说。这小子把一切都弄得泡汤了。

"他是被交叉火力打死的，"小伙子说。又咯咯笑了一阵。"收音机里是这么说的。你跟她说你把他弄到这里来了，让她为你干活，嗯？占一点便宜？你是个坏蛋。"这次他不是咯咯地笑，而是放声地笑起来，他很久没听到这么有趣的事了。

"你这头猪，"洛拉对莫顿说，"你全都知道，只是怕我知道了会崩溃，是不是，然后他们会知道你干了什么。他们在他背后开的枪，是不是？"

莫顿安慰地把手搭在她手臂上，几乎像个医生。"你进去吧，"他说，"我已经为你尽力了，你还活着，这够走运了。"

"去你妈的！"洛拉尖叫起来。"我要告诉每个人你干了什么，没人能这样糊弄我，他们要是打死你，那也与我无关！"

洛拉的泪水哗哗流下，雷妮朝她走去。"洛拉，"雷妮说，"你没有办法的。"可洛拉已经失去控制，莫顿把她推回屋里。

"该死的猪，"她说，"拿开你那该死的手！"她朝莫顿踢去，想踢他的腹股沟，可他闪得太快，没踢中。他抓住她抬起的脚，举起来，推向那个小伙子。小伙子反应敏捷，他一点不呆，他抓住她，把她的胳膊拧到身后。莫顿用膝盖顶向她的肚子，把她顶得喘不过气来。现在不需要谁来抓住她的胳膊，在她沉默一分钟后，两个人也沉默了，他们一声不吭，直接攻击她的乳房、臀部、腹部、胯部、脑袋，一次又一次，我的天。莫顿拔出手枪揍她，他要打垮她，让她再也出不了声。洛拉在走廊的地板上蜷成一团，当然她不再感到疼痛，不过仍抽搐着，就像被切成两段的虫子，努力避开踢来的脚，他们穿着鞋子，她无法躲开。

雷妮想让他们住手，想鼓起勇气这样做，但做不到，她无法出声，他们会看到她的。她不想看，又不得不看，为什么没有人来遮住她的双眼？

第六部

* * *

这是接下来发生的事。

雷妮被带到一间小屋，漆成苹果绿的小屋，墙上挂着有夕阳的日历，桌子上有一部电话和一些文件，没有窗户。

桌子后面坐着一个警察，年纪稍大，灰色短发。桌前有张椅子，警察叫雷妮坐到椅子上，她照办。带她进来的警察站在她身后。

她被要求在释放证明上签字。释放证说，她在被拘期间没有受到任何伤害，也没有目睹任何被拘留者受到类似的伤害。她想起了洛拉，她那张血肉模糊的脸。雷妮明白，除非她在这张纸上签字，否则他们不会让她出去。她觉得自己已经忘了怎么写字。她签上了自己的名字。

他们把她的箱子从旅馆拿到了这里，还有她的钱包。年纪稍大的人说，在她和加拿大政府来的绅士见面之前，是不是要换身衣服。雷妮觉得这是个好主意。她被带到另一间小屋，和第一间屋子很像，也没有窗户，只是日历不同，上面的画像是个白人妇女，穿蓝色连体泳装。她知道那个年轻的警察就站在门外。她打开箱子，看到自己的衣服，曾经是她的衣服。异乡反应妄想症。她哭了起来。

雷妮在屋里敲了敲门，门开了，她走出去。她还是很脏，但感觉没那么脏了，她觉得自己有点模样了，穿的是褪色的蓝棉布衣服，照着钱包里的镜子尽量梳好头发，右手拿着箱子，左肩背着包，护照不在包里也不在箱子里。这么说，她还没有真正出去，还没有。她决定不问自己的相机包在哪里。

她被领上楼梯，沿着石头过道走进一间大得多的屋子，这屋子是有窗户的。她差不多忘了自己曾在这么大的屋子呆过，从这么大的窗户往外看。她眺望窗外，看到的是泥泞的田野，那里曾经有帐篷，现在空空的。她明白，这间屋子和其他屋子一样，是供游客参观的，卖当地的工艺品，那是很久以前。角落里有两张木椅子，一个男人站在椅子旁边，等着她。他仍戴着彩色眼镜，穿那身猎装。

他和雷妮握了手，两人坐到椅子上，他递给她一支烟，黑色金边，她拒绝了。他对她笑笑，有点紧张。他说，她的确让他们有一阵子感到不安，只有等这一地区平静下来，这里的政府不再那么惊慌，否则他们做不了什么。他说这是过度反应，不过情况正在趋于正常。

政府当然不能公开道歉，不过他们希望私下告知她，他们认为这是一起令人遗憾的事件。他们明白她是个记者，而这种事情是不应该发生在记者身上的，这是个错误。他们希望她也打算持相同的看法。

雷妮点点头，朝他笑了笑，她的心在跳，脑筋又开始转动了。当然，她说。

跟您说实话吧，那人说，他们认为您是特工，是为某个外国政府工作的，一个颠覆分子，这可笑吧？不过在这样的国家，这倒是个常见的罪名。

这人有些不自在，他想把话题引向某一方向，就是这样。他说，他知道她是个记者，不过在这种情况下，情况有些复杂，把她从这里弄出去比她想的要困难些。她不知道这些南方小国的机制是如何运作的，操纵国家的人反复无常，不讲道理。比如，因为美国和加拿大没有派军队，没有派海军和空军前来支持他们，这个国家的总理就非常生气。让我们面对这一点吧，完全是个小小的起义，还没开始就注定失败。总理似乎觉得，雷妮应该被关在牢房里，因为这些军队没有前来。他们要把她扣为人质。她能想象得到吗？

雷妮说想象得到。我猜您想对我说，不要把发生在我身上的事情写出来，她说。

是请求，他说，当然，我们相信新闻自由，不过，对他们来说，这是个面子问题。

对你来说也是，雷妮心想。您是否了解那里面是什么情况吗？她问他。

教会理事会对监狱进行了检查，对那里的情况感到满意，他说。他说得太快了。无论如何，我们不能干涉内政，他又说。

看来您是对的，雷妮说。她想要回自己的护照，想离开这里。反正与我无关,她说。我通常不做这样的报道,通常我只写旅游和时尚,写生活方式。

他松了一口气:她明白了,她毕竟是个明白事理的女人。

当然,我们不作价值判断,他说,我们分发援助,用作和平发展,不过我们可不想还有一个格林纳达需要去关照,这你知我知。

雷妮朝窗外望去,那里有架飞机,沿着椭圆形的天空急转直下,在幽蓝的空中发出银光。这肯定是从巴巴多斯来的下午航班,是她来时乘坐的,只是这一次它准时到达。情况正回复正常,到处都是,情况一直在变得越来越正常。

事实上,我想尽快忘掉整件事情,她说,对这种事情,你是不愿多想的。

当然,他说。他站起来,她也站起来,两人握手。

*   *   *

他们打完了,洛拉不再动弹,他们便推开格子门,把她推进来,雷妮让开,退到干燥的角落里。洛拉撞到地板上,脸朝下躺在那里,软绵绵的,手腿张开,头发披散开,裙子上翻,内衣裤被扯烂,脏兮兮的,大腿后面青一块紫一块,大腿厚厚的肉伤痕累累,也许他们已经干过,也许他们一直在干,有粪便的味道,也在裙子上,那就是你们干的。

第六部

年纪大一些的那个通过栅栏把红色塑料桶里的什么东西泼到她身上。

"她把自己弄脏了,"他说,好像对雷妮说,又好像没对谁说,"给她洗干净吧。"

两人都笑了,雷妮怀疑那不是水。

他们关上门,走了。洛拉躺在地板上,一动不动,雷妮想,她要是死了怎么办?他们要过好些时候才回来,也许要到明天早上才回来,那她整个晚上就得和一个死人呆在一起。应该有医生的。她小心地绕过洛拉的身体,地上的污水坑,血和水混在一起,毕竟还是水。她从栅栏望出去,朝走廊的两边极目张望,没人,走廊空空的,静静的,天花板上的那些灯泡连成一长串,每两只灯泡之间都有规律地间隔开,其中一只烧坏了。我应该把这件事告诉别人,雷妮想。

* * *

雷妮在厨房里为自己弄一块花生酱三明治。什么地方在放收音机,轻轻的嗡嗡声,也许是电视,客厅里飘荡着椭圆形的蓝灰雾气,外婆直愣愣地坐在雾气前,看着电视机里的图像。雷妮把三明治切成四块,放到盘子里。她喜欢这样利索的小仪式,她又倒上一杯牛奶。

外婆从餐厅和厨房之间的门口走进来,她穿黑衣,上面缀

339

着白花。

我找不到我的手了，她说。她朝雷妮无助地伸出胳膊，双手松垮地吊在胳膊尽头。

雷妮受不了这双摸索的手碰自己，就像瞎子的手，呆子的手，麻风病人的手。她把手藏到身后，躲开，躲到角落里，沿着墙躲开，也许她可以从厨房门口逃出，逃到花园里。

大家都去哪里了？外婆问。她开始哭了起来，像孩子一样胡乱揉着眼睛，脸上干涩的皮肤上是稀稀落落的泪水。

雷妮的母亲从厨房门口进来，抱着牛皮纸袋，里面是满满的日用品。她穿的是海军蓝购物衣服。

怎么啦？她问雷妮。

我的手丢了，外婆说。

雷妮的母亲耐心而嫌恶地看了看雷妮，又看了看外婆、厨房、花生酱和她拿着的东西，她把袋子小心地放到桌上。现在你还不知道怎么做吗？她对雷妮说。你的手在这里，你就是把它放在这里嘛。她拉起外婆晃来晃去的手，紧紧地握住。

*　　*　　*

阳光从小小的窗户射进来，成方块状地落到地上，其中一个方块里是洛拉的左手，秃秃的、脏脏的手指，上面被咬脱的表皮微微卷起，完好无损，他们没有伤到她的手。在明亮的光线下，那双手闪闪发光，几近透明。身体的其他部位在黑暗中，在水中，手在空中。雷妮跪在湿湿的地上，碰了碰那只手，它冷冰冰的。过了一会儿，她抓起那只手，握在自己的双手中。光是握着这只手，她还不能断定洛拉还有没有呼吸，她的心脏是否还在跳动。怎样才能使她苏醒呢？

她把洛拉翻过身来，小心翼翼地，这很重要。她的身体又软又沉，死沉。没救了。她用力把洛拉拖到屋里最干燥的角落，坐在她身边，把她的脑袋和肩膀放到自己腿上，捋开粘结在脸上的头发。那已经不是一张脸，上面伤痕累累，创口仍有血在渗出，前额有一处，另一处在脸上，嘴巴像被汽车碾过的水果，成了一团果肉。雷妮想吐，这人她已经不认识了，和她也没有任何关系了。她无能为力，这是一张陌生人的脸，没有名字的一个人，"洛拉"这两个字脱了钩，飘浮在空中，离开了这堆被捣毁的东西，一堆混乱的皮肉。她连擦干净这张脸的东西都没有，这屋子里所有的布都肮脏腐烂，只有她的手还干净，她可以舔这张脸，用自己的舌头弄干净它，这样最好，动物就是这样做的，如果你的手指割破了，又没有水，那就应该把它放到嘴里吮吸，按外婆说的，这杀菌消毒。她做不到，但只能这样做，毕竟那是洛拉的脸，不存在无脸的陌生人这样的说法，每张脸都属于某个人，它有名字。

她双手握着洛拉的左手，一动不动，一切都不动，不过她知道她在使劲地拉住这只手，空气中有一个无形的洞，洛拉在另一边，她得把她拉过来，她使出全力，牙齿咬得咯咯响，她听到了，是呻吟，肯定是她自己的声音，她真有本事，她从没做过如此艰难的事情。

她用尽全力抓紧那只手，一动不动。如果她够努力，某样东西肯定会动起来，活过来，会重生。

"洛拉。"她说。这个名字降落，进入那个躯体，有了，有动静，不是吗？

"噢天啊。"洛拉说。

这是真的吗？她害怕地低下头，凑到那颗心脏上面，害怕听不到心跳。

* * *

飞机将要起飞，是一架波音 707，雷妮将坐在中间位子。每年这个时候，从北向南的飞机通常不会满座，她将飞入冬季。七小时后，她将到达机场，终点站，下飞机，上车，去另一个地方。

等她最终到了那里，地上已经有雪，她要乘出租车，经过没有叶子的矮树、混凝土路面、鞋盒一般的房子，车子停下，该给司机多少钱，她不会少，然后走上楼梯，从前门进自己的屋子，进到一个陌生的地方。她不知道会有谁在那里等她，谁会在那里，不管怎么想，这句话总意味着什么。也许什么人也

没有，这样不太好，不过也没什么。不管她去哪里，都不会心
满意足的。

她在喝姜汁汽水，一边翻阅飞机上的《休闲》杂志。封面
上方是太阳，橙色的，太阳的笑脸，胖胖的双颊，眨着眼。杂
志里面是沙滩，大海，惊人的青绿色，那些身体有白有黑，有
粉棕，浅褐，黄褐，有些人在服务，有些人被服务，有些人已
经得到服务。一个金发姑娘穿低胸的扎染布裙，有红色的斑点。
她能感到自己手里有一只手的形状，两只手都能感到，在那里
又不在那里，就像火柴熄灭后留下的余光。它总是在那里。

姜汁汽水和原来的味道一样，冰块也一样，冰冻的，上面
有小孔。她注意到这些细节，这也和从前一样，她看到的也没
有改变，改变的是她看它的方式。事物总是一样的。没有什么
是一样的。她觉得自己像是从太空神游归来，从未来之游归来。
改变的是她，可看上去，似乎所有人都变了，这是一种扭曲。
他们生活在不同的时光中。

坐在她旁边的是个男人。两人中间有空位，他移过来，说
想看看窗外，最后看一眼。他问她是否介意，她说不介意。他
穿着正规，像是某种行业的人，穿西装，喝威士忌苏打，他是
销售员什么的。

他问她去南方去了多久，她说三个星期。他说她的皮肤没
晒黑多少，她说她不太喜欢晒太阳。她问他是干什么的，他说
他是一家电脑公司的代理人。对这一说法，她不太相信，现在

谁的话她都不太信。

度假？他问。

她本可以装得像个游客，可她不愿意。工作，她说。她并不打算说实话，她知道说出来也没人相信。无论如何，她是个颠覆分子。她从前不是，可现在是了。一个记者。她要挑好时间，然后作报道。她还想不出一个题目来，这还是生平第一次。

他问她是不是秘书。"我写旅游报道。"她说。对方的反应司空见惯，些许惊讶，些许尊敬，她看上去不像。她告诉他自己去的地方。

他们那里不是闹事吗？他说。他说他去过那里，那里没有一个像样的网球场。她表示同意。

他问她是否经常一个人旅行，她说是的，因为工作要求如此。他请她一起吃饭，她不知道该如何作答。她可以说丈夫在机场接她，或者说她是个同性恋，或者说她要死了，或者实话相告。她说不巧，她没有时间，得赶稿。这下他没话了，一副被拒绝后尴尬的样子，挪回自己的位子，打开箱子，里面满是文件。

她眺望窗外，如此明亮，大海就在下面，有些岛屿，她不知道是什么岛。飞机的身影就在窗下面，飞过大海，现在是陆地，像云彩，像魔术。这很正常，不过有一会儿，她不敢相信自己就在这里，在半空中，是什么把她举起来的？这在表述上是有矛盾的，沉重的金属呼啸着穿越空间，这是不可能做到的。

不过她要是这么想，他们就要掉下去了。你能飞，这话不是对谁说，而是对自己说。

空调太冷，外部空间的风通过小管嘴吹进来。雷妮觉得冷，她抱起双臂，右拇指触到衣服下面的那块伤疤，伤疤顶着她的手，提醒她，无言地数着，倒计时。零在某处等着，谁说生命是永恒的，真是这样的话，还需要什么感激？不管做什么，她都没有多少时间了。其实人人如此，只不过她注意到这一点罢了。

她永远不会得救。她已经得救。她没有幸免。相反，她是幸运的，突然地，最终地，她幸运无比，正是这幸运托起了她。

Margaret Atwood
BODILY HARM
Copyright: © O. W. TOAD LTD., 1981
This edition arranged with CURTIS BROWN-U.K.
Through Big Apple Agency, Inc., Labuan, Malaysia.
Simplified Chinese edition copyright:
2024 SHANGHAI TRANSLATION PUBLISHING HOUSE
All rights reserved.

图字：09-2023-0047号

图书在版编目（CIP）数据

肉体伤害 /（加）玛格丽特·阿特伍德
（Margaret Atwood）著；刘玉红译. -- 上海 ：上海译
文出版社，2024. 11. --（玛格丽特·阿特伍德作品系
列）. -- ISBN 978-7-5327-9706-6

Ⅰ. I1711.45

中国国家版本馆 CIP 数据核字第 202426GD60 号

肉体伤害

[加] 玛格丽特·阿特伍德 著 刘玉红 译
责任编辑 / 杨懿晶 装帧设计 / 尚燕平

上海译文出版社有限公司出版、发行
网址：www.yiwen.com.cn
201101 上海市闵行区号景路 159 弄 B 座
苏州市越洋印刷有限公司印刷

开本 850×1168 1/32 印张 11 插页 5 字数 157,000
2024 年 11 月第 1 版 2024 年 11 月第 1 次印刷
印数：0,001 — 4,000 册

ISBN 978-7-5327-9706-6
定价：86.00 元